Remo Kroll / Frank-Rainer Schurich

Frauenmorde

Remo Kroll / Frank-Rainer Schurich

Frauenmorde

Vier authentische Kriminalfälle aus der DDR

Bild und Heimat

Von Remo Kroll und Frank-Rainer Schurich liegen bei
Bild und Heimat außerdem vor:

Tötungsdelikt Gisela G. *und zwei weitere Fälle (Blutiger Osten, 2018)*

Postraub am Spreekanal *und zwei weitere Verbrechen*
(Blutiger Osten, 2018)

Brudermord *und zwei weitere Verbrechen von Sowjetsoldaten in der DDR*
(Blutiger Osten, 2019)

Polizistenmorde. *Vier authentische Kriminalfälle aus der DDR*
(Blutiger Osten, 2020)

Mörderfrauen. *Drei authentische Kriminalfälle aus der DDR* (2021)

Kindermorde. *Fünf authentische Kriminalfälle aus der DDR* (2022)

ISBN 978-3-95958-344-2

1. Auflage dieser Ausgabe

Umschlaggestaltung: capa
Umschlagabbildung: Chris Keller / bobsairport
Druck und Bindung: CPI Moravia Books s. r. o.

SUPERillu

In Kooperation mit der SUPERillu

www.superillu-shop.de

Inhalt

Vorwort

Morde an Frauen, sogenannte Femizide, waren in der DDR ein Tabuthema. Dennoch geschahen sie, denn männliche Egos zu kränken, war auch in diesem Land zuweilen lebensgefährlich. Obwohl die Gleichberechtigung nicht nur auf dem Papier stand. Die Sozialisation der Frauen war, verglichen mit heute, privilegiert. Sie hatten Berufe und Partner auf Augenhöhe. Jedenfalls vorwiegend …

Der Begriff »Frauenmorde« stellt allerdings eine ziemlich verwässerte kriminalistische oder kriminologische Kategorie dar, die alle Tötungen von Frauen – überwiegend durch Männer – umfasst. Die Motive können höchst unterschiedlich sein. Bei unseren Fallbeschreibungen haben wir Sexualmorde ausgeklammert. In zwei von den hier dargestellten Fällen war jenes gekränkte männliche Ego der entscheidende Antrieb für die Tötungen der Ehefrauen. Bei den beiden anderen Fällen handelt es sich um klassische Raubmorde, bei denen sich die Opfer zur falschen Zeit am falschen Ort befanden und die mit dem »sozialen Nahraum«, wie es in der Kriminologie heißt, also mit der Familie, mit Freunden oder Bekannten, rein gar nichts zu tun hatten.

Femizide sind heute ein hochaktuelles gesellschaftliches Thema. Nach einer Studie der Vereinten Nationen (*United Nations*, UN) wurden 2017 weltweit fünfzigtausend Frauen von Partnern, Ex-Partnern und Familienangehörigen »wegen ihrer Rolle und ihres Status als Frau«, wie es heißt, getötet, und die Zahlen steigen beängstigend. Als Gründe führt die UN-Studie unter anderem Eifersucht, Angst, verlassen zu werden, und den Wunsch, Frauen zu kontrollieren, an. Ist der Partner oder Ex-Partner der Täter, kommt es meist nicht spontan zum Mord; die Taten folgen vielfach aus einer »Gewaltspirale«.

Nach Zahlen des Bundeskriminalamts versucht in Deutschland im Durchschnitt jeden Tag ein Mann, seine Frau oder Ex-Partnerin umzubringen. 2018 wurden bundesweit 123 Frauen von ihren Lebensgefährten oder (Ex-)Männern getötet, hinzukamen 208 Mord- beziehungsweise Totschlagsversuche.

Bei den von uns hier dokumentierten authentischen Kriminalfällen aus der DDR konnten alle Verbrechen aufgeklärt werden, wobei den Kriminalisten in der Lutherstadt Wittenberg das Glück zur Seite stand und im Berliner Mordfall der Täter auf frischer Tat gestellt werden konnte. Beim Verbrechen von Mittweida wurde der Mörder zunächst nicht ermittelt; das gelang erst nach zwölf Jahren zum Ende der DDR. Der Mord in Rostock dagegen war als Suizid getarnt worden.

Auf Basis der originalen Akten rekonstruieren wir in bewährter Weise die realen Tathergänge und schildern minutiös die kriminalistischen Untersuchungen, die Spurensuche und -sicherung sowie die Befragungen und Vernehmungen, aber auch die Gerichtsverfahren und die psychiatrische Begutachtung der Beschuldigten beziehungsweise Angeklagten.

Die Namen der Täter, Opfer und Zeugen sind von

uns aus personenrechtlichen Gründen verändert worden. Für die so neu erfundenen Namen erklären Verlag und Autoren, dass Personen mit diesen Namen in den behandelten vier Kriminalfällen niemals existiert oder agiert haben. Übereinstimmungen wären rein zufällig.

Ein längeres Zitat aus einem Originaldokument (Protokoll über die geführten Ermittlungen vom 7. Mai 1970 im Fall Elise Kunze/Lutherstadt Wittenberg) ist *kursiv* gesetzt. Zitierungen von Vernehmungen sind daran zu erkennen, dass wir die uns vorliegenden Protokolle wie im Original veröffentlichen – immer mit *Frage* und *Antwort*. Auslassungen in den Dokumenten sind generell mit *(…)* gekennzeichnet worden. Die Abbildungen haben wir bis auf einige Ausnahmen den Akten der Behörde des Bundesbeauftragten für die Unterlagen des Staatssicherheitsdienstes der ehemaligen Deutschen Demokratischen Republik (BStU) entnommen.

Wir danken allen sehr herzlich, die unser Projekt engagiert unterstützt haben, an erster Stelle Frau Christel Brandt von der BStU für die Bereitstellung der Akten. Unser besonderer Dank gilt der Diplomkriminalistin Ines Friedrich für ihre ausgezeichnete Diplomarbeit von 1994 zum Thema »Zur Aufklärung von Tötungsverbrechen multipler Täter – eine retrospektive Fallanalyse«, die der Beschreibung des Berliner Kriminalfalls zugrunde liegt.

»Der scharlachrote Faden des Mordes durchzieht die farblose Oberfläche des Lebens, und wir haben die Pflicht, ihn zu finden und zu isolieren und auf ganzer

Länge bloßzulegen«, sagte der Meisterdetektiv Sherlock Holmes in Arthur Conan Doyles Roman *Eine Studie in Scharlachrot.*

Wir möchten mit unserem neuen Buch zeigen, dass es die Kriminalisten der DDR durchaus verstanden haben, die »scharlachroten Fäden« der Morde sichtbar zu machen, Tötungsdelikte aufzuklären und damit Mörder im Interesse des Schutzes der Gesellschaft dingfest zu machen. In einem Fall gelang dies erst nach zwölf Jahren, aber Ähnliches passiert ja heute auch noch …

Und wir möchten, dass diese entsetzlichen Geschichten mit herübergenommen werden in die neue Zeit, damit die Taten, vor allem aber deren Opfer nicht in Vergessenheit geraten.

Remo Kroll und Frank-Rainer Schurich

Blutrausch

Berlin, Hauptstadt der DDR.
Freitag, 14. Februar 1969

Im Osten Berlins gab es in der Wilhelm-Pieck-Straße 89 mit der Postleitzahl 1054 – heute Torstraße 89, 10119 Berlin – eine HO-Gaststätte, das *Casino-Eck*. Eigentlich eine Berliner Eckkneipe, in der der Zigarettenqualm wie ein Schleier hing, es nach Alkohol roch und das Ausmaß des Bier- und Schnapskonsums am Gesprächslärm ablesbar war. Wer heute dort einkehren will, findet ein gänzlich anderes Ambiente vor als damals. Die Wende hat der Kneipe den Garaus gemacht, nunmehr befindet sich dort die *Neue Odessa Bar*.

Die *Neue Odessa Bar*

Nichts an jenem Ort erinnert mehr an einen denkwürdigen Tag vor über fünfzig Jahren. Es war der 13. Februar 1969, kein Unglücksfreitag, sondern ein Donnerstag. Hilmar Switalla, dreißig Jahre alt und Sektionsgehilfe, hatte mit seinem Kneipenkumpel Johannes Kasbohrer, »Henne« genannt, in der Gaststätte *Krainberg* Bier getrunken; mit anderen würfelten sie um eine Runde Berliner Pilsner. Danach spielten sie um Geld, aber die Einsatzsumme betrug nur 50 Pfennig. Als sie beide gegen 21 Uhr die Kneipe, deren Ausschank schloss – Hilmar Switalla hatte dort drei Bier und zwei Erdbeerliköre getrunken –, verließen, waren sie noch in Spiel- und Alkohollaune, so dass sie zum nicht weit entfernten *Casino-Eck* weiterzogen.

Dort spielten sie Klammern, ein kombiniertes Karten- und Würfelspiel. Ob alles mit rechten Dingen zuging, kann heute nicht mehr überprüft werden. Aber Hilmar Switalla verlor fast jede Runde und 60 Mark an »Henne«. Zudem bezahlte er fortwährend »Hennes« Bier, da vereinbart war, dass der Verlierer das Getränk spendiert. Nur zwei Spiele gewann er.

Dann kam der vorerst letzte Einsatz, und Switalla verlor noch einmal 40 Mark. Sie diskutierten darüber eine halbe Stunde heftig, was dazu führte, dass Hilmar Switalla herausfordernd zwei 50-Mark-Scheine auf den Tisch legte. Abermals verlor er, und »Henne« steckte die 100 Mark ein. Switalla wurde wütend, da er ja noch 10 Mark zurückbekäme: »Ich gebe dir fünf Minuten Zeit, zu überdenken, ob du nicht einen Fehler gemacht hast.«

»Was für einen Fehler?«, erwiderte der Spielpartner. »Ich habe keinen Fehler gemacht. Du hast schlecht gespielt, und ich habe gewonnen. So einfach ist das nun einmal.«

Nun herrschte tatsächlich für fünf Minuten Schweigen zwischen den beiden, bis Switalla endlich sagte: »Ich bekomme noch zehn Mark!«

»Ach so, sag das doch gleich«, lenkte »Henne« ein und reichte Switalla zwei 5-Mark-Scheine.

Doch dieser wies sie energisch zurück. »Du hast mich betrogen, ich will mein ganzes Geld wiederhaben. Jetzt und sofort. Du bist ein elender Betrüger!«

»Beruhige dich doch«, versuchte »Henne«, ihn zu beschwichtigen. »Du hast eben schlecht gespielt, kein Glück gehabt. Ich habe heute gewonnen, und das nächste Mal gewinnst du. So einfach ist das immer im Leben …«

In Hilmar Switalla brodelte es, Hass- und Rachegedanken stiegen in ihm hoch. »Mit dir wird es ein schlimmes Ende nehmen. Ich schwöre es!«

Nun war es Kasbohrer wohl zu viel, und er versuchte, die Situation zu entspannen, indem er erst einmal auf die Toilette flüchtete. Doch Unheil drohte, denn sein Widersacher folgte ihm sogleich mit aufgeklapptem Taschenmesser in der Manteltasche. Auf der Toilette verlangte Switalla wiederholt sein Geld zurück, was Kasbohrer jedoch strikt ablehnte. »Ich habe gewonnen«, betonte er abermals, »und du hast verloren. So ist das nun einmal.«

Unvermittelt stach Switalla seinem Kneipenkumpel

»Henne« mit dem Messer in die Nackengegend und in die linke Halsseite. Blut strömte aus den Wunden, und »Henne« rückte in Todesangst umgehend die geforderten 100 Mark heraus. Aber Switalla streckte das Messer weiter drohend seinem Opfer entgegen und verlangte nun noch 20 Mark, die »Henne« ihm ohnehin noch schulden würde. Kasbohrer weigerte sich, aber nur für einen kurzen Moment, denn nun schlug ihn Switalla so lange mit der Faust ins Gesicht, bis er auch diese 20 Mark erhielt.

»Na bitte, es geht doch.« Er säuberte das Messer unter dem Wasserhahn und steckte es wieder in seine Manteltasche. »Henne« blutete sehr stark, Switalla gab ihm sein Taschentuch und verließ eilig das *Casino-Eck*.

Als Kasbohrer die Kneipe verließ, wurde er von Switalla abgepasst. Eingeschüchtert schlug »Henne« den Weg zu seiner Wohnung ein, Switalla folgte ihm.

»Natürlich kannst du eine Anzeige erstatten. Das steht dir frei. Aber ich sage dir, wenn ich inhaftiert und verurteilt werde, dann gnade dir Gott! Irgendwann komme ich wieder raus, dann schlage ich dich tot.«

Diese Drohung wiederholte Hilmar Switalla mehrfach sowohl auf dem Weg zur als auch in der Wohnung von »Henne«. Nach einer guten Viertelstunde verabschiedete sich der Übeltäter höflich. Zuvor hatte er noch das blutverschmierte Taschentuch an sich genommen, das ihm ja gehörte. Er wusste natürlich, dass das im Ernstfall ein wichtiges Beweismittel wäre, das ihn sehr belasten könnte.

»Mach's gut, mein Lieber!«, rief er beim Hinausgehen.

»Halt dich zurück! Aber vielleicht siehst du mich in diesem Leben auch nicht wieder. Mal sehen.«

Switalla schlenderte in Richtung seiner Wohnung in der Linienstraße, wo er zusammen mit seiner Mutter lebte. In seinem Kopf kreisten in verworrenen Bahnen die Gedanken. Noch ließen sie sich nicht zusammenfügen und zu einem Sinn verbinden. Noch nicht. Na klar, er musste jetzt handeln, denn der Streit mit »Henne« hatte seinen Plan erheblich durcheinandergebracht. Was ist, wenn der Schlappschwanz doch zur Polizei geht und Anzeige erstattet?

Um Mitternacht traf Switalla bei sich zu Hause ein, seine Mutter schlief schon. Er reinigte seine Hände gründlich und befreite sich vom Blut seines Widersachers. Während er so am Waschbecken stand, verfestigte sich der Gedanke, dass er jetzt und heute handeln müsse. Aber er war unsicher, ob er für das, was er vorhatte, überhaupt den Mut aufbringen und relativ emotionslos handeln könnte. Rein technisch hatte er keinerlei Bedenken. So entschloss er sich, erst einmal einen Selbstversuch zu wagen.

Im Haus schräg gegenüber wohnte Inge Schubert – fünfzehn Jahre älter als er. Kurz nach seiner Haftentlassung 1965 hatte er sie durch seine Mutter kennengelernt, und alsbald waren sie ein Paar. Ein Dreivierteljahr lebte er sogar bei ihr, aber er war eigentlich nur an den intensiven intimen Momenten interessiert, eine Ehe war für ihn ausgeschlossen. Die Streitigkeiten zwischen beiden wurden immer heftiger – sie gerieten schon aus nichtigen Anlässen aneinander. Immer öfter kam Switalla alkoholisiert nach Hause. Wenn sie nur die kleinste kritische Bemerkung machte, schlug er sie und demolierte die Wohnungseinrichtung.

Eines Tages hatte Inge Schubert ihn ausgeschlossen. Daraufhin schlug er mit der Axt die Wohnungstür ein, attackierte seine Freundin mit einem Messer und verprügelte sie. Sie erlitt drei klaffende Wunden am Arm und eine Platzwunde im Gesicht. Er verschwand zu seiner Mutter, die er beauftragte, am nächsten Tag mit Inge Schubert zu sprechen. Die Botschaft, die die Mutter übermittelte, war eindeutig: Falls Inge Schubert ihn bei der Polizei anzeigen würde, würde er sie so zurichten, dass sie einem Menschen nicht mehr ähnlich sähe.

Aus Angst vor Rache unterließ es Inge Schubert tatsächlich, eine Anzeige wegen Körperverletzung zu erstatten. Später bat Hilmar Switalla sie sogar um Verzeihung, und beide verkehrten wieder ganz partnerschaftlich miteinander – bis zum 3. Dezember 1965. An diesem Tag wurde Switalla wegen verbrecherischer Trunkenheit inhaftiert, und Inge Schubert trennte sich abermals von ihm. Aber nicht endgültig, denn nach seiner erneuten Haftentlassung wohnte er einige Tage bei ihr. Es ist zu vermuten, dass es wieder Streit gab. Zudem hatte er eine andere Frau kennengelernt, so dass sie sich als Paar endgültig trennten. Während seiner Ehe mit Rosemarie, wobei es sich bei dieser Beziehung am Anfang vielleicht wirklich um Liebe gehandelt hatte, besuchte er aber Inge Schubert noch einige Male. Sie tranken Alkohol (selbstredend!) und plauderten über die Probleme, die Switalla nun mit seiner neuen Frau hatte.

Am 31. Dezember 1968, er erinnerte sich noch sehr gut an dieses Silvester, suchte er Inge Schubert in ihrer Wohnung auf, die aber gerade mit ihrem neuen Freund den Jahreswechsel feiern wollte. Switalla war eifersüchtig, sehr verärgert über ihre neue Beziehung; es kam zu einer Prügelei zwischen ihm und dem Freund, und da Switalla gewann, warf er ihn kurzerhand aus der Wohnung. Und er erklärte: »Ich sage dir eins, ich bestimme hier, wer sich bei dir aufhalten darf, und wenn ihr – du oder dieser Blödmann – Anzeige erstattet, schlage ich dich tot.«

Er erinnerte sich auch daran, dass er Anfang Februar 1969 nochmals bei Inge Schubert geklingelt hatte. Sie gewährte ihm Einlass, erklärte ihm aber in der Wohnung, dass er sie doch nun in Ruhe lassen möge, sie wolle nichts mehr mit ihm zu tun haben.

Mit all diesen Gedanken und Erinnerungen verließ er am 14. Februar 1969 gegen 0.30 Uhr seine Wohnung. Bekleidet war er mit einer braunkarierten Hose und einem weißen Kunstfaserhemd mit dunklen Knöpfen, darüber trug er ein weiß-grün gesprenkeltes Sakko sowie einen hellen Mantel mit kariertem Futter. In die innere Manteltasche hatte er ein Brotmesser aus der Küche gesteckt. Die Scheidungsklage, ein Notizbuch, ein persönlicher Brief von seiner Frau und ein Krankenhauseinlieferungsschein aufgrund suizidaler Tendenzen vom 15. Januar 1969 befanden sich ebenfalls in seinen Taschen. Er wollte auf alles vorbereitet sein.

Hilmar Switalla ging schräg über die Straße, klingelte an der Wohnungstür von Inge Schubert, die etwas verschlafen im Morgenmantel (sie war schon zu Bett gegangen) die Tür öffnete. Er fragte: »Kann ich bei dir übernachten? Ich hab zurzeit keine Bleibe.«

Nach kurzem Überlegen willigte sie ein. »Komm rein, du kennst dich ja hier aus.«

Im Wohnzimmer rauchten beide noch eine Zigarette, dann gingen sie zu Bett, wie sie das ja schon so oft getan hatten. Inge Schubert zog ihren Morgenmantel aus, Switalla legte seine Kleidung bis auf die Unterwäsche ab. Seine Brille behielt er auf. Er verbrannte noch das von »Hennes« Blut verschmierte Taschentuch im Kachelofen, der behaglich knisterte.

Dann löschte er das Licht. Sie lagen nebeneinander im Bett – wie alte Eheleute. »Gemütlich bei dir, wie immer«, sagte Switalla. Inge Schubert erwartete jetzt ein paar Zärtlichkeiten, aber er schwieg. Nach einer Pause fragte er, ob sie beten könne.

»Nein, warum sollte ich? Ich habe doch noch nie gebetet, das weißt du doch.«

Nach einer weiteren Pause legte er sich plötzlich auf sie, packte sie am Hals und drückte mit beiden Händen kräftig zu. Inge Schubert strampelte in Todesangst mit den Beinen und versuchte, ihn wegzustoßen. Aber es gelang ihr nicht. Nach einer kurzen heftigen Gegenwehr wurden ihre Bewegungen zunehmend kraftloser, bis sie ohne sichtbare Lebenszeichen liegen blieb.

Switalla stand nun auf, schaltete das Licht wieder ein und ging in das Wohnzimmer, wo er seine Kleidungsstücke abgelegt hatte. Er nahm das Brotmesser aus seinem Mantel. An das Bett zurückgekehrt, schlitzte er ihr die linke Halsschlagader auf, durchschnitt anschließend die vordere Halspartie völlig und setzte mehrere Stiche in die Herzregion. Er war sich plötzlich nicht mehr sicher, ob er sie durch das Würgen wirklich getötet hatte.

Als das grausame Werk getan war, begann er, den Leichnam zu sezieren, denn er verfügte ja über einige berufliche Erfahrungen auf diesem Gebiet. Sektionsgehilfe, das war schon immer sein Traumberuf gewesen. Er fügte dem Opfer mehrere Schnittverletzungen im Gesicht zu und öffnete den Bauchraum, wobei er bemerkte, dass das Messer mehr riss als schnitt. Darüber war Switalla sehr verärgert und stellte das Massaker umgehend ein. Er ging in das ans Schlafzimmer angrenzende Wohnzimmer und wollte sich wieder anziehen, da entschloss er sich zu einem weiteren Selbstversuch.

Da ihn die Tat nicht sonderlich erregt hatte und er ruhig geblieben war, kehrte er in das Schlafzimmer zurück, um zu testen, ob ihn der Anblick mit dem vielen Blut erschüttern würde. Das war nicht der Fall. Die Ermordung von Inge Schubert hatte ihn nicht berührt, er fühlte sich befreit, irgendwie so, als ob gar nichts geschehen wäre. In aller Ruhe zog er sich nun an und steckte eine Packung Schlaftabletten der Marke »Kalypnon« ein, die sich in einer Glasschale auf dem Wohnzimmertisch befand. Mit diesen wollte er sein Leben beenden, nachdem er seinen Plan nun endlich vollendet haben würde.

Aus der Manteltasche von Inge Schubert nahm er noch den Haus- und Wohnungsschlüssel. Er wollte schon gehen, da stiegen wieder Zweifel in ihm auf: Diese Prüfung hast du bestanden, dachte er, du bist ruhig und gelassen geblieben. Aber gelingt das auch, wenn es dann wirklich darauf ankommt? Und willst du das auch? Er entschied sich für eine weitere Prüfung. Er löschte das Licht und verschloss die Tür; sein mörderischer Besuch hatte etwa dreißig Minuten gedauert.

Gegen 1.30 Uhr klingelte er nach einem Fußweg von ungefähr einer halben Stunde (wir befinden uns also immer noch im Stadtbezirk Berlin-Mitte) an der Wohnungstür von Ursula Kaschube, mit der er eine konfliktbehaftete, oft in Alkohol ertränkte lose Beziehung unterhielt. Er wusste, dass sie allein lebte. Trotz aller Konflikte in der Vergangenheit (die Volkspolizei in Mitte musste Ursula Kaschube mehrmals schützen!) wurde er eingelassen, so wie er es vorausgedacht hatte. Es gab kein Licht in der Wohnung, denn in den elektrischen Leitungen hatte es geknistert, so dass sie vorsichthalber alle Sicherungen herausgedreht hatte. Auf dem Betttisch stand nur ein kleiner Kerzenrest, den Switalla bei seiner Ankunft anzündete, da in der Wohnung auch keine Streichhölzer vorhanden waren.

Sie rauchten gemeinsam eine Zigarette und legten sich auf das Sofa im Zimmer. Switalla zog sich bis auf die Unterhose aus; da an seinem Unterhemd bereits viel Blut war, wollte er es nicht noch mehr beschmutzen.

Beide sprachen noch drei Minuten miteinander, dann legte er unvermittelt seine Hände um ihren Hals und würgte sie, bis keine Bewegungen mehr zu verzeichnen waren. Als er losließ, machte Ursula Kaschube noch einige röchelnde Atemzüge. Switalla nahm ein Kissen vom Sofa und drückte es ihr aufs Gesicht, bis er glaubte, dass sie tot sei. Er legte sein Ohr an ihre Brust, hörte keine Herzschläge mehr und nahm auch keinerlei Bewegung in ihrem Körper wahr.

Nun wollte er wie bei Inge Schubert mit dem mitgebrachten Messer seinem zweiten Opfer die Halsschlagadern aufschneiden, um den Tod mit Sicherheit herbeizuführen. Er nahm zunächst davon Abstand, weil er plante, dort in der Wohnung zu übernachten, sich auszuschlafen und Kraft zu sammeln für die eigentliche Prüfung – und auf einem blutüberströmten Sofa war das wohl kaum möglich. Um sein Vorhaben trotzdem realisieren zu können, legte er einige Matratzen, die an der Schrankecke standen, und einige Bekleidungsstücke auf den Fußboden des Wohnzimmers. Anschließend bettete er das Opfer darauf und schlitzte ihm mit dem mitgebrachten und schon verwendeten Brotmesser die linke Halsschlagader auf. Zur Sicherheit wollte er ihr das Messer noch in das Herz stoßen. Dabei waren ihm allerdings die Kleidungsstücke, die Ursula Kaschube trug, im Wege. So riss er ihr den BH und den Hüfthalter vom Körper, bis sie völlig nackt dalag.

Nun stieß er ihr mehrere Male mit dem Messer in die Herzregion und schnitt ihr den Hals durch. Er vollzog an ihr einen Kragenschnitt von Schulter zu Schulter, wobei er wieder die »Vision des Sezierens« hatte. Anschließend schnitt Switalla die Haut vom Kragenschnitt aus über dem Brustbein auf, verlängerte den Schnitt über die Bauchdecke bis zu den Genitalien und setzte dann das Messer am rechten Oberschenkel an. Er hatte die Absicht, den Oberschenkelknochen herauszulösen, was er aber nicht realisieren konnte, da das Messer zu stumpf war. Er wollte nun ihren rechten Unterschenkel abtrennen, was ihm aber wegen des unscharfen Messers auch nicht gelang. Er ärgerte sich sehr über sein mangelhaftes Sektionswerkzeug und gab sein Vorhaben auf, auch seinen Plan, in der Wohnung zu übernachten. Man konnte ja auch kaum etwas sehen; nur der kleine brennende Kerzenstummel spendete etwas Licht …

Er nahm das blutige Messer, tastete sich durch die dunkle Wohnung zur Küche, säuberte es dort unter dem Wasserhahn und trocknete es an einem Handtuch ab.

Wie schon bei Inge Schubert hielt er auch hier einen Moment lang inne, um seine Erregungszustände zu begutachten. Wieder fiel ihm dabei auf, dass er während der gesamten grausamen Tat ruhig und gelassen geblieben war. Er ging zum Wohnzimmer zurück, steckte das Messer in die linke Innentasche seines Mantels und zog sich an. Er steckte Wohnungs- und Haustürschlüssel, die auf dem Tisch lagen, ein, löschte ordnungsgemäß die Kerze und verließ die Wohnung. Mit einem Taxi begab er sich auf den Nachhauseweg in die Linienstraße, wo er gegen 2.30 Uhr eintraf.

Die Mutter hatte ihren Sohn bei seiner Rückkehr offensichtlich nicht kommen hören. Switalla ging in die Küche, wo sein Bett stand, entkleidete sich und legte sich schlafen. Zuvor hatte er sich den Wecker gestellt, da er bereits um 6 Uhr in Berlin-Karlshorst sein wollte.

Seit einer tätlichen Auseinandersetzung im Dezember 1968 und der darauf von seiner Ehefrau Rosemarie erstatteten Anzeige gegen ihn reifte in ihm der feste Entschluss, seine Angetraute zu ermorden. Er glaubte, sie für immer verloren zu haben, und wollte nicht, dass sie ein anderer Mann bekommt.

Zur Tötung seiner Frau hatte er mehrere Pläne in Erwägung gezogen. Einer sah vor, einen Polizisten zu überfallen, um so an eine Pistole zu gelangen. Diesen Plan hatte er jedoch wieder verworfen. Terminlich hatte sich Switalla eigentlich auf den 25. Februar 1969 festgelegt, den Tag der Ehescheidung vor Gericht. Er stellte sich vor, im Gerichtssaal seine Rosemarie mit einem Messer zu töten und anschließend seinem Leben selbst ein Ende zu setzen.

Aber nun, nach der Auseinandersetzung mit »Henne« und der drohenden Anzeige, schien es ihm angebracht, sein Vorhaben umgehend auszuführen.

Um 5.30 Uhr klingelte der Wecker, und Switalla, beseelt von seinem Projekt, das er nun verwirklichen wollte, stand sofort auf. Er dachte schnell und unkontrolliert, aber war ganz ruhig. Heute schaffe ich es, sagte er zu sich selbst, heute kommt die Vollendung, ich koste den Gedanken aus, bis ich da bin und weiß, dass nichts mehr angefangen werden kann. Alles geht seinem Ende entgegen.

Er fuhr mit der S-Bahn nach Karlshorst, wo er ungefähr nach einer Stunde ankam. Dann lief er in die Brehmstraße. Hier wohnte seine Frau in einem Mehrfamilienhaus zusammen mit ihrem geschiedenen Ehemann Wolfgang Kirchhoff, deren drei Töchtern und dem gemeinsam mit Switalla gezeugten Sohn. Es war noch früh am Tag, doch Switalla mutmaßte, dass Wolfgang Kirchhoff bereits auf seiner Arbeitsstelle verweilte.

Er war sich aber nicht ganz sicher. Die Haustür war verschlossen. Es war noch dunkel, und seine Beobachtungen der unbeleuchteten Fenster brachten ihm keine neuen Erkenntnisse.

So entschloss er sich, noch einige Zeit verstreichen zu lassen, und spazierte im Wohngebiet umher, auch zum nahe gelegenen Friedhof. Hinter den Bahnschienen lag der Tierpark, und er nahm Raubtiergerüche vom Alfred-Brehm-Haus wahr. Oder bildete es sich ein.

Als er zurückkehrte, stand die Haustür offen, und Switalla begab sich zur Wohnung ins Hochparterre. Auf mehrfaches Klopfen reagierte niemand. Er ging nochmals im Wohngebiet spazieren. Nach seiner nunmehrigen Wiederkehr klopfte er energisch an die Wohnungstür. Nichts. Er nahm Anlauf und rannte gegen die Tür, die daraufhin aufsprang. Er ging in den Flur hinein.

Rosemarie Switalla, die noch im Bett gelegen hatte, kam auf den Flur gestürzt und fragte scharf, warum er auf diese Weise in die Wohnung eingedrungen sei. Er antwortete, dass er seinen Sohn sehen wolle und das Stammbuch holen müsse. Er sah sich in der Wohnung um. Neben seinem fünfmonatigen Sohn hielten sich auch seine drei Stieftöchter zu Hause auf.

Seine Frau war ihm gegenüber zuerst kühl und abweisend, wurde aber nach und nach zutraulicher, so dass es zum Austausch von Zärtlichkeiten kam. In dieser Phase befielen ihn Zorn und Verzweiflung, und er weinte fast ununterbrochen. Daraufhin erklärte sie sich bereit, die Anzeige, die diesen ganzen Streit ja ausgelöst hatte, gegen ihn zurückzuziehen. Er meinte, dass es dafür zu spät wäre, denn er hätte bereits entsetzliche Dinge getan. Als sie nachfragte, was passiert sei, gestand er, zwei Menschen getötet zu haben. Nach dieser Offenbarung wirkte sie sehr verzweifelt und wollte wissen, wie sie ihm helfen könne. Er antwortete, dass er mit dem Vorsatz erschienen sei, auch sie zu töten. Dabei zeigte er ihr das Brotmesser mit dem Hinweis, dass es für sie bestimmt wäre. Er holte auch die Packung mit den vierzig »Kalypnon«-Tabletten aus der Tasche und wies darauf hin, dass er nach ihrer Ermordung seinem Leben ein Ende setzen wolle. Gegenüber seiner Frau äußerte Switalla den Wunsch, dass sie vorher noch einmal mit ihm schlafen solle, da er sie sehr liebe.

Rosemarie Switalla versuchte, ihren Mann vom Tötungsvorhaben abzubringen. Nach zwei Stunden, gegen 13.30 Uhr, war sie unter der Voraussetzung, dass er sein Messer und die Tabletten auf den Wohnzimmertisch lege, bereit, sich mit ihm zum Geschlechtsverkehr auf die Couch zu begeben. Switalla hatte von seiner Frau erfahren, dass sie am Nachmittag Besuch erwarte. Die Zeit drängte, und er ließ sich auf ihre Forderung ein und legte das Messer und die Tabletten auf den Wohnzimmertisch. Sie nahm beides an sich und ging in die Küche. Dort legte sie die Sachen in den Küchenschrank, den sie verschloss. Danach bat sie ihre Tochter, zu einer Nachbarin zu gehen. Das Mädchen sollte der Nachbarin sagen, dass Hilmar ihre Mutti schlagen würde, die

Nachbarin solle dringendst die Volkspolizei rufen. Rosemarie Switalla sprach sehr leise, so dass ihr Mann das Gespräch nicht hörte. Um keinen Verdacht zu erregen, rief sie der Tochter hinterher, dass sie draußen spielen gehen solle.

Switalla hatte eine Waschmaschine, die sich im Korridor befand, hinter die Wohnungstür gestellt, damit niemand mehr diesen Ort betreten konnte. Und seine Frau ihm nicht davonliefe. Denn die Wohnungstür ließ sich nicht mehr verschließen; das Schließblech war durch sein gewaltsames Eindringen beschädigt. Mehr Absicherung schien in diesem Moment nicht möglich.

Dann begab er sich ins Wohnzimmer und zog sich bis auf die Unterhose aus, und auch seine Frau kam wieder in das Zimmer, ohne zu fragen, warum er die Wohnungseingangstür so versperrt hatte. Er verschloss die Stubentür, und beide legten sich auf die Klappcouch. Sie war noch voll bekleidet; Switalla begann, sie langsam zu enthüllen. Doch plötzlich klopfte es an der Wohnungstür. Beide sprangen auf. Der Besuch kommt wohl zu früh, dachte sie und zog sich schnell ihre Hose über. Und er wusste: Es war nicht der Besuch, sondern die Polizei!

Er geriet jetzt in Panik, eilte, nur mit seiner Unterhose bekleidet, auf seine Frau zu, legte ihr beide Hände um den Hals und begann, sie zu würgen. Sie wehrte sich verzweifelt und mit ganzer Kraft. An der Wohnungstür wurde wiederholt geklopft, und Hilmar Switalla glaubte, zu hören, dass die Tür aufgedrückt und die Waschmaschine verschoben wurde. Er zweifelte daran, dass es ihm gelingen würde, seine Frau zu töten, bevor die in die Wohnung eindringenden Personen einträfen. Deshalb drückte er beim Würgen immer stärker zu. Die Gegenwehr seiner Frau war sehr stark, und beide durchquerten im Todeskampf das gesamte Zimmer, bis es ihm gelang, sie auf die Couch zu werfen. Er würgte sie weiter – bis beide auf den Teppich fielen. Zu diesem Zeitpunkt waren die Personen bereits an der Stubentür, klopften und riefen: »Machen Sie sofort die Tür auf!« Hilmar Switalla war polizeierfahren genug, um an der Art des Klopfens und Rufens zu erkennen, dass die Ordnungsmacht vor der Tür stand.

Seine Frau lag inzwischen bewegungslos auf dem Boden. Jetzt musste alles schnell gehen. Switalla konnte sich aufgrund der Situation nicht davon überzeugen, dass sie auch wirklich tot war. Er sprang auf und nahm aus seiner Manteltasche das Taschenmesser, das er gewöhnlich bei sich trug. Er klappte das Messer auf, stürzte wie besessen zu seiner Frau zurück und öffnete damit ihre linke Halsschlagader. Das Blut strömte in wenigen Sekunden aus ihrem Hals heraus und bildete eine Blutlache.

Das Klopfen an der Wohnzimmertür wurde immer heftiger, und Switalla versetzte seiner Frau noch einige Stiche in die Herzregion. Unter der »Vision des Sezierens« wollte er seiner Frau den Kopf vom Rumpf trennen. Er begann, die Weichteile des Halses durchzuschneiden, was ihm bis auf einen kleinen Rest im Nacken gelang. Anschließend wollte Hilmar Switalla wie im Blutrausch die Zwischenwirbel der Halswirbelsäule durchtrennen, die jedoch mit einigen Bändern verbunden blieben. Um noch etwas mitzunehmen, trank er Blut von seiner Frau. Er hatte einmal gelesen, dass die Bluteiweiße im Körper angelagert werden. Somit würde er immer etwas von Rosemarie in sich haben.

Während der gesamten Zeit hatte Hilmar Switalla ein beseelendes Glücksgefühl erfasst. Er wurde ganz ruhig, so wie er es nach dem Mord an seiner Frau sein wollte, zog sich seine Sachen an, rauchte am Fuße seiner toten Frau eine Zigarette, zündete sich anschließend eine zweite an. Man begehrte immer noch Einlass, und nun endlich schloss er, da alles getan war, die Wohnzimmertür auf.

Beim Eintreten der Polizisten stand Switalla rauchend in der Stube und war gerade dabei, sein blutverschmiertes Hemd in die Hose zu stecken. Er drückte seine Zigarette vor dem Ofen aus und sagte mit ruhiger Stimme: »Da liegt sie, mausetot. Ich habe sie seziert. Schlechte Arbeit geleistet, kein richtiges Werkzeug gehabt. Ich bin Sektionsgehilfe.«

Während er diese Worte sprach, grinste er die Leiche an. Hilmar Switalla gab gegenüber den Schutzpolizisten an, noch zwei weitere Frauen »seziert« zu haben. Dies hier sei Pfuscharbeit gewesen. Es sei kein richtiger Tisch mit Blutablauf vorhanden gewesen, und die nötigen Instrumente habe er auch nicht zur Verfügung gehabt. Auf Befragen durch die Polizeibeamten gab er sofort die Adressen der beiden anderen Opfer an. Einer der Polizisten wiederholte seine Angaben und vertauschte dabei bewusst die Adressen, woraufhin Switalla ihn unverzüglich korrigierte. Nach dem Verbleib des Tatwerkzeugs gefragt, wies er auf den Wohnzimmerschrank. Er gab weiterhin wahrheitsgemäß an, noch ein großes Messer und vierzig Schlaftabletten mitgebracht zu haben. Seine Ehefrau habe jedoch diese Dinge versteckt, nachdem er ihr erzählt hatte, schon zwei Frauen »seziert« zu haben.

Zum Ort des Geschehens wurde ein Notarzt gerufen, der jedoch nur noch den Tod der Rosemarie Switalla feststellen konnte. Ein weiterer Funkstreifenwagen traf zur Sicherung des Tatorts ein.

Der dreifache Mörder wurde der Volkspolizeiinspektion (VPI) Lichtenberg zugeführt. Die Kriminalisten verständigten die Morduntersuchungskommission (MUK) des Präsidiums der Volkspolizei (PdVP) Berlin. Die MUK bestand aus zehn erfahrenen Kriminalisten und fand sich nach kurzer Zeit zur Einsatzbesprechung in der VPI Lichtenberg ein.

Dreiteiliges Täterlichtbild Hilmar Switalla

Die zwischenzeitlich durchgeführten Wohnungsüberprüfungen bestätigten die Angaben von Switalla, so dass die MUK-Spezialisten auf die Tatorte aufgeteilt werden mussten. In der VPI Lichtenberg wurde ein Führungspunkt zur Informationssammlung und zur Koordinierung der Maßnahmen eingerichtet. Im Abstand von drei bis fünf Stunden suchte der Leiter der MUK die einzelnen Tatortgruppen auf, um Informationen auszutauschen und die Ermittlungen abzustimmen.

Am 14. Februar 1969 gegen 15.15 Uhr traf die durch den Operativen Diensthabenden (ODH) verständigte diensthabende Gruppe der Kriminalpolizei des PdVP Berlin ein, die die Mieter*innen des Wohnhauses in der Brehmstraße zu relevanten Wahrnehmungen und Kenntnissen über das Opfer befragte, mit den folgenden Ergebnissen:

Hilmar Switalla war am Morgen des 14. Februar 1969 gegen 7.30 Uhr von einer Nachbarin vor der Wohnungstür gesehen worden. Gegen 8 Uhr hatte die Nachbarin einen Knall gehört und später von der Tochter des Opfers erfahren, dass Hilmar Switalla die Tür aufgebrochen hätte.

Frau Hagemeister, die die Polizei über den Notruf verständigt hatte, gab zu Protokoll, dass sie die Tochter von Rosemarie Switalla gegen 13.30 Uhr auf der Straße getroffen hätte, die sie bat, die Polizei anzurufen, da der »Onkel« wieder da sei, die Tür eingeschlagen und die Mutter Angst habe. Von Frau Hagemeister erfuhren die Kriminalisten zudem, dass sich Hilmar Switalla im Februar 1968 mit einem Seziermesser die Pulsadern aufgeschnitten hatte und in die Wohnung der Familie Kirchhoff/Switalla eingedrungen war. Rosemarie

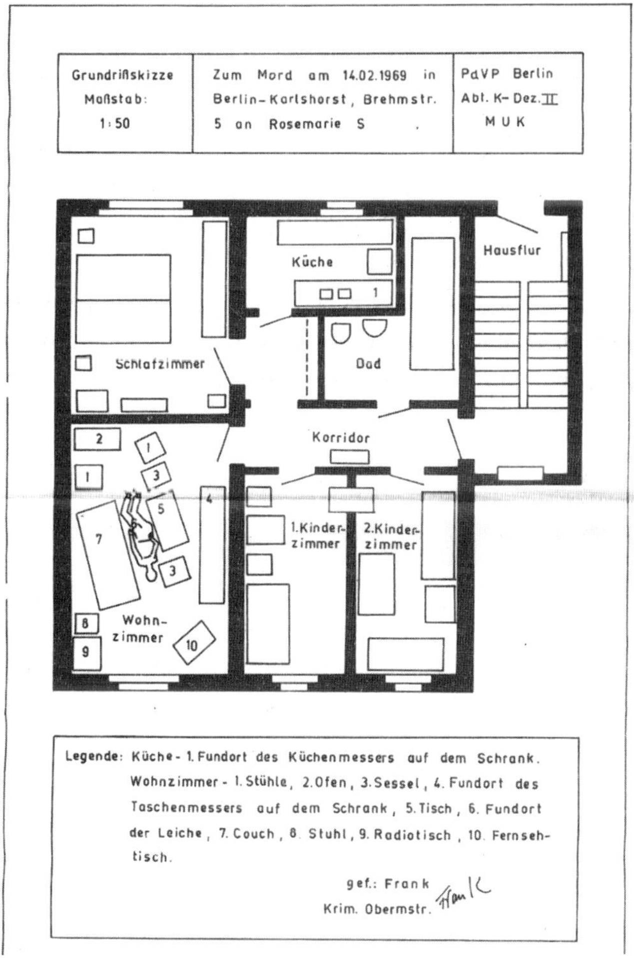

Grundrissskizze des Tatorts in der Brehmstraße in Berlin-Karlshorst

Switalla hatte Frau Hagemeister auch erzählt, dass ihr Mann sie im Dezember 1968 aus Eifersucht mit einem Seziermesser bedroht und ins Gesicht geschlagen hatte, so dass sie sich in ärztliche Behandlung begeben musste.

Die Tatortuntersuchung begann um 17.30 Uhr und dauerte bis circa 23 Uhr. Alle tatrelevanten Spuren wurden kriminaltechnisch gesichert und dem Kriminalistischen Institut der Deutschen Volkspolizei zur Auswertung zugesandt.

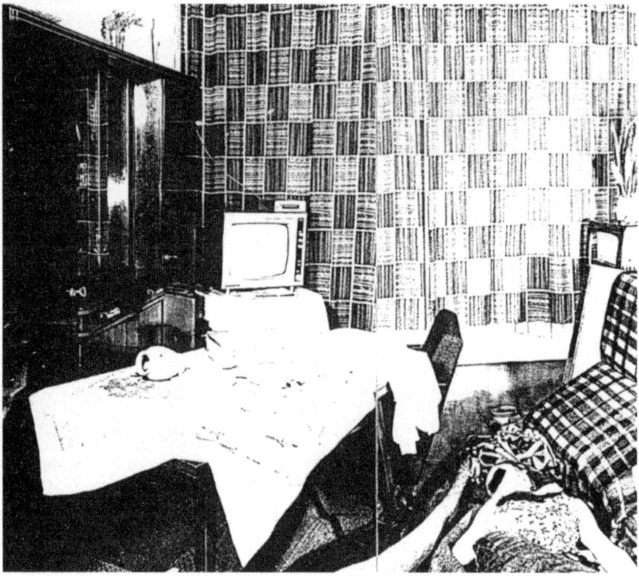

Das Opfer Rosemarie Switalla

In der Zwischenzeit wurde der Mörder zur Blutalkoholbestimmung in das Krankenhaus der Volkspolizei in die Scharnhorststraße gebracht, dort wurde auch eine Speichelprobe genommen. Die Bestimmung des Blutalkoholgehalts ergab null Promille. Danach wurde er wieder zur VPI Lichtenberg verbracht, wo er durchsucht wurde. Seine Bekleidung beschlagnahmte man als Beweismittel, da sie Tatspuren in Form von Blutverschmierungen aufwies. Die von Switalla mitgeführten Gegenstände, unter anderem ein Sperrhaken, ein an ihn gerichteter Brief seiner Frau, eine gerichtliche Ladung in der Ehesache für den 25. Februar 1969, eine Krankenhauseinweisung vom 15. Januar 1969 für ihn mit der Diagnose »schwere Psychopathie, existentielle Suizidtendenzen«, die Ehescheidungsklage und ein Notizheft mit persönlichen Eintragungen, wurden ebenfalls als Beweismittel eingezogen und beschlagnahmt.

Von den Verletzungen an seinem Körper sowie den Fremdblutverschmierungen fertigten die Kriminaltechniker Farbfotos an. Der sich teilweise unter den Fingernägeln befindliche Schmutz wurde entfernt und gesichert. Die am Körper befindlichen Fremdblutanhaftungen konnten mit den damals zur Verfügung stehenden Mitteln nicht in entsprechender Qualität gesichert werden. Da Hilmar Switalla nun ständig schlug, randalierte und zu keiner vernünftigen Zusammenarbeit bereit war, wurde er gefesselt.

Am 14. Februar 1969 erfolgte gegen 21.30 Uhr im PdVP durch zwei Ärzte des Instituts für Gerichtliche Medizin der Charité die körperliche Untersuchung des Beschuldigten. Switalla machte nun einen schläfrigen Eindruck, war aber zeitlich und örtlich voll orientiert. Auf Fragen, die seine Opfer betrafen, reagierte er zunächst mit einem fast albern wirkenden Lachen. Er wurde kurz zu seinem persönlichen Werdegang und zu den Taten befragt. Er gab an, seine Frau ein bisschen gewürgt und dann »seziert« zu haben, da er sie liebe. Auf die Frage, ob er noch jemanden »seziert« habe, antwortete er: »Nur so zum Spaß, nur zur Probe. Das Material war Ausschuss (…) wollte mich auf die Prüfung vorbereiten (…) ich wollte sogar dekapitieren, ist aber nicht gelungen (…) hatte nur unzulängliches Werkzeug.« Wobei angemerkt werden muss, dass er den Vorgang der Dekapitation meinte, was einfach Köpfung bedeutet.

Weiterhin gab Switalla an, dass er vor der Tat noch Geschlechtsverkehr mit seiner Frau haben wollte, und bevor er die drei Frauen gewürgt habe, hätte er allen die Frage gestellt, wie alt sie seien und wie alt sie noch werden wollten und ob sie beten könnten. Bei der körperlichen Untersuchung fanden sich bei Switalla an Kopf, Hals, Brust, Oberarmen, Oberschenkeln und Unterschenkeln zahlreiche blutverkrustete Riss- und Kratzverletzungen. Beide Hände waren blutverschmiert.

Er wurde am 15. Februar 1969 gegen 0.45 Uhr ausführlich zum Sachverhalt vernommen. Dabei war er sehr um eine wahrheitsgemäße Darstellung seiner Taten bemüht und diktierte seine Vernehmung in die Maschine.

Fast zeitgleich erging die Anordnung zur Durchsuchung und Beschlagnahme der Wohnräume des Beschuldigten und seiner Mutter in der Linienstraße. Da die Mutter zu allen Räumlichkeiten gleichermaßen Zutritt hatte, bestand Gefahr im Verzuge. Mit der Durchsuchung wurde am 15. Februar 1969 um 0.10 Uhr im Beisein der Mutter und eines Staatsanwalts begonnen.

Nach Beendigung der ersten Vernehmung brachte man ihn in die Untersuchungshaftanstalt in die Keibelstraße in Berlin-Mitte in der Nähe des Alexanderplatzes. Die Inhaftierung erfolgte unter besonderer Bewachung, da eine große Suizidgefahr bestand.

Die jeweils zu den einzelnen Taten von Amts wegen gefertigten Anzeigen wegen des Verdachts des Mordes wurden in einem Ermittlungsverfahren zusammengefasst. Hilmar Switalla war geständig und überführt, am 14. Februar 1969 drei Frauen jeweils in ihren Wohnungen durch Messerstiche, Halsschnitte und Würgen vorsätzlich getötet zu haben.

Natürlich wurde weiter intensiv ermittelt. Zur Verstärkung der Einsatzkräfte bei der Durchführung des »Ersten Angriffs« bildete die Berliner Kriminalpolizei eine Erweiterte MUK in Stärke von dreißig Kriminalisten, denn Switalla hatte in seinen Vernehmungen sehr detaillierte Angaben gemacht, die alle überprüft werden mussten.

Vom St. Joseph Krankenhaus und vom Städtischen Krankenhaus Wuhlgarten ließ sich die Kriminalpolizei die Krankengeschichte des Hilmar Switalla aushändigen. Er war dort mehrfach wegen Suizidversuchen behandelt worden. Am 25. Februar 1969 beauftragte die Staatsanwaltschaft das Haftkrankenhaus Waldheim mit seiner psychiatrischen Begutachtung. Switalla wurde am 27. Februar 1969 nach Waldheim verlegt.

Auch die Kriminaltechnik arbeitete intensiv an der Beweisführung. Die an den drei Tatorten gesicherten daktyloskopischen Spuren wurden mit den Vergleichsfingerabdrücken von Hilmar Switalla und den mittels Daktyloskopiefarbstein und Prenaband angefertigten

Vergleichsabdrücken der Opfer einzeln verglichen. Dabei stellten die Sachverständigen für Daktyloskopie an zwei Spuren Übereinstimmung mit individuellen Merkmalen von Hilmar Switalla fest. Die am Tatort des Mordes an Ursula Kaschube in Berlin-Mitte gesicherte Spur an der äußeren Seite der Wohnzimmertür wurde durch den linken Mittelfinger und die Papillarleistenspur auf der blutbehafteten Zigarettenschachtel vom Tatort des Mordes an Rosemarie Switalla in Karlshorst durch den rechten Zeigefinger des Täters verursacht.

Die am Tatort in der Linienstraße, Opfer Inge Schubert, aufgefundenen verbrannten Reste eines Textilprodukts untersuchten die Experten auflicht- und durchlichtmikroskopisch. Dabei stellte man fest, dass es sich um Baumwollgewebe handelte, das in Leinenwandbildung verarbeitet war. Mindestens drei Kanten besaßen einen Saum, der maschinell gefertigt worden war. Eine Größenbestimmung war aufgrund des starken Zerstörungszustands nur annähernd möglich. Es konnte sich um das Format eines handelsüblichen Taschentuchs gehandelt haben. Die am Textilprodukt festgestellten Merkmale (Material, Gewebe, Saum) wurden mit den in der Sammlung des Kriminalistischen Instituts befindlichen Taschentüchern verglichen. Es ergaben sich keine Unterschiede. Ob es sich tatsächlich um ein Taschentuch gehandelt hatte, konnte aber aufgrund der starken Zerstörung nicht mehr festgestellt werden.

Die im Institut für Gerichtliche Medizin der Charité nach der Sektion vorgenommene Blutgruppenbestimmung der Geschädigten brachte folgende Ergebnisse:

- Inge Schubert: 0 Gm (a+) (x-) (f+),
- Ursula Kaschube: 0 Gm (a-) (x-) (f+),
- Rosemarie Switalla: 0 Gm (a-) (x-) (f+).

Da zwei Blutgruppen vollständig übereinstimmten und auch die dritte nur in einem Merkmal Unterschiede aufwies, waren die Differenzierungsmöglichkeiten der Spuren sehr begrenzt. Die Untersuchung der Vergleichsblutprobe des Beschuldigten Hilmar Switalla ergab 0 Gm (a-). Was heißt, dass alle vier Personen, ein Täter und drei Opfer, dieselbe Blutgruppe besaßen. Das ist in der Kriminalgeschichte wahrscheinlich einmalig.

Das am Tatort der Tötung von Inge Schubert an der Türklinke der Küchentür gesicherte Handtuch sowie der Staublappen aus der Wohnung der Ursula Kaschube wiesen kein Blut in nachweisbarer Form auf. Am gesicherten Handtuch aus dem Küchenschrank der Wohnung von Ursula Kaschube befanden sich außer erheblichen Verschmutzungen mehrere stark verwässerte blutverdächtige Spuren. Zur Darstellung wurden die Handtuchflächen mit einer Benzidinlösung eingesprüht, wodurch sternförmige Spuren hervortraten, die durch das Abwischen eines Messers entstanden sein konnten. Das ebenfalls in der Küche von Ursula Kaschube gesicherte Handtuch vom Handtuchhalter wies auch stark verwässerte blutverdächtige Flecken auf, die ebenso mit einer Benzidinlösung behandelt wurden. Diese Spuren konnten durch eine Handfläche auf das Handtuch übertragen worden sein. An einem Buch, das im Wohnzimmer von Ursula Kaschube gesichert werden konnte, befanden sich ab etwa Seite 400 an den Blattaußenrändern zwei bluttypische Spuren. Der Menschenblutnachweis fiel positiv aus und ergab die Eigenschaft Gm (a-). Diese Spuren waren wahrscheinlich durch das Greifen mit zwei blutigen Fingern entstanden.

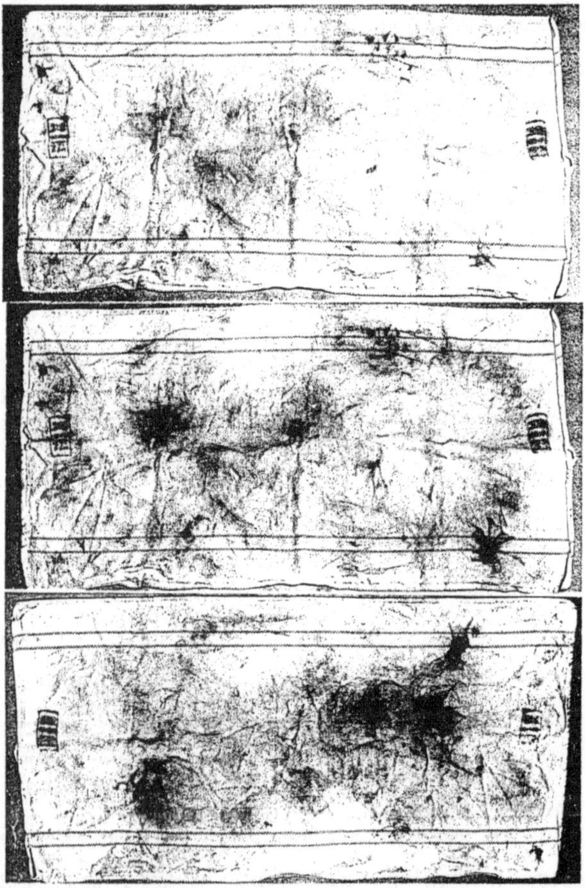

Das Handtuch aus der Küche von Ursula Kaschube

An den Bekleidungsstücken des Beschuldigten ließ sich ebenso Menschenblut nachweisen. Im Fingernagelschmutz gelang nur der Blutnachweis. An der Außenseite des Mantels befanden sich an der Manschette des rechten Ärmels und auf der linken Taschenklappe Blutwischspuren. An der linken Brustpartie und am Kragen waren mehrere Blutspritzer mit einem Durchmesser von weniger als einem Millimeter erkennbar. Bluttypische Durchtränkungen befanden sich im rechten Taschenfutter und im Futter der Brusttasche. Mit Ausnahme der Blutspritzer wurde bei den Spuren der Blutnachweis nach Masao Takayama und der Menschenblutnachweis nach Örjan Ouchterlony durchgeführt. Sie fielen positiv aus. Mit den Spuren aus dem Taschenfutter konnten Agglutininbestimmungen nach Lattes (Verklumpung, Verklebung von Zellen durch Antikörper) vorgenommen werden. Bei den Spuren aus dem Brusttaschenfutter handelte es sich um Agglutinine der Gruppe 0, während an dem Futter der rechten Außentasche keine Reaktionen festgestellt wurden. Das unterschiedliche Spurenverhalten erklärten die Gutachter damit, dass die Spuren von zwei verschiedenen Individuen stammten. Die Gutachter stützten ihre These darauf, dass die Spur aus der rechten Tasche Gm (a+) reagierte und sich die Spur aus der Brusttasche Gm (a-) verhielt.

Die Jacke von Hilmar Switalla trug minimale Blutspuren. An der braun-schwarz-karierten Herrenhose konnten bluttypisch aussehende Spuren festgestellt werden. Sie befanden sich innen und außen am linken

Taschenfutter sowie am eingesetzten Futterstoffzwickel und besaßen die Eigenschaft Gm (a-). Das weiße Nylonoberhemd und das Unterhemd trugen insbesondere auf der Rückenpartie umfangreiche, teils großflächige, bluttypisch aussehende Spuren. An insgesamt sieben Stellen wurden Tests durchgeführt, die alle Gm (a-) reagierten. Auf der Unterhose und an den Socken des Hilmar Switalla konnte ebenfalls Menschenblut mit der Eigenschaft Gm (a-) nachgewiesen werden.

Das als Tatwerkzeug verwendete Küchenmesser trug auf der gesamten Oberfläche minimale Blutspuren. Zwischen Griff und Messerangel konnten Menschenblutspuren der Gruppe 0 nachgewiesen werden, die Gm (a+) reagierten. Dieser Befund schloss nach Ansicht der Gutachter nicht aus, dass sich an dieser Stelle außerdem Gm-(a-)-Blutspuren befanden. Das Opfer Inge Schubert hatte, wie wir wissen, die Serumeigenschaft Gm (a+).

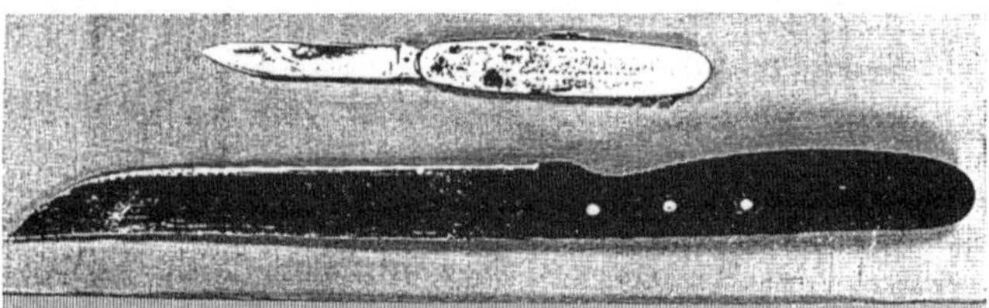

Die zwei Tatmesser, die in der Wohnung des Opfers Rosemarie Switalla aufgefunden wurden

Das als zweites Tatwerkzeug verwendete Taschenmesser war einschließlich der größeren Klinge fast vollständig mit Menschenblut bedeckt, das die Eigenschaft

0 Gm (a-) besaß. Diese Eigenschaft wiesen auch die Opfer Ursula Kaschube und Rosemarie Switalla auf.

Auf der in der Wohnung des Opfers Rosemarie Switalla aufgefundenen Streichholzschachtel und auf der angebrochenen Zigarettenschachtel der Marke »Lux« konnten Blutspuren der Serumeigenschaft Gm (a-) nachgewiesen werden. Der aus dem Flur des Opfers stammende Stoffvorhang wies mehrere bluttypisch aussehende Spritzspuren auf, die Gm (a-) reagierten. Auf einer Wolldecke, die auf dem Sofa in der Tatwohnung von Inge Schubert gelegen hatte, wurden Spermaspuren nachgewiesen, die aber offenbar vor längerer Zeit entstanden waren.

Das Blut von Hilmar Switalla wurde auf Spuren des Schlafmittels »Kalypnon« untersucht, wozu man eine Extraktion mit Chloroform ausführte. Das Extrakt wurde mit Natriumhydroxid (NaOH) und Essigsäure umgefällt und nochmals mit Chloroform extrahiert. Das auf 50 Mikroliter eingeengte Extrakt wurde vergleichend mit Chlorformlösung von »Kalypnon« untersucht. Die Reaktionswerte beider Peaks stimmten überein. Die Gutachter schlussfolgerten, dass es sich bei der im Blut nachgewiesenen Substanz mit hoher Wahrscheinlichkeit um »Kalypnon« gehandelt hat. Die Konzentration war allerdings sehr gering und besaß somit keine pharmakologische Wirkung. Für eine eindeutige Aussage war das Untersuchungsmaterial jedoch nicht ausreichend.

Die Untersuchung der Speichelprobe von Hilmar

Switalla ergab, dass es sich bei ihm um einen starken Sekretor von 0 (H)-Substanzen handelte. Da bei den Sektionen der drei Opfer keine Bestimmung der Sekretoreigenschaften erfolgte, sie jedoch alle der Blutgruppe 0 angehörten, war eine Zuordnung der gesicherten Zigarettenreste nicht möglich. Von Absorptionsbestimmungen wurde im Einvernehmen mit dem Untersuchungsführer Abstand genommen und das Material asserviert.

Die Tatmesser wurden dem Institut für Gerichtliche Medizin der Charité zur Begutachtung vorgelegt. Die Gutachter kamen zu dem Schluss, dass die beiden Messer als Tatwerkzeuge geeignet waren. Vom Sektionsergebnis her gab es keinen Widerspruch zum Tathergang, wie ihn der Beschuldigte ausführlich geschildert hatte.

Der zuständige Staatsanwalt vernahm Hilmar Switalla am 20. Mai 1969 abschließend im Haftkrankenhaus Waldheim. Ihm wurden dabei die Beweismittel vorgelegt. In Absprache mit dem Gutachter wurde ihm das Ergebnis der psychiatrischen Begutachtung nicht bekanntgegeben, weil man befürchtete, dass er sich dann aggressiv verhalten würde.

Am 23. Mai 1969 übergab die MUK die Akten mit einem Schlussbericht an die Staatsanwaltschaft zur Anklageerhebung. In der Voruntersuchung war Hilmar Switalla, das soll angemerkt werden, stets bemüht gewesen, zur Wahrheitsfindung beizutragen. Er hatte in keinem Fall versucht, zu lügen beziehungsweise Tatsachen zu bestreiten. Seine Angaben deckten sich völlig mit den objektiven Feststellungen. Während des Ermittlungsverfahrens äußerte er mehrfach Suizidabsichten.

Wer war Hilmar Switalla? Wie konnte aus ihm ein grausamer, gefühlsloser Dreifachmörder werden? Seine Biografie gibt auf diese Fragen einige Antworten.

Hilmar Switalla wurde 1938 im damaligen Ostpreußen als einziges Kind seiner Eltern geboren. Dort besuchte er im Alter von sechs Jahren die Grundschule. Ein Jahr später siedelte die Familie kriegsbedingt nach Berlin um.

Switalla zeigte wenig Interesse am Lernen und an allen schulischen Belangen und beendete die achte Klasse mit befriedigenden Ergebnissen. Von 1952 bis 1953 absolvierte er im Pflichtschuljahr die neunte Klasse. Anschließend begann er eine Lehre als Maschinenbauschlosser, die er aber alsbald aufgrund von Streitigkeiten mit seinem Lehrmeister abbrach. Eine weitere Berufsausbildung zu beginnen, lehnte er strikt ab. Sein Wunsch war es, zur See zu fahren, was jedoch aufgrund einer Sehschwäche abgelehnt wurde.

Sein Vater, der immer kategorisch und wenig väterlich aufgetreten war, war wenig zu Hause, und so lag die Erziehung von Hilmar Switalla in den Händen der Mutter. Die durchaus pflichtbewusste und ruhig wirkende Frau behandelte den Sohn stets mit Nachsicht. Die Beziehung zur Mutter war zwiespältig. Zuerst hing er sehr an ihr, später störte ihn ihre dauernde Bevormundung, und er widersprach ihr immer heftiger.

Die Ehe der Eltern wurde 1949 aufgrund außerehelicher Beziehungen des Vaters geschieden. Bis 1954 lebte der Vater aber noch in der häuslichen Gemeinschaft, wobei es zwischen den Eltern immer wieder zu tätlichen Auseinandersetzungen kam, die von beiden Seiten aggressiv geführt wurden.

In der Schule bezog Hilmar Switalla von älteren Schülern gelegentlich Prügel und wurde oft gehänselt. Bis zum Eintritt in die Lehre hatte er stets Angst vor solchen Auseinandersetzungen, weinte oft und war verstimmt. Im Alter von fünfzehn Jahren verprügelte Switalla erstmals einen älteren Jugendlichen, der ihn in der Vergangenheit traktiert hatte. Er merkte damals plötzlich, dass er kräftiger als seine Altersgenossen war und seine Fäuste zu gebrauchen verstand. Seitdem hörten die Hänseleien auf, und er hatte weniger Furcht vor anderen Jugendlichen. Er hatte sich offenbar durchgesetzt.

Als Kind galt Hilmar Switalla als sehr tierlieb. Er besaß weiße Mäuse sowie Meerschweinchen, die er selbst versorgte. Bei einem Schulausflug fand er eine Katze, die er mit nach Hause nehmen wollte. Doch als der Lehrer ihm dies verbot, erschlug er die Katze.

Als Jugendlicher hatte er viel gelesen, vor allem technische Literatur und Abenteuerromane. Weiterhin bastelte er, spielte Schach und zeichnete. Von seinem sechzehnten Lebensjahr an betätigte er sich im Boxsport.

In frühester Jugend entdeckte Switalla seine Vorliebe für Messer. Schon als Kind spielte er gern mit dem Tranchiermesser, später legte er sich eine Messersammlung zu.

Im Jahr 1954 gab es einen dramatischen Einschnitt im Leben der Familie Switalla. Die Eltern wurden wegen Spionageverdachts in Haft genommen, alsbald aber wieder entlassen. Der Vater verließ im selben Jahr die DDR.

Nachdem Hilmar Switalla seine Lehre abgebrochen hatte, genoss er das ungebundene und freie Leben. Meistens blieb er nur kurz in seinen Anstellungen. Bis 1959 hatte er bereits über zwanzig Arbeitsstellen durchlaufen. Richtige Freunde besaß er nicht. Er traf sich mit Jugendlichen gleichen Alters auf der Straße und in Kneipen. Ab dem achtzehnten Lebensjahr trank Hilmar Switalla regelmäßig und viel Alkohol.

Im Jahr 1956 verließ er im Zusammenhang mit einem Paketdiebstahl illegal die DDR und lebte bei seinem Vater in der Bundesrepublik. Er kehrte jedoch nach einem Jahr zurück, da er zu seinem Vater keinen richtigen Kontakt fand.

Seit 1959 arbeitete Switalla bei der Akademie für Arbeitshygiene als Laborgehilfe. Zu seinen Aufgaben gehörten Tiersektionen, Beatmungsversuche an lebenden Objekten und Farbstoffversuche. Er war mit dieser Tätigkeit sehr zufrieden, da er sich bereits als Schüler für Biologie interessierte und Mäuse, Meerschweinchen und Fische seziert hatte. Im Jahr 1960 wechselte sein Chef an das Pathologische Institut der Charité. Nach dessen Weggang verlor Hilmar Switalla das Interesse an seiner Arbeit.

Zwischenzeitlich hatte er ein Mädchen kennengelernt und sich verlobt. Sein Vorhaben, das Abitur in der Abendschule nachzuholen und ein Studium aufzunehmen, verwarf er nach einer Auseinandersetzung mit seiner Verlobten. Im Zuge dieser Kontroverse verließ er das zweite Mal die DDR. Auf Initiative seiner Verlobten kehrte er aber kurze Zeit später wieder zurück.

Bald darauf nahm er zu seinem ehemaligen Chef Verbindung auf und bekam eine Anstellung im Physiologischen Institut der Charité. Hier arbeitete er bis zu seiner fünfmonatigen Inhaftierung wegen gemeinschaftlich begangenen schweren Diebstahls im Jahr 1961. Sein ehemaliger Chef kümmerte sich auch während der Haftzeit um ihn, und so nahm Switalla nach seiner Haftentlassung eine Tätigkeit am Pathologischen Institut der Charité auf. Dort arbeitete er am Vormittag als Sektionsgehilfe in der Pathologie und am Nachmittag in seiner eigentlichen Stellung als Mechaniker.

Während einer tätlichen Auseinandersetzung mit seiner ersten Ehefrau im Frühjahr 1962 bedrohte er diese mit einem Messer und warf es nach ihr. Hilmar Switalla war stark alkoholisiert und schlug auf herbeigerufene VP-Angehörige massiv ein. Er wurde wegen Widerstands gegen die Staatsgewalt zu vier Monaten auf Bewährung verurteilt. Im Dezember des gleichen Jahres schlug er nach einem Gaststättenbesuch mit seinem damaligen Schwager einen Studenten zusammen und fügte diesem eine Gehirnerschütterung sowie eine Unterkieferfraktur zu. Des Weiteren schlug er auf ein Ehepaar ein und widersetzte sich auch hier der einschreitenden Volkspolizei. Er wurde daraufhin zu sechzehn Monaten Freiheitsentzug und vier Monaten Bewährung aus seiner Vorstrafe vom Frühjahr verurteilt, die er voll verbüßte.

Schon in diesem Verfahren wurde ein gerichtspsychiatrisches Gutachten eingeholt, das ihm eine Psychopathie ohne Krankheitswert bescheinigte, ihm jedoch verminderte Einsichtsfähigkeit aufgrund einer akuten Alkoholvergiftung zugestand.

Nach der Verbüßung seiner Haftstrafe 1964 zog er erneut in die Wohnung seiner Mutter und nahm seine Tätigkeit als Sektionsgehilfe wieder auf. Er war zu dieser Zeit sehr wissbegierig, bildete sich autodidaktisch weiter und wollte seinen staatlichen Abschluss als Sektionsgehilfe ablegen. Für einige Monate übernahm er sogar die Position des stellvertretenden Obersektionsgehilfen. Dabei war es ihm egal, ob er im Labor arbeitete oder direkt am Leichnam. Es war ihm lediglich wichtig, in der Medizin tätig zu sein.

Doch die kriminelle Karriere ging unvermittelt weiter. Im Dezember 1965 wurde er wegen verbrecherischer Trunkenheit erneut für achtzehn Monate inhaftiert. Er hatte auf dem Hallenser Hauptbahnhof eine Verkäuferin ohne ersichtlichen Grund geschlagen und sich der Festnahme durch die Transportpolizei widersetzt. Nach seiner Haftentlassung 1967 wollte er wieder als Sektionsgehilfe arbeiten, was aber aufgrund einer Netzhautablösung nicht mehr möglich war.

Hilmar Switalla weigerte sich strikt, eine andere Tätigkeit aufzunehmen, arbeitete dann aber schließlich im Rahmen eines Wiedereingliederungsprogramms für Haftentlassene beim Volkseigenen Betrieb (VEB) Steremat »Hermann Schlimme« – einem Produktionsbetrieb für Elektroanlagen –, wo er bis zu seiner Festnahme am 14. Februar 1969 tätig war.

Im Rahmen der Beschuldigtenvernehmung und der gerichtspsychiatrischen Begutachtung musste Hilmar

Switalla auch zu seiner sexuellen Entwicklung befragt werden, die nach seinen Angaben eine wichtige Rolle in seinem Leben spielte.

Schon im Vorschulalter hatte Switalla oft onaniert. Wenn ihn sein Vater dabei erwischte, machte er ihm Vorwürfe, was Switalla sehr unangenehm war und ihn auch noch in der Pubertät psychisch stark belastete. Im Alter von sechs Jahren bekam er von seinem Vater ein Buch über Geschlechtsunterschiede in die Hände, in dem ihn die Abbildungen beeindruckten. Der Vater klärte ihn später anhand von Pflanzen auf. Das meiste lernte er jedoch von Gleichaltrigen. Er war sehr an Zärtlichkeiten interessiert, die er von seiner Mutter auch stets bekam.

Mit vierzehn Jahren unterhielt Hilmar Switalla eine Freundschaft zu einem gleichaltrigen Mädchen, mit dem er auch den ersten Geschlechtsverkehr hatte. Weil das Mädchen kurze Zeit später verzog, blieb es bei diesem einmaligen intimen Kontakt. Ansonsten war er gegenüber dem weiblichen Geschlecht gehemmt und unfähig, eine Frau auf der Straße anzusprechen. Als Achtzehnjähriger unterhielt er mit einem sechzehnjährigen Mädchen eine intime Beziehung, die er nach drei Monaten beendete, da ihm das Mädchen zu »flatterhaft« war. In der Folgezeit häuften sich seine Beziehungen zu Frauen, die er alle über gemeinsame Bekannte kennengelernt hatte. Meist war er nur einmal oder ganz wenige Male mit ihnen intim.

Im Jahr 1958 lernte Switalla auf der Arbeit seine erste Ehefrau, Karin Hermann, kennen. Sie verlobten sich schnell, heirateten aber erst 1962. Bereits in der Phase der Verlobung kam es wiederholt aus geringfügigen Anlässen zu tätlichen Auseinandersetzungen, bei denen er meist alkoholisiert war. Nach den Streitigkeiten bat er seine Verlobte stets, ihm zu vergeben und wieder mit ihm zusammenzuleben. Als Karin Hermann ernsthafte Trennungsabsichten äußerte, beging er bereits 1958 und ein weiteres Mal 1960 demonstrative Suizidversuche, um sie von der Trennung abzuhalten.

In der Zwischenzeit war Hilmar Switalla bereits zweimal Vater geworden. Nach Aussage seiner ersten Ehefrau liebte er seine Kinder sehr. Während eines Streits schlug er seine Frau, würgte sie und warf mit einem Messer nach ihr. Da er sich der herbeigerufenen VP gewalttätig widersetzte, wurde er verurteilt und später inhaftiert. Die erste Ehe wurde 1963 auf Wunsch seiner Frau geschieden.

In der Folgezeit unterhielt Hilmar Switalla mehrere kurzzeitige Frauenbekanntschaften, wobei für ihn der sexuelle Kontakt im Vordergrund stand. Während dieser Zeit hatte er auch Inge Schubert, sein späteres Opfer, kennengelernt. Er legte sich ein Notizbuch zu, in dem er über alle sexuellen Aktivitäten akribische Eintragungen vornahm. Dieses Notizbuch wurde bei seiner Verhaftung im Februar 1969 beschlagnahmt. Im Buch arbeitete Switalla mit Zeichen. So stand ein Strich für die Anzahl der Kohabitationen, ein offener Kreis für Coitus interruptus, ein Punkt für Ejakulation in die Vagina und ein N für Geschlechtsverkehr ohne Kondom. Die nächstfolgende Zahl bedeutete die Anzahl der Tage vom Kennenlernen bis zum intimen Kontakt, und die darauffolgende Zahl bezifferte die Summe der Kohabitationen. Es wurde alles ganz genau notiert.

Wir berichteten schon, dass Hilmar Switalla auf Antrag der Staatsanwaltschaft im Haftkrankenhaus Waldheim gerichtspsychiatrisch untersucht wurde. Zu seiner Person und seinen Taten ausführlich befragt, legte er sehr großen Wert auf eine genaue Protokollierung seiner Angaben.

Bei Switalla zeigten sich körperlich und neurologisch keine wesentlichen Abweichungen von der Norm. Laborbefunde, wie Blutbild, Blutsenkung, Serum-Labilitätsproben, Blutzucker, Urinstatus und Luesseroreaktionen, waren unauffällig beziehungsweise negativ. Eine durchgeführte Schädelröntgenaufnahme ergab keine pathologischen Befunde, und im Elektroenzephalogramm zeigte sich ein normales Hirnstrombild ohne Hinweise auf akutes krankhaftes Geschehen. Bei Switalla konnte also keine cerebrale Schädigung nachgewiesen werden. Es war aus der Vorgeschichte lediglich bekannt, dass sein Vater auffallend nervös war, sofort bei allen Missstimmungen losbrüllte und seine Ehefrau schlug.

In seinem Gesamtverhalten zeigte Switalla keine Auffälligkeiten, jedoch war er in seinem Affektverhalten inadäquat. Das Ableben von Inge Schubert und Ursula Kaschube ließ ihn völlig kalt, während er zum Tod seiner Frau angab, dass es ihn noch immer mit Genugtuung erfülle, sie ermordet zu haben.

Switalla betrachtete seine Situation als sinn- und hoffnungslos. Er habe ohnehin die Absicht gehabt, sich zu töten, und dieses Vorhaben noch nicht aufgegeben. Ihn interessiere lediglich das Ergebnis des Gutachtens und der Hauptverhandlung.

Bei ihm wurden auch keine Störungen der Bewusstseinslage festgestellt. Seine Aufmerksamkeit war intakt, die zeitliche, örtliche und personelle Orientierung stets uneingeschränkt gegeben, so die Gutachter. Für Wahn- und Denkstörungen fanden sich ebenso wie für Halluzinationen oder Illusionen keine Hinweise. Weiterhin konnten keine formalen oder inhaltlichen Denkstörungen festgestellt werden. Außerdem besaß Switalla eine gut ausgebildete Selbstkritik. Das Gedächtnis von ihm war vorzüglich, insbesondere was die Ereignisse vom 13. und 14. Februar 1969 betraf. Es fanden sich bei ihm keine Anzeichen für eine zeitweilig oder dauernd krankhafte Störung der Geistestätigkeit oder eine Bewusstseinsstörung. Er wurde noch einmal ausführlich zu seiner Motivation hinsichtlich seiner Taten befragt und äußerte kurz und knapp: »Und da ich ohnehin aus dem Leben scheiden wollte, war mir sowieso alles egal, alles gleichgültig, und ich bin deshalb zu den beiden Frauen gegangen, und es klingt zwar makaber, aber es sollte gewissermaßen eine Probe sein.«

Zu Inge Schubert und Ursula Kaschube hatte Hilmar Switalla innerlich kein Verhältnis, sie waren für ihn bedeutungslos. Im Unterschied dazu habe er seine Frau Rosemarie geliebt. Er teilte den psychiatrischen Gutachtern mit:

»… und wenn ich sie nicht so geliebt hätte, wäre es mir egal gewesen, und ich hätte sie nicht getötet, aber sie sollte keinem anderen gehören, und außerdem wollte ich ja gemeinsam mit ihr sterben (…) Die K. und die Sch. betrachtete ich eben mehr als eine Art Versuchsobjekte, denn ich hatte ja nur das eine Ziel, meine Frau zu töten und dann mich (…) Ich glaube nicht, dass ich dabei zielstrebig vorgegangen bin, d. h., töten wollte ich sie, die K. und die Sch., dessen war ich mir absolut bewusst und auch warum ich sie töten wollte (…) Endziel war die Tötung meiner Frau (…) Während der beiden Tatvorgänge bei den beiden anderen Frauen, wie soll man sagen, handelte ich rein mechanisch, ohne etwas zu empfinden, währenddessen ich bei der Tötung meiner Frau Glücksgefühle verspürte. Die Glücksgefühle verspürte ich deshalb, weil ich jetzt mit Sicherheit wusste, dass sie nunmehr keinem anderen Mann mehr gehören kann, das hat mich befriedigt.«

Die Gutachter erläuterten in der Diskussion und rechtlichen Beurteilung, dass man bei oberflächlicher Betrachtung meinen könnte, dass es sich im Fall von Hilmar Switalla um Schizophrenie oder Psychopathie mit den Erscheinungsformen des Sadismus oder sexueller Perversionen handeln könnte. Der Fall zeige jedoch, dass die Tötung eines Menschen, auch unter solch grausamen Begleitumständen, nicht grundsätzlich einen geisteskranken Täter voraussetzt.

Im Gutachten wurde noch einmal auf die Diagnosen des Städtischen Krankenhauses Wuhlgarten und des St. Joseph Krankenhauses eingegangen. Beide Male wurden bei Hilmar Switalla keine krankhaften Störungen der Geistestätigkeit oder Bewusstseinsstörungen festgestellt. Er wurde stets als Psychopath eingeschätzt. Dieser Diagnose schlossen sich die Gutachter an. Sie kamen zu dem Schluss, dass Psychopathie kein Krankheitsvorgang, sondern eine von der sogenannten Norm abweichende psychische Veranlagung sei. Dabei verwiesen die Gutachter ausdrücklich auf die psychiatrische Fachliteratur.

Bei Hilmar Switalla lag eine abnorme Entwicklung der Persönlichkeit vor, jedoch fanden sich keinerlei Gründe zur Anwendung des Paragraphen 15 StGB der DDR, der die Zurechnungsunfähigkeit regelte.

Die Gutachter kamen insgesamt zu der Einschätzung, dass er ein erregbarer, unbeherrschter, explosibler und zu demonstrativen Verhaltensweisen neigender Mensch war. Seine vorhandenen Minderwertigkeitskomplexe oder Selbstunsicherheiten überspielte er, indem er kraftmeierisch und renommiersüchtig auftrat. Er war aggressiv, jähzornig, herrschsüchtig und verfolgte zutiefst egoistische Ziele. Er wiese antisoziale, zum Teil auch dissoziale Tendenzen auf. Der ihm zur Last gelegte Dreifachmord war deutlich mit Elementen des Sadismus, der sexuellen Perversion und absoluter Gefühlskälte behaftet. Eine Psychopathie stelle keine zeitweilig oder dauernd krankhafte Störung der Geistestätigkeit und auch keine Bewusstseinsstörung dar. Die Anwendung des Paragraphen 15 Absatz 1 StGB der DDR war deshalb ausgeschlossen, ebenso entfiel die Anwendung von Paragraph 16 StGB der DDR. Die Einsichts- und Steuerungsfähigkeit war bei seinen strafbaren Handlungen vorhanden. Man kam zum Ergebnis: »Die Art und Weise der Durchführung seines Vorhabens entspricht so recht seinem abnormen Charakter, ist von sadistischen, brutalen, kaltblütigen, unglaublich egoistischen, antisozialen, demonstrativ-hysterischen Elementen getragen.«

Bei den von Switalla in seinen Vernehmungen erwähnten eigenartigen oder sonderbaren Zuständen bei der Tatausführung handelte es sich nach Meinung der Gutachter um automatische Handlungen, die in klarer Ausbildung bei demonstrativ-hysterischen Psychopathen in nicht allzu häufiger Form auftreten. Eine psychologische Erklärung für die sektionsartige Schnittführung könne im Zusammenhang mit seiner früheren Tätigkeit als Sektionsgehilfe stehen – einem sogenannten Blutrausch, der jedoch keinen Einfluss auf die Frage seiner Zurechnungsfähigkeit habe.

Zusammenfassend kamen die Gutachter zu folgendem Schluss: »Wir konnten aber trotz des Charakters der Delikte, aber sehr wohl aufgrund ihrer Planung und Motivierung, den besonderen Tatumständen, aufgrund der Durchführung und Absicherung, noch dazu bei der Berücksichtigung des Zeitfaktors, und des Rechtsverständnisses, wie bei der vorhandenen allseitigen Orientierung und Erinnerungsfähigkeit des Täters, keinen Krankheitswert zur Zeit der Tat feststellen, wie ein solcher auch früher nicht vorlag.«

Eine verminderte Zurechnungsfähigkeit zum Zeitpunkt der Tat nach Paragraph 16 Absatz 1 StGB der

DDR wurde ausgeschlossen. Hilmar Switalla war somit für seine Taten voll verantwortlich und stellte nach Auffassung der Gutachter eine Gefahr für die öffentliche Ordnung und Sicherheit dar.

Am 8. August 1969 wurde durch den Generalstaatsanwalt von Groß-Berlin die Anklageschrift an das Stadtgericht übersandt. Die Staatsanwaltschaft klagte Hilmar Switalla an, in Berlin am 14. Februar 1969

- um circa 0.30 Uhr die 46 Jahre alte Frau Inge Schubert in ihrer Wohnung,
- um circa 1.30 Uhr die 38 Jahre alte Frau Ursula Kaschube in ihrer Wohnung,
- um circa 14 Uhr seine 28 Jahre alte Ehefrau Rosemarie Switalla, die vom Beschuldigten getrennt lebte, in ihrer Wohnung

durch Würgen in Bewusstlosigkeit versetzt und mittels Messerstiche in das Herz und schwersten Schnittverletzungen am Körper vorsätzlich getötet zu haben.

Der Rechtsanwalt von Hilmar Switalla beantragte am 21. November 1969 zur Beurteilung der Frage, ob bei seinem Mandanten die Voraussetzungen der Paragraphen 15 und 16 des StGB der DDR vorlagen, ein psychiatrisches Zweitgutachten einzuholen. Switalla war gemäß Anklagevorwurf voll geständig, und somit hing seine Verurteilung ganz wesentlich vom psychiatrischen Gutachten ab.

Der Rechtsanwalt machte auf Mängel im vorliegenden Gutachten aufmerksam. Dies betraf die Auswahl der Sachverständigen, Einwände gegen die Arbeitsweise des Gutachters, Einwände gegen Tatsachen, die im Gutachten nicht bewertet wurden, und Einwände gegen tatsächliche Feststellungen oder Wertungen des Gutachtens.

Die Staatsanwaltschaft stimmte dem Antrag der Verteidigung zu, worauf das Gericht die Einholung eines Zweitgutachtens anordnete. Dieses sollte unter kritischer Würdigung des Erstgutachtens und des vorliegenden Aktenmaterials die Frage beantworten, ob zum Zeitpunkt der Entscheidung und der Ausführung jeder Einzelhandlung Switalla die Fähigkeit besaß, sich nach den elementaren Regeln des menschlichen Zusammenlebens zu richten und damit anderes Menschenleben nicht zu vernichten. Weiterhin sollte die Frage geklärt werden, ob eventuell diese Fähigkeit gemäß Paragraphen 15 Absatz 1 und 16 Absatz 1 StGB der DDR oder infolge eines Affekts nicht oder nur vermindert vorlag. Der Zweitgutachter sollte unter anderem darauf eingehen, ob die bei Switalla auftretenden Charakter-, Trieb- oder Verhaltensbesonderheiten, die bei ihm festgestellte Psychopathie im Zusammentreffen mit einer offensichtlich ausgeprägten sexuellen Hörigkeit zur getöteten Ehefrau und das Zerbrechen ihrer Ehe die Zurechnungsfähigkeit verminderte oder ausschloss und wie unter diesem Gesichtspunkt die vom Angeklagten behaupteten »eigenartigen Zustände«, Wahnvorstellungen, das Sezieren der Leichen und seine Reaktion nach seiner letzten Tat bewertet werden mussten.

Beim Zweitgutachter handelte es sich um einen Psychiater, der im Verlaufe der mehrwöchigen stationären Aufenthalte von Hilmar Switalla in psychiatrischen Kliniken die Möglichkeit hatte, ihn ausführlich zu beobachten und zu explorieren. Kurz vor seiner letzten Krankenhausentlassung war Switalla dem Ärztekollektiv als »typischer Psychopath mit hervorstechenden Zügen explosiver Erregbarkeit« vorgestellt worden.

In der Beurteilung von Hilmar Switalla setzte sich der Gutachter auch mit den Vorwürfen der Verteidigung auseinander und widerlegte sie. Das Erstgutachten stand in völliger Übereinstimmung mit den beiden stationären Untersuchungen, die auf der Grundlage gezielter Methoden forensisch-psychiatrischer Begutachtung zum Schluss gelangt waren, dass bei Switalla eine Psychopathie ohne Krankheitswert vorlag. Es hatten sich weder während der stationären Krankenhausaufenthalte noch sonst in seiner Vorgeschichte fachlich begründete Hinweise auf das Vorliegen einer endogenen Psychose oder einer Epilepsie gefunden.

Der Zweitgutachter fasste den psychischen Zustand des Angeklagten wie folgt zusammen: »Die psychische Desintegration des Switalla als Dauerzustand betrifft somit die Sexualität wie die gesamte Affektivität mit hervorstechender Tendenz zu explosiven, gewalttätigen Äußerungen, sie betrifft auch die Emotionalität mit ernsten Mängeln, die eine zeitweilige Zuneigung zu Tieren nicht ausschließen, sie betrifft die Stellung zur menschlichen Gesellschaft, so dass er aus seiner Außenseiterrolle nie herausgelangte und niemals echte Freundschaften schloss, sie betrifft auch die Willenszüge, so dass er trotz außergewöhnlicher Vitalität und gutem Intellekt niemals zum Abschluss einer Lehre oder sonstigen Qualifizierung gelangte. Sie betrifft schließlich auch die Stimmungslage, so dass er häufig zwischen aggressiven und weinerlichen Affektausbrüchen schwankte. Von einer Depression im klinischen Sinn kann angesichts einer solchen Labilität nicht gesprochen werden. Die wiederholten Suizidversuche boten einen demonstrativen Charakter. Es wäre auch zu erwähnen, dass durch die mehr als zwanzig Jahre währende Schlägereileidenschaft eine zunehmende Brutalität in Erscheinung trat.«

Die explosible Erregbarkeit von Hilmar Switalla war zum Teil so stark, dass gelegentliche Ausnahmezustände mit Einengungen des Bewusstseins bis zu einem gewissen Grade wahrscheinlich waren. Bei der Tötung von Inge Schubert ging er jedoch mit voller Überlegung zu Werke, um bei der Tötungsabsicht gegen seine Ehefrau nicht schwach zu werden. Auch bei der Tötung seines zweiten Opfers, Ursula Kaschube, ging er überlegt vor, indem er sein blutbeflecktes Hemd rechtzeitig auszog, bevor sie Verdacht schöpfen konnte, und Matratzen unterlegte, damit das Blut nicht in die darunter befindliche Wohnung sickerte. Für die schwere Verstümmelung der beiden ersten Opfer nahm der Gutachter überschießende Aggressivität an, die jedoch nur einen ganz kurzen Ausnahmezustand hervorgerufen haben konnte, da Hilmar Switalla anschließend ganz zielgerichtet vorgegangen war. Die Verstümmelungen mussten aber unberücksichtigt bleiben, da sie erst nach der Tötung der Opfer auftraten und der Beschuldigte sich nach eigenen Angaben selbst ganz ruhig gefunden hatte. Er begab sich nach den beiden Taten in seine Wohnung, um die verbleibende Zeit bis zur Tötung seiner Ehefrau zu schlafen, und suchte zum passenden Zeitpunkt die Wohnung des dritten Opfers auf.

Damit war die psychiatrische Spurensuche wohl vollends ausgeschöpft. Wahrscheinlich hatte die Psychiatrie damals (und heute noch?) einige andere Namen für die Handlungen von Hilmar Switalla – so ungeheuer eingleisig, grausam und gegen jegliche Vernunft. Jedenfalls wurde ihm bescheinigt, dass er für seine Taten voll verantwortlich sei.

Das Stadtgericht von Groß-Berlin sah Hilmar Switalla nunmehr der angeschuldigten Verbrechen als verdächtig an und fasste am 2. März 1970 den Beschluss, die Hauptverhandlung vor dem Strafsenat 2a zu eröffnen. Die Hauptverhandlung wurde für den 23. März 1970 anberaumt. Hilmar Switalla beging vor dem ersten Verhandlungstag einen Suizidversuch. Er hatte sich mit einer Rasierklinge am Hals mehrere Schnittverletzungen zugeführt, wurde aber ohnmächtig, bevor er die Halsschlagader treffen konnte. Die Hauptverhandlung wurde daraufhin auf den 11. Mai 1970 vertagt.

Die Gerichtsverhandlung fand wegen Gefährdung der öffentlichen Ordnung und Sittlichkeit angesichts der zur Verhandlung stehenden Taten unter Ausschluss der Öffentlichkeit statt. Während der mündlichen Verhandlung machte Hilmar Switalla die Aussage, dass seine Angabe, Inge Schubert und Ursula Kaschube als Testpersonen getötet zu haben, von ihm bewusst falsch gemacht worden war. Er hätte damals unter dem Eindruck gestanden, alles zu tun, um seinem Leben ein Ende zu setzen. Das Todesverlangen hätte noch bei der Überführung nach Waldheim bestanden und wäre erst teilweise in Waldheim abgeklungen, da er dort Abwechslung gefunden hätte. Er wisse nicht, warum er Inge Schubert und Ursula Kaschube aufsuchte und tötete, da er deren Tod im Nachhinein als völlig sinnlos empfand. Bereits auf dem Weg zu den jeweiligen Wohnungen und während der gesamten Tatdurchführung hätte er sich in einem eigenartigen Schwebezustand befunden, so als ob er nicht er selbst wäre. Die Absicht zur Tötung der beiden Frauen wäre ihm erst gekommen, als er schon im Bett neben ihnen lag. Dabei hätte er jeweils in Tötungsabsicht gewürgt, die Herzstiche und Halsdurchtrennungen vorgenommen, und anschließend wäre die »Vision des Sezierens« über ihn gekommen. Des Weiteren bemerkte er, dass seine Aussage gegenüber der Kriminalpolizei nicht stimme, dass er ohne Gewissensbisse, ohne jegliches Empfinden weitertöten könne, wenn sich dazu nur eine Gelegenheit finden würde. Er hätte diese Aussage aus den gleichen Beweggründen wissentlich falsch gemacht. Seine getötete Ehefrau liebe er noch immer, als wäre sie noch am Leben. Er widmete ihr Gedichte und stellte sie in den Mittelpunkt seiner Malereien. Es würde ihm auch leidtun, was geschehen sei. Hierbei bezog er sich auf alle drei Frauen.

Drei Malarbeiten von Hilmar Switalla

In der Verhandlung wurde der Brief von Hilmar Switalla aus der Untersuchungshaft an seine Mutter (vom 7. Mai 1970) zum Gegenstand der Beweisaufnahme gemacht. Er äußerte in diesem Brief, bezogen auf einen Roman von Gorki, dass ein neuer Mensch geschaffen werden müsse. Dafür sollte man auch bereit sein, »den wahrhaft edlen, aufrechten und selbstlosen Menschen neu zu schaffen. Dies allerdings bleibt jenen vorbehalten, die bereit sind, alle nur möglichen und erdenklichen Konsequenzen, die sich aus dem Vorhaben ergeben, zu ziehen, und die damit verbundenen Liquidierungen vorzunehmen; denen, welchen last not least der göttliche Funke gegeben wurde.« Er selbst habe sich zu diesen Erkenntnissen durchgerungen und fühle sich durchaus in der Lage, wenn auch vorerst nur konzeptionell, an einer solchen Aufgabe mitzuwirken.

Die Staatsanwaltschaft sah in diesem Brief einen Beweis dafür, dass Hilmar Switalla jederzeit in der Lage sei, einen Menschen zu töten, dem er aber selbst heftig widersprach. Die Verteidigung sah ihrerseits in dem Brief ein Indiz, dass er schizophren sein könne, und beantragte die Begutachtung dieses Briefes durch einen Sachverständigen. Dieser Antrag wurde vom Gericht abgelehnt.

Im Plädoyer forderte die Staatsanwaltschaft die Verurteilung zum Tode. Die Verteidigung verwies darauf, dass über das Motiv der Tötung von Inge Schubert und Ursula Kaschube keine Klarheit geschaffen wurde und das behauptete Motiv des Tests als Äußerung einer krankhaften Geistesverfassung eingeschätzt werden müsse. Zu anderen Motiven hatte die Verhandlung keine Beweise erbracht. Des Weiteren bestanden seitens der Verteidigung Bedenken gegen die vorgelegten Gutachten, und sie forderte in ihrem Plädoyer die erneute Begutachtung von Hilmar Switalla und dazu eine Einweisung in ein Krankenhaus, hilfsweise eine lebenslange Zuchthausstrafe.

Das Urteil wurde am 19. Mai 1970 gesprochen. Das Gericht verurteilte Hilmar Switalla wegen mehrfachen Mordes in drei Fällen (Verbrechen gemäß Paragraphen 112 Absatz 1 und Absatz 2, 63, 64 StGB der DDR) zum Tode und erkannte ihm für dauernd die staatsbürgerlichen Rechte ab.

Das Gericht folgte in seiner Urteilsbegründung nicht den Einlassungen von Hilmar Switalla bezüglich der Tötung von Inge Schubert und Ursula Kaschube. Er hatte während aller polizeilichen Vernehmungen sowie in der richterlichen Abschlussvernehmung detaillierte und völlig übereinstimmende Aussagen über seinen Tatentschluss, die Tatausführung, ihre Absicherung und sein postdeliktisches Verhalten gemacht, obwohl diese Vernehmungen bis zu drei Monate auseinanderlagen. Die von ihm getätigten Aussagen stimmten vollauf mit den vorhandenen Beweismitteln, dem Zustand am Tatort, den gesicherten Spuren und den an den Opfern festgestellten Verletzungen überein. Switalla hatte in den Vernehmungen überzeugend erklärt, warum er Inge Schubert und Ursula Kaschube als Testpersonen ausgewählt und getötet hatte.

Nach der Auffassung des Gerichts war Hilmar Switalla bei der Vorbereitung und Ausführung der Tat voll orientiert, planmäßig und folgerichtig vorgegangen und wies keine Erinnerungslücken auf. Er selbst hatte aktiv den Verlauf und den Inhalt der ersten Vernehmungen nach den Taten bestimmt und bestätigte diese Aussagen in der Abschlussvernehmung. Seine Aussagen vor der Polizei über das Motiv der Tötungen von Inge Schubert und Ursula Kaschube deckten sich auch mit seinen Einschätzungen über beide Frauen in einem Gespräch mit einem Bekannten, in welchem er sie im Vergleich zu seiner Ehefrau als »Ausschuss« bezeichnete. Nicht zuletzt sah das Gericht in dem Brief von Hilmar Switalla an seine Mutter ein Indiz für die Glaubwürdigkeit seiner Aussage, ohne jegliche Gewissensbisse weitertöten zu können, wenn sich die Gelegenheit dazu bieten würde.

Das Gericht sah es somit als erwiesen an, dass Switalla voll orientiert und überlegt Inge Schubert und Ursula Kaschube als Testpersonen tötete. Wenn er vor Gericht andere Erklärungen abgab, konnte daraus nur geschlussfolgert werden, dass er sich seiner Taten nunmehr bewusst geworden war und nach einer Entlastung suchte. Er war voll zurechnungsfähig und damit für seine Taten voll zur Verantwortung zu ziehen. Beide Gutachter hatten übereinstimmend mit hoher Wahrscheinlichkeit das Vorliegen einer Geisteskrankheit oder von Bewusstseinsstörungen zum Zeitpunkt der Tat ausgeschlossen. Die Gutachter charakterisierten Hilmar Switalla jedoch übereinstimmend als Psychopathen. Sie bejahten das Vorliegen einer abnormen Persönlichkeitsentwicklung, die jedoch nicht so schwerwiegend war, dass ihr ein Krankheitswert beizumessen wäre. An das

Vorliegen eines Krankheitswerts einer abnormen Persönlichkeitsentwicklung mussten entsprechend Paragraph 16 Absatz 1 StGB der DDR und den dazu höchstrichterlich ausgearbeiteten Grundsätzen strengste Maßstäbe angelegt werden. Ein Krankheitswert konnte nach den vorhandenen Erkenntnissen einer Psychopathie im Allgemeinen nur dann zugesprochen werden, wenn diese in Kombination mit höheren Schwachsinnsgraden auftrat oder Bewusstseinstrübungen vorlagen. Für das Vorliegen höherer Schwachsinnsgrade fehlten bei ihm jegliche Anhaltspunkte, und schwerwiegende Bewusstseinstrübungen wurden ebenfalls nicht festgestellt. Aufgrund der Planung, Motivierung, Durchführung und Absicherung der Tat, seiner allseitigen Orientierung und Erinnerungsfähigkeit konnte bei Hilmar Switalla keine Psychopathie mit Krankheitswert festgestellt werden. Er war voll zurechnungsfähig. Jede einzelne Tat hatte er zielgerichtet und überlegt mit der Absicht zur Tötung ausgeführt und deshalb in allen drei Fällen vorsätzlich gehandelt. Er war wegen Mordes in drei Fällen, und somit mehrfach begangen, nach Paragraph 112 Absatz 1 und 2 Ziffer 4 StGB der DDR in vollem Umfange strafrechtlich verantwortlich.

Gegen das Urteil legte die Verteidigung am 21. Mai 1970 Berufung ein. Der Sachverhalt und dessen rechtliche Würdigung der objektiven Seite seien klar, und damit bestünde die ausschließliche und rechtliche Problematik dieses Falles in der Feststellung der strafrechtlichen Verantwortlichkeit. Die Motivation bliebe in zwei von drei Fällen ungeklärt beziehungsweise unverständlich. Die Verteidigung rügte insbesondere den ungenügend begründeten Ausschluss einer Schizophrenie. Des Weiteren seien Gutachter und Urteil bei der Prüfung des Paragraphen 16 Absatz 1 StGB der DDR von falschen Tatsachen ausgegangen. Im vorliegenden Fall seien darüber hinaus beide Gutachter befangen gewesen und die Methodik der Gutachten unzureichend. Die Gründe für die Strafzumessung vermochten, auch ohne Zubilligung der Milderungsgründe des Paragraphen 16 StGB der DDR, nach Ansicht der Verteidigung nicht zu überzeugen und machten die Todesstrafe somit nicht erforderlich. Die Verteidigung beantragte, das Urteil aufzuheben und die Sache erneut zur Verhandlung an den Strafsenat zurückzuweisen, hilfsweise Hilmar Switalla wegen mehrfachen Mordes mit lebenslangem Freiheitsentzug zu bestrafen.

Die Berufung wurde am 1. Juli 1970 in einer nichtöffentlichen Sitzung vor dem 5. Strafsenat des Obersten Gerichts der DDR zurückgewiesen, und das Urteil erhielt seine volle Rechtsgültigkeit. In seiner Begründung erweiterte das Oberste Gericht das vorangegangene Urteil erschwerend um den Tatbestand der Heimtücke, Paragraph 112 Absatz 2 Ziffer 3 StGB der DDR. Indem er bei der Tötung der beiden ersten Frauen diese um Übernachtung bat, sich entkleidete und mit ihnen zu Bett ging, hatte Switalla diese bewusst arglos gemacht, um sein Vorhaben leichter verwirklichen zu können.

Hilmar Switalla wurde am 1. Oktober 1970 in Leipzig durch unerwarteten Nahschuss in den Hinterkopf hingerichtet.

Der Vorname Hilmar ist sprachgeschichtlich eine Ableitung von Hildemar, gebildet aus dem Althochdeutschen *hiltja* (= Kampf) und *mari* (= berühmt), und bedeutet »angesehener Kämpfer«. Dieser Namenswürde ist Hilmar Switalla in keiner Weise gerecht geworden …

Aber, dies sind unsere Schlussgedanken, in einem Punkt irrten die Gutachter. Hilmar Switalla war ein rücksichtloser, brutaler und grausamer Dreifachmörder, aber kein Sadist. Denn Sadismus bezeichnet eine Abnormität, bei der die eigene geschlechtliche Befriedigung dadurch erreicht wird, dass dem Partner Schmerzen und Qualen zugefügt werden. Und das war bei Switalla zweifellos nicht der Fall.

Finger im Rachen

Lutherstadt Wittenberg. Mittwoch, 6. Mai 1970

Elise Kunze, zweiundsiebzig Jahre alt, Rentnerin, lebte in der Fleischerstraße im historisch geprägten Zentrum von Lutherstadt Wittenberg – unweit von Melanchthonhaus und Lutherhaus. Den Friedhof in der Dresdener Straße, auf dem ihr Mann vor Jahren begraben worden war, konnte sie noch gut zu Fuß erreichen. Fast jeden Tag war sie dort, um das Grab ihres Mannes mit Blumen zu schmücken. Es schien eine ganz normale Woche zu sein; nichts, aber auch gar nichts deutete darauf hin, dass etwas das Leben von Elise Kunze beeinträchtigen könnte, denn die Ereignisse kommen gewöhnlich nicht ins Haus, sie gehören nicht, wie Gas oder Wasser, zu den öffentlichen Diensten. Eigentlich.

Am 6. Mai 1970, es war ein wolkiger Mittwoch mit etwas Regen, gegen 11 Uhr, klopfte es an der Wohnungstür. Elise Kunze, die gerade mit Vorbereitungen fürs Mittagessen beschäftigt war, ging zur Wohnungseingangstür und fragte, ohne zu öffnen: »Wer ist da? Was wollen Sie?«

Eine sympathische Stimme, die offenbar einem jungen Mann gehörte, antwortete laut und deutlich durch die Tür: »Ich suche eine Frau, deren Namen ich nicht weiß … Die muss aber hier wohnen. Können Sie mir weiterhelfen? Ich muss sie ganz dringend finden. Mein Name ist Burkhard Schulze.«

»Ich kenne Sie aber gar nicht …«

»Dann müssen Sie mich unbedingt kennenlernen. Burkhard Schulze mein Name.«

Oh, dachte Frau Kunze, sehr nett, er nennt sogar seinen Namen ein zweites Mal, und sie öffnete die Tür und sagte mit einer einladenden Geste: »Kommen Sie doch herein.«

Von der Wohnungseingangstür aus betrat man gleich das Wohnzimmer. Frau Kunze bat den Gast, am Wohnzimmertisch Platz zu nehmen, wo auch sie sich niedersetzte.

»Sehr nett. Danke«, sagte der junge Mann. »Aber ich suche eine junge Frau, die mal mit meinem Freund Bierwirth zusammen war, den Sie bestimmt kennen. Der war handwerklich sehr begabt. Der hatte auch mal in diesem Haus bei dieser Frau gewohnt, hier in der Fleischerstraße. Wohnt die vielleicht hier bei Ihnen? Können Sie mir helfen?«

»Nein, bei mir wohnt sie nicht«, antwortete Frau Kunze wohlwollend.

»Oh, dann Entschuldigung, dass ich Sie gestört habe und ich in eine falsche Wohnung geraten bin.«

»Ja, da kann ich Ihnen nicht weiterhelfen. Tut mir leid.«

»Schade. Aber kann ich bei Ihnen noch schnell eine rauchen?«

»Ja, gewiss, mein Mann war auch ein starker Raucher. Daran ist er dann auch gestorben …«

»Tut mir auch leid«, erwiderte der junge Mann etwas verlegen.

Auf dem Wohnzimmertisch, der mit einer mit roten

und blauen Rauten versehenen Tischdecke bedeckt war, befand sich ein emaillierter Deckel für einen elektrischen Kocher. Elise Kunze wies auf diesen Deckel und sagte freundlich: »Da können Sie die Asche raufmachen. Den Deckel hat mein Mann auch immer als Aschenbecher benutzt.«

Das Gespräch geriet etwas ins Stocken, bis der junge Mann die Initiative übernahm. Er sah sich in dem geräumigen Zimmer zustimmend um. »Aber nett haben Sie es ja wirklich hier, das muss ich sagen.«

»Nun, das ist ja immer Geschmackssache. Ich lebe sehr einfach, wissen Sie. Die Miete ist ganz niedrig, und ich war schon immer ein bescheidener Mensch. Mein Mann ist vor Jahren gestorben, und mit meiner kleinen Rente von 320 Mark komme ich ganz gut zurecht.«

Der junge Mann rauchte genüsslich seine Zigarette, und sie redeten noch ein paar Minuten über Gott, den es gibt oder nicht, und die Welt, die immer schlechter werden würde. Und über das Geld, das einer hat und der andere nicht hat. Frau Kunze hatte den Eindruck, dass er in seinen Redepausen kurz über etwas Tiefgründiges nachdachte. Aber, sagte sie sich, er hat bestimmt Probleme, doch die gehen mich nichts an. So habe ich es in meinem Leben immer gehalten. Und mit den Problemen muss er schon allein fertigwerden …

Burkhard Schulze drückte seine Zigarette auf dem Deckel aus, bedankte sich höflich für die Gastfreundschaft, stand von seinem Stuhl auf und ging zur Wohnungstür. Elise Kunze war ebenfalls aufgestanden und folgte ihm.

In der Nacht vom 6. zum 7. Mai 1970 war die Lage auf dem Bahnhof der mecklenburgischen Kreisstadt Ludwigslust im Bezirk Schwerin insgesamt ruhig. Für den dortigen Gruppenposten des Transportpolizeireviers Hagenow-Land, bestehend aus Meister der VP Wernicke und Obermeister der VP Kunicke, schien es eine ganz entspannte Nachtschicht zu werden. Keine Betrunkenen, keine Randalierer, keine rüpelhaften Jugendlichen und krakeelenden Kinder, nur wenige müde Reisende auf dem insgesamt schlecht beleuchteten Bahnhofsgelände.

Die entspannte Lage sollte sich jedoch ändern, als kurz nach 3 Uhr der Eilzug E 268 in den Bahnhof Ludwigslust einfuhr. E 268 befand sich auf dem Weg von Berlin nach Schwerin; um diese Uhrzeit war er nur spärlich besetzt. Aber der Zugführer eilte zu den beiden Transportpolizisten, die auf dem Bahnsteig des eingefahrenen Zuges standen, um die Lage zu kontrollieren. Um 3.05 Uhr, so steht es im Protokoll, teilte ihnen der Zugführer mit, dass im Wagen 8 eine Person schläft, die – trotz mehrerer Versuche zwecks Fahrkartenkontrolle – nicht geweckt werden konnte. Er wisse jetzt auch nicht weiter, aber Ordnung müsse schließlich sein.

Wernicke und Kunicke folgten umgehend dem Zugführer, betraten mit ihm den Wagen und ließen sich diese Person zeigen, die in einem Abteil, in dem auch einige andere Passagiere waren, am Fenster in Fahrtrichtung saß und wirklich fest schlief. »He, aufwachen!«, rief Wernicke energisch. »He, aufwachen! Volkspolizei. Bitte weisen Sie sich aus!«

Nach langer, geduldiger und freundlicher Ansprache und einem gelegentlichen vorsichtigen Rütteln wachte der ungefähr dreißig Jahre alte Mann endlich auf.

»Bitte zeigen Sie Ihren Personalausweis!«, sagte nun Kunicke forsch. »Wer sind Sie und wohin wollen Sie? Ist das Ihr Gepäck?«

Auf dem Platz gegenüber stand nämlich ziemlich verlassen eine schwarze Dameneinkaufstasche, die aber der Frau, die sich noch im Abteil befand, nicht gehörte. Die so aufgeweckte Person beantwortete keine Frage. Die Beamten hatten aus ihrer Erfahrung den Eindruck, dass es bei diesem jungen Mann zum guten Ton gehörte, der Polizei nicht zu antworten, wenn man nicht musste, oder nur, wenn man was Falsches zu sagen hatte – was die Ermittlungen, erfahrungsgemäß, nicht gerade vereinfachen würde. Heißt, sie hatten von ihm intuitiv einen verdächtigen Eindruck, ließen sich aber weder Besorgnis noch Ärgernis anmerken.

Nach weiterem Zureden sagte der junge Mann nur, dass ihm die Tasche nicht gehöre. Mehr nicht.

Er wurde gebeten, zur Klärung eines Sachverhalts gemäß Paragraph 12 VP-Gesetz mit zur Wache zu kommen, was er ohne Widerstand auch tat. Da die Tasche offensichtlich im Zug vergessen worden war, wurde auch sie mitgenommen mit dem Ziel, sie in polizeiliche Verwahrung zu nehmen und die Eigentümerin ausfindig zu machen. Kunicke blieb noch kurz im Zug, der in Ludwigslust einen längeren Aufenthalt hatte, um vielleicht doch noch Personen zu ermitteln, die über den Sachverhalt und die Tasche etwas aussagen konnten.

Als er den Wagen verließ, folgte ihm Olaf Kaufmann, der nach Wismar wollte und dort auch zu Hause war. Er wandte sich an Kunicke: »Zu dem Mann, den Sie eben mitgenommen haben – ich hab's vom Fernster aus beobachtet –, kann ich etwas sagen.« Der VP-Obermeister bat Kaufmann, mit zur Wache zu kommen, und versprach, dass er nur kurz befragt werden würde; pünktlich zur Abfahrt werde er wieder im Zug sein.

Nach langem Hin und Her wies sich der eben noch schlafende, jetzt zugeführte Bürger endlich aus. Es war der Burkhard Schulze, dreiunddreißig Jahre alt, in Lutherstadt Wittenberg wohnhaft. Er arbeitete nach eigener Angabe beim VEB Maschinen- und Mühlenbau Wittenberg. Er wolle zu seiner geschiedenen Frau, die jetzt in Spornitz bei Parchim wohne. Mehr wolle er nicht sagen. »Jetzt würde ich gern weiterfahren«, waren seine allerletzten Worte.

Aber Leutnant der VP Jursza befragte parallel Olaf Kaufmann, der Interessantes zu berichten wusste: »Ich habe diesen Mann schon auf dem Ostbahnhof in Berlin gesehen, und auch dort führte er die schwarze Einkaufstasche mit sich. Während der Fahrt, wir saßen zunächst in einem Abteil, bot mir dieser sogar eine Flasche Wein an, die er vorher aus dieser Einkaufstasche genommen hatte. Ja, ich habe etwas daraus getrunken. Mir sagte er, er sei ein Angehöriger des Ministeriums für Staatssicherheit, der auf ganz geheimer Mission sei. Mir wurde die Sache irgendwann zu heiß, und ich habe einen anderen Wagen aufgesucht.«

Jursza bedankte sich herzlich für die Aussage, und

Olaf Kaufmann konnte wieder in den Zug einsteigen. Burkhard Schulze jedoch nicht, der nun zur Klärung der Umstände vorläufig festgenommen wurde. Der Eilzug E 268 war wieder in Richtung Schwerin unterwegs.

Nun wurde natürlich diese verdächtige Tasche genau inspiziert. Im Festnahmeprotokoll Nummer 66 vom 7. Mai 1970 heißt es zur Beschreibung ihres Inhalts: »1 Einkaufstasche (schwarz, Schaumleder), 1 schwarze Geldbörse mit Reparaturschein über 1 Paar Damenstiefel, 2 Schlüsselbunde, 1 blaues Tuch, 1 grüner Strickschal, 1 Taschentuch, 1 grünes Einkaufsnetz, 1 Paar schwarze Damenlederhandschuhe, 1 Büchse Schweinefleisch, 1 Kamm, 1 BZ-A v. 06.05.70, 1 NBI Heft 19/70, 1 Apfel, 6 Makronen, 1 Heft ›Der Mann über 40‹, 1 Zettel mit Einkaufsnotizen.« Bargeld wurde in der Tasche nicht gefunden.

Die eigentliche Spur war der Reparaturschein über ein Paar Damenstiefel auf den Namen Elise Kunze, wohnhaft in Wittenberg, Fleischerstraße. Leutnant der K Heßler vom Volkspolizeikreisamt (VPKA) Wittenberg, Kriminalpolizei, die von diesem Vorkommnis umgehend informiert worden war, ging dieser Spur nach, wie seinem Protokoll vom 7. Mai 1970 zu entnehmen ist.

Protokoll über geführte Ermittlungen

Am heutigen Tage um 12.15 Uhr wurde der Unterzeichnete vom Leiter der Abt. – K – Hauptmann der K Neils beauftragt, eine Frau

Kunze
Wittenberg Fleischerstr. (…),

aufzusuchen und zu befragen, ob sie eine Handtasche vermisst bzw. ob ihr eine Handtasche entwendet worden ist. Es sollten nähere Umstände festgestellt werden, wie der Reparaturschein über ein Paar Damenstiefel, ausgestellt vom Dienstleistungsbetrieb Wittenberg, in die Hände des Burkhard Schulze geraten ist, welcher in der Nacht vorher in Ludwiglust mit diesem Reparaturschein und einer fremden Tasche dort aufgegriffen wurde.

Die Frau Kunze sollte nach Möglichkeit der hiesigen Dienststelle zur Vernehmung zugeführt bzw. hergebracht werden. Der Unterzeichnete begab sich mit dem Sachbearbeiter K III Ultn. d. K Krezewski nach der angegebenen Wohnung. Die Wohnungstür war verschlossen. Auf wiederholtes und kräftiges Klopfen wurde die Wohnungstür der Frau Kunze allerdings nicht geöffnet. In derselben Etage wohnt ein Herr Märtens, und bei ihm hält sich zeitweise eine Frau Hiller auf, welche im Nebenhause wohnhaft ist. Auf das Klopfen des Unterzeichneten kam die Frau Hiller und sagte, dass sie die Frau Kunze am heutigen Tage noch nicht gesehen hat. Sie hat auch, wie es den Anschein hat, die Wohnung noch nicht verlassen. Sie begründete dieses damit, dass die Tageszeitung »Freiheit«, welche um 07.30 Uhr in das Haus gebracht wird, noch an der Stelle liegt, wo sie von dem Postzusteller abgelegt wird. Ansonsten hat auch die Frau Kunze stets noch ein Sicherheitsvorhängeschloss vor ihrer Wohnungstür. Sie schließt dieses sogar ab, wenn sie nur in den

Keller geht. Daraus schloss die Frau Hiller, dass die Frau Kunze in der Wohnung ist. Ein Blick durch das Schlüsselloch brachte auch keinen Aufschluss, ob die Frau K. in der Wohnung ist oder nicht. Man konnte sehen, dass das Stubenfenster offen ist, das heißt, es steht einen Spalt breit offen und die Gardine ist zugezogen. Auf dem Tisch konnte man durch das Schlüsselloch eine Brille liegen sehen. Von den Hausbewohnern wurde zum Ausdruck gebracht, dass die Frau K. mitunter in der Mittagszeit schläft. Trotz allen Klopfens wurde die Tür nicht geöffnet. Die Frau Hiller sagte noch, dass es sich um eine Frau handelt, welche immerhin über 70 Jahre ist, und dass sie eventuell verstorben sein kann, da es nicht üblich ist, dass sie die Tür nicht mit dem Vorhängeschloss gesichert hat.

Dieser Umstand wurde sofort dem Leiter der Abt. – K – mitgeteilt. Die neue Weisung lautete, in der Wohnung nach dem Rechten zu sehen. Um 12.45 Uhr wurde mittels Sperrhaken die Wohnung geöffnet. Das Schloss war einmal herumgeschlossen. Es handelt sich um ein Kastenschloss in der Eingangstür. Um nicht allein die Wohnung zu betreten, wurde Herr Märtens hinzugezogen. Beim Öffnen der Tür wurde die Frau Kunze tot auf dem Fußboden liegend vorgefunden. Der Unterkörper ist nackt, das rechte Auge ist blau verschwollen, und vor der Nase steht rosa-schaumiger Schaum. Vom Unterzeichneten wurde die Verstorbene am linken Unterarm angefasst, wobei festgestellt wurde, dass die Gelenke steif sind, außerdem ist die Frau K. schon derart kalt, so dass keine Rettung mehr besteht. Der Herr Märtens hat die Wohnung nicht weiter betreten als ca. einen Meter. Vom

Ganzaufnahme des Verdächtigen Burkhard Schulze

Unterzeichneten wurde die Tür mit dem Sicherheitsvorhängeschloss verschlossen, welches im Zimmer der Frau K. auf einem Regal unmittelbar rechts neben der Ein-

gangstür lag. In diesem Sicherheitsschloss steckte der Schlüssel, und an diesem Schlüssel befanden sich noch die anderen Schlüssel vermutlich für die Wohnung in einer ledernen Hülle. Der Leiter der Abt. – K – wurde sofort von diesem Vorkommnis in Kenntnis gesetzt und leitete die weiteren Maßnahmen ein.

Zu bemerken ist noch, dass die Verstorbene mit dem Rücken auf dem Fußboden lag, wobei die Füße zur Eingangstür zeigten.

Dann ging alles sehr schnell. Die Verbindung zur Mordtat in Wittenberg war nun schon fast bewiesen; es wurde veranlasst, Burkhard Schulze streng bewacht nach Wittenberg zu überführen.

Täterlichtbilder von Burkhard Schulze

Meister der VP Wernicke und Obermeister der VP Kunicke waren bis dahin ganz normale Transportpolizisten gewesen – und nun plötzlich avancierten sie zu Helden. Sie hatten einen Mörder dingfest gemacht, was ihnen in ihrer Dienstlaufbahn kaum noch einmal gelungen sein dürfte …

Der »Tatortbefundbericht zum vorsätzlichen Tötungsverbrechen an der Rentnerin Elise Kunze« beschreibt die örtlichen Verhältnisse detailliert. Die Tatbefundaufnahme wurde durch die MUK Halle durchgeführt, namentlich durch Leutnant der K Roßmeier und Leutnant der K Schwarz, als Kriminaltechniker der Bezirksbehörde der Deutschen Volkspolizei (BDVP) Halle Hauptmann der K Mohr und Oberleutnant der K Röthe. Vom Kommissariat K II in Dessau waren auch Hauptmann der K Kutzera, Leutnant der K Hinze und Leutnant der K Richter im Einsatz.

Die Tatbefundaufnahme begann am 7. Mai 1970 um 15.30 Uhr. Um diese Zeit war auch der Kommissarische Direktor des Instituts für Gerichtsmedizin, Dr. med. habil. Simon, am Tatort, der den Tod der Elise Kunze feststellte. Es herrschte, im Gegensatz zum regnerischen Vortage, ein trockenes, sonniges Frühlingswetter mit einer Temperatur von 21 Grad Celsius.

Elise Kunze las wohl gern, auch Kriminalromane. Auf einer Konsole mit Spiegel, rechts von der Tür zur linken Abstellkammer, fanden die Kriminalisten sechs Bücher mit den folgenden Titeln: *Die Nacht zerbarst am Morgen*, eine kleine Auswahl sorbischer Prosa, *Das nackte Modell*, nordische Künstlergeschichten mit Grafiken von Edvard Munch, *Mord mit kleinen Hindernissen*, ein Kriminalroman von Karl Heinz Weber, *Das Mädchen von Fanö* von Günther Weisenborn, *Die Sünde des Abbé Mouret* von Émile Zola und *Mordfall Cavaltini*, aufgeschrieben von Karlheinz Reineck und vom Deutschen Militärverlag 1969 als Taschenbuch herausgebracht.

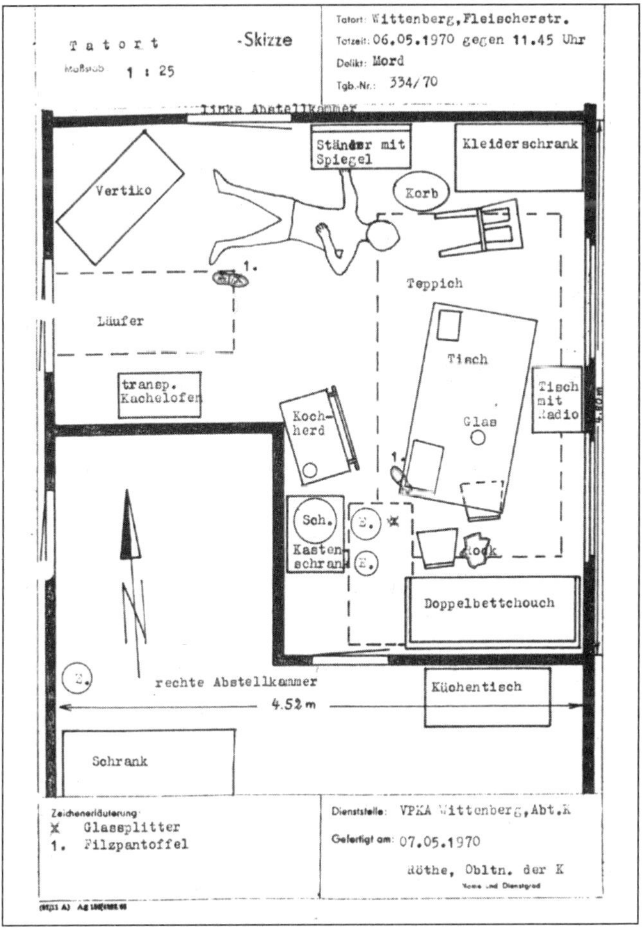

Tatortskizze

Es wurden die Lage und Bekleidung der Leiche, die Spuren an der Bekleidung und am Leichnam und die sonstigen Spuren am Tatort exakt und fachgerecht beschrieben.

Die Tatortuntersuchung endete um 22 Uhr.

Das Protokoll über die kriminaltechnische Tatortarbeit verfasste Oberleutnant der K Röthe von der BDVP Halle, Abteilung K, Kommissariat IV, ebenfalls am 7. Mai 1970, nachdem gegen Burkhard Schulze bereits das Ermittlungsverfahren eingeleitet worden war. Als Vergleichsmaterialien waren aufgeführt: Vergleichsfingerabdruckbögen der Geschädigten und des Beschuldigten, eine Brille mit zerbrochenem linken Glas, die beim Beschuldigten beschlagnahmt wurde, Vergleichshaare des Beschuldigten und der Geschädigten, Haferflockenmakronen, ebenfalls beim Beschuldigten beschlagnahmt.

Die Fragen an die Sachverständigen waren:

1. Wurden die am Tatort gesicherten Papillarlinienspuren vom Beschuldigten oder von der Geschädigten verursacht?
2. Stammen die am Tatort gesicherten Glassplitter von der Brille, die beim Beschuldigten beschlagnahmt wurde?
3. Besteht zwischen den gesicherten Haaren und den Vergleichshaaren des Beschuldigten oder der Geschädigten Übereinstimmung?
4. Kann bei der Untersuchung der gesicherten Asche festgestellt werden, ob es sich um Verbrennungstextilien handelt?

In einem Anhang über gesicherte Spuren und Sachbeweise waren zwölf Spuren/Sachbeweise aufgelistet.

Die Abteilung K, Dezernat Kriminaltechnik (KT), der BDVP Halle schickte am 10. Juni 1970 ihren ernüchternden kriminaltechnischen Auswertungsbericht. Danach war nur die Fingerspur 9 zu Vergleichszwecken geeignet, und die hatte Elise Kunze mit ihrem rechten Mittelfinger verursacht. Für den Sachkundigen für Daktyloskopie, Hauptmann der K Mohr, war der Vorgang damit erledigt.

Die gerichtliche Sektion (Obduktion) der Leiche von Elise Kunze erfolgte am 7. Mai 1970 im Institut für Gerichtliche Medizin der Martin-Luther-Universität Halle-Wittenberg durch den Kommissarischen Direktor des Instituts, Dr. med. habil. Simon, und den Assistenzarzt Dr. med. Bunk. Der Kreisstaatsanwalt von Wittenberg, Raupach, war anwesend.

Als Todesursache wurde mechanisch bedingtes Ersticken festgestellt, womit die Sektion einen Tod aus nichtnatürlicher Ursache ergeben hatte. Elise Kunze verstarb durch Ersticken infolge mechanischer Behinderung der Atmung durch Tamponade (Ausstopfen) des Rachenraums. Weiterhin fanden sich die Zeichen stumpfer Gewalteinwirkungen, besonders auf den Kopf und die unteren Gliedmaßen. Die Sektionsergebnisse bestätigten, dass es sich ohne jeden Zweifel um eine Tötung durch fremde Hand handelte. Wörtlich: »Zur Herbeiführung des Todes durch Ersticken muss die Hand des Täters weit in den Mund des Opfers eingeführt worden sein, wobei nicht auszuschließen, sondern sogar wahrscheinlich ist, dass dabei zusätzlich ein knebelartig wirkender Fremdkörper hineingestopft wurde. Das Fehlen einer Bluteinatmung in die Lungen trotz der stark blutenden Zerreißungen der Weichteile im Mund-Rachen-Raum beweist eine völlige Tamponade der oberen Luftwege. Die Unterblutung der Kopfschwarte am Hinterkopf spricht für Aufschlagen desselben auf eine feste Unterlage im Tatablauf, während die übrigen Unterblutungen durch Schläge bzw. Fußtritte o. Ä. entstanden sein können.«

Zur Untersuchung auf Samenfäden wurde ein Scheidenabstrich angefertigt und asserviert. Wurden Samenfäden gefunden? Darüber gibt es in diesem gerichtsärztlichen Gutachten noch keine Antwort.

Am 7. Mai 1970 verfügte der Leiter des Kommissariats II (Dienststelle K II Dessau) in der Lutherstadt ein Ermittlungsverfahren gegen Burkhard Schulze, was ja bereits bekannt ist. In der Verfügung heißt es: »Der Beschuldigte Schulze steht in dringendem Verdacht, am 6.5.1970, (…) Elise Kunze in deren Wohnung in Wittenberg, Fleischerstraße Nr. (…) vorsätzlich getötet zu haben. Schulze wurde am 7.5.1970 gegen 3.00 Uhr in Ludwigslust gestellt, er hatte Gegenstände bei sich, welche der Getöteten gehören. Verbrechen gem. § 112, Abs. 1 StGB.« In Vertretung wurde die Verfügung unterzeichnet von Hauptmann der K Kutzera.

Und warum hatte die MUK Halle den Vorgang abgegeben? Ermittlungsverfahren wegen vorsätzlicher Tötung gemäß Paragraphen 112, 113 StGB waren in der Regel von den MUK bis zum Abschluss der Untersuchungen und bis zur Abgabe des Verfahrens an den Staatsanwalt eigenständig zu bearbeiten. Wenn aber der

Einsatz der MUK zur Aufklärung und Untersuchung einer erneut angefallenen Tötungsstraftat mit unbekanntem Täter erforderlich war, konnte das Verfahren an das zuständige Kommissariat II zur weiteren Bearbeitung abgegeben werden.

Mitteilung des Kreisstaatsanwaltes

Am 6. Mai wurde in Wittenberg, in einer Wohnung in der Fleischerstraße, durch den fünfmal vorbestraften dreiunddreißigjährigen Burkhard Schmidt, Wittenberg, Dresdener Straße, an einer 72jährigen Frau ein Mord verübt. Durch umsichtige Arbeit der Deutschen Volkspolizei und unter Mithilfe der Bevölkerung konnte das Verbrechen in wenigen Stunden aufgeklärt werden. Der Täter ist geständig, wurde inhaftiert und wird nach den gesetzlichen Bestimmungen zur Verantwortung gezogen.

Mitteilung des Wittenberger Kreisstaatsanwalts in der Presse

Der vom Wittenberger Kreisstaatsanwalt Raupach am 8. Mai 1970 beantragte Haftbefehl wurde noch am gleichen Tag durch das Kreisgericht Wittenberg, namentlich Kreisgerichtsdirektor Böhme, erlassen. In den Dokumenten wurde darauf hingewiesen, dass der nunmehr Beschuldigte in Ludwigslust gestellt werden konnte und das Beweismaterial aus der Wohnung von Elise Kunze stammte. Die von Zeugen gegebene Personenbeschreibung zu einem am 6. Mai 1970 in den späten Nachmittagsstunden im Tathaus gesehenen jungen Mann traf in vollem Umfang auf Burkhard Schulze zu.

Zur Ermittlungs- und Haftsache noch am 8. Mai 1970 vorgeführt, erklärte Schulze kurz und knapp, dass er das ihm vorgehaltene Verbrechen begangen hat. »Ich bin nach dem Verlassen der Wohnung der Elise Kunze noch am gleichen Nachmittag mit dem Zug nach Berlin und von dort weiter nach Ludwigslust gefahren, wo man mich gestellt hat. Von meiner Inhaftierung soll niemand benachrichtigt werden.«

Ein Geständnis lag überraschenderweise sofort vor, aber der Weg zur Wahrheit gestaltete sich dennoch steinig. Doch dazu später mehr.

Am 8. Mai 1970 wurde Burkhard Schulze in der Poliklinik »Clara Zetkin« Wittenberg, in der Lutherstraße 51–53, vorgestellt, da die Kriminalisten verdächtige Verletzungen und Spuren an seinen Händen festgestellt hatten. Medizinalrat Kamphausen führte in seiner Stellungnahme aus:

»Beide Hände sind verschmutzt, auf den Innenflächen stark beschwielt. An frischen, noch nicht vernarbten Verletzungen befinden sich dicht oberhalb des rechten Handgelenkes multiple gerötete Kratzeffekte.

Im Bereich des rechten Daumengrundgelenkes sowie des Zeigefingergrundgliedes rechts befinden sich geringfügige geronnene fragliche Blutspuren.

Am rechten Ringfinger dicht unterhalb des Grundgelenkes sind geringfügige Hautverletzungen sichtbar, die offenbar durch Impression der Ringplatte hervorgerufen sind. Am Mittelglied des linken Zeigefingers auf der Plantarseite [fußsohlenwärts, Anm. d. Verf.] befindet sich eine geringfügige oberflächliche Kratzwunde.

Desgleichen am Grundglied des linken Mittelfingers sowie an Grundgliedern des 4. und 5. Fingers.

Die Nagelfalze weisen eine geringe bräunliche Verfärbung auf. Hierbei handelt es sich möglicherweise um Blutreste.«

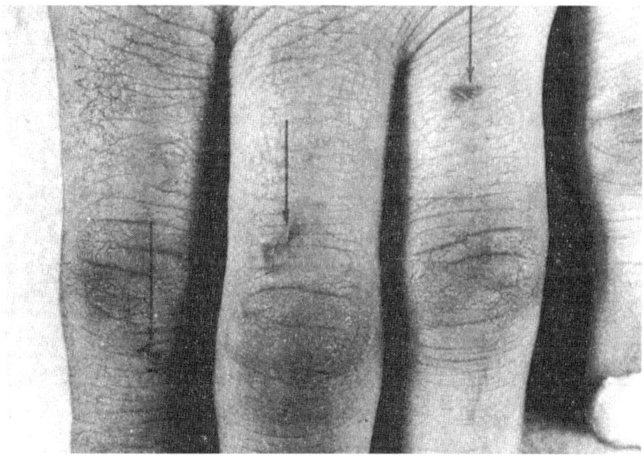

Linke Hand von Burkhard Schulze.
Die Pfeile zeigen auf Hautverletzungen.

Eine umfangreiche Vernehmungstätigkeit begann. Natürlich hatte man schon einige Erkenntnisse über Burkhard Schulze, der der Polizei, der Staatsanwaltschaft und dem Gericht kein Unbekannter war.

Am 15. April 1970, also wenige Tage vor dem heimtückischen Mord an Elise Kunze, leitete die Kriminalpolizei in Wittenberg gegen ihn schon ein Ermittlungsverfahren ein. Er, so wörtlich, »steht in dringendem Tatverdacht, am Montag, den 13.04.1970, gegen 23.45 Uhr der Geschädigten W. aus ihrer Handtasche die Geldbörse entwendet zu haben, während die Tasche neben ihr außer Kontrolle stand. *Vergehen gem.:* §§ 177, 180 StGB.« Die Verfügung wurde von Oberleutnant der K Mager unterzeichnet.

An diesem 15. April 1970 wurde Burkhard Schulze von Leutnant der K Dombrowski ausführlich zur persönlichen Entwicklung vernommen. Als Vorstrafen sind im Protokoll aufgeführt: Am 22. August 1961 verurteilte ihn das Bezirksgericht Schwerin zu einer Gefängnisstrafe von einem Jahr und sechs Monaten wegen der Verletzung des Passgesetzes, am 5. März 1963 das Kreisgericht Parchim wegen Diebstahls zu drei Monaten Gefängnis und zur Unterbringung in einer Heilanstalt, am 25. Juli 1964 das Bezirksgericht Schwerin wegen Raubüberfalls zu sieben Jahren Zuchthaus.

Schulze sagte aus, dass er 1952 aus der siebten Klasse entlassen wurde und danach als »landwirtschaftlicher Arbeiter« tätig war – bis 1960, mit einer Unterbrechung, in der er ein Jahr lang in der Güterabfertigung bei der Bahn in Neuss am Rhein (BRD) arbeitete. Geheiratet hatte er 1958, diese Ehe war dann in der DDR 1965 geschieden worden. Denn die Familie zog 1960 in die DDR nach Stolpe in den Kreis Parchim, wo Schulze sogar Mitglied der dortigen Betriebskampfgruppe wurde. Hier arbeitete er als Melker in der LPG bis zu seiner Verurteilung 1964 wegen Raubes. Nach seiner Haftentlassung kam er wunschgemäß zu seinem Vater nach Wittenberg, und er wurde Hilfsarbeiter in der Gießerei des VEB Maschinen- und Mühlenbau Wittenberg mit einem Verdienst von 520 Mark monatlich.

Auf die Frage, warum er wieder straffällig geworden war, antwortete er, dass sein hoher Alkoholkonsum schuld war. In Wittenberg kannte er niemanden, er wollte unbedingt Leute kennenlernen, und das ging ja nur in Gaststätten, wo man eben Alkohol trinkt. Seine Stiefmutter konnte keinen Alkohol riechen, und wenn er wieder betrunken war, hat sie ihn beschimpft. Nach seiner Aussage habe sie ihm dann wochenlang kein warmes Mittagessen gekocht, so dass er sonnabends und sonntags eben in Gaststätten essen musste, und dort wird getrunken. Ebenso war es an diesem Montag. »An diesem Tage stand ich den ganzen Tag unter Alkohol, und als ich dann die Geldbörse gesehen habe, habe ich sie eben mitgenommen.« So einfach können manchmal Erklärungen sein …

Schließlich lobte er auch noch die DDR: »Über die Fürsorge der staatlichen Organe kann ich nicht klagen, diese haben sich immer um mich gekümmert, haben mit mir Aussprachen geführt, auch wegen meinem Alkoholgenuss, man hat mir ein anderes Zimmer versprochen und so weiter. Es liegt also nicht an den staatlichen Organen, dass ich wieder straffällig geworden bin. Das ist einzig und allein meine Schuld.«

Ergänzt werden muss, dass das vorherige Ermittlungsverfahren, verfügt am 20. April 1970, erweitert wurde: »Da die Ermittlungen zur Person des Genannten und der Auszug aus dem Strafregister ergaben, dass der Genannte im Jahre 1964 vom Bezirksgericht in Schwerin wegen Raub zu 7 Jahren Zuchthaus verurteilt worden ist und er wegen dieser Handlung noch bis

1972 Bewährung hat, macht sich eine Erweiterung des gegen ihn eingeleiteten Ermittlungsverfahrens wegen Diebstahls von pers. Eigentum notwendig. Aus diesem Grunde verfüge ich hiermit die Erweiterung auf verbrecherischen Diebstahl gem. §§ 177, 181 Abs. 1 Ziff. 4 des StGB.« Unterzeichnet wurde das Dokument wieder von Oberleutnant der K Mager.

Es war also seine Vorgeschichte bekannt, als er am 8. Mai 1970 von 1 Uhr bis 4 Uhr durch die Wittenberger Kriminalpolizei zur Mordsache vernommen wurde. Bei Vorstrafen stand dann nur noch »siehe Strafregisterauszug«.

Was einige Details betrifft, war das erste Geständnis von Burkhard Schulze so abgefasst, dass seine brutale Tat in einem etwas besseren Licht erschien. Und einige Angaben waren falsch, wie sich später herausstellen sollte. Aber er gab zu, die Rentnerin Elise Kunze in Wittenberg ermordet zu haben, und das war schon einmal ein Vernehmungserfolg. Hier das vollständige erste Protokoll über die Vernehmung zur Sache:

Frage:
Schildern Sie den Tagesablauf des 6. Mai 1970!

Antwort:
Ich hatte vom 5. Mai 1970 20.30 Uhr bis 6. Mai 1970 06.15 Uhr in meinem Betrieb VEB Maschinen- und Mühlenbau eine Nachtschicht. In diesem Betrieb arbeite ich in der Gießerei als Hilfsarbeiter. Am Abend vor

Schichtbeginn bekam ich vom Betrieb eine Zuweisung und die Schlüssel für ein Zimmer in Piesteritz. Es handelt sich bei dieser Zimmerzuweisung um ein Zimmer mit Küche.

Die Straße kann ich im Moment nicht nennen, aber meine Zuweisung müsste bei den Unterlagen, welche mir abgenommen wurden, sein. Nach der Schicht bin ich am 6. Mai 1970 zum Hauptbahnhof Wittenberg, *Mitropa*-Gaststätte, gegangen. Dort trank ich zunächst zwei »Cola« und habe mich für circa 2 Stunden mit dem Kopf auf einen Tisch »schlafen gelegt«. In der *Mitropa*-Gaststätte saß ich, vom Eingang aus gesehen, am zweiten Tisch rechts, und zwar im Warteraum.

Als ich dann aufwachte, dies muss zwischen 08.00 und 09.00 Uhr gewesen sein, habe ich angefangen, Bier zu trinken. Bis gegen 10.00 Uhr, es kann auch etwas später gewesen sein, trank ich in der *Mitropa*-Gaststätte circa 10 bis 15 Glas helles Bier à 0,25 lt. und 4 Glas Schnaps, Weinbrand Spezial, à 0,02 lt.

Hinzufügen möchte ich noch, dass gegen 08.15 Uhr ein mir mit Namen nicht bekannter junger Mann an meinen Tisch kam, mit dem ich gemeinsam getrunken habe, wobei wir abwechselnd Runden bezahlt haben.

Ich hatte von meinem letzten Lohn, den ich am Donnerstag, den 30. April 1970 in Höhe von 100,00 M erhalten hatte, zu diesem Zeitpunkt noch circa 60,00 M. Davon habe ich auch die Zeche am Bahnhof bezahlt. Übernachtungsgeld brauchte ich nicht, da ich mich in den letzten 10 Tagen größtenteils auf dem Bahnhof in Wittenberg aufgehalten habe.

Am 6. Mai 1970 nach 10.00 Uhr bin ich mit dem Bus von der Haltestelle Luthereiche nach Piesteritz gefahren. Dort habe ich mir das mir zugewiesene Zimmer angesehen, was circa 10 Minuten dauerte. Daraufhin bin ich sofort wieder mit dem nächsten Bus zurückgefahren. Ich bin an der Haltestelle in der Nähe der Collegienstraße ausgestiegen.

Von der Bushaltestelle ging ich direkt zur Wohnung der ehemaligen Freundin meines Bekannten Frank Bierwirth. Dieser hat mit dieser Frau eine ganze Weile zusammengelebt, er hat sich aber mit ihr gezankt, so dass zurzeit zwischen beiden keine Verbindung besteht.

Frage:
Woher ist Ihnen die Freundin des Frank Bierwirth bekannt?

Antwort:
Vor circa 10 Tagen kam ich mit Bierwirth von der Arbeit, und wir liefen durch die Stadt, in der Nähe der Mittelstraße. Wir wollten gerade in die Mittelstraße einbiegen, als die Freundin des Bierwirth aus Richtung Post gelaufen kam und ihm zuwinkte. Während Bierwirth auf diese Frau wartete, ging ich zum Hotel *Wittenberger Hof* und bezahlte meine Übernachtungskosten für zwei Nächte in Höhe von 12,00 M. Als ich zurückkam, unterhielt sich Bierwirth mit dieser Frau und sagte zu ihr, dass er abends gegen 20.00 Uhr vorbeikommen will, um sich in ihrer Wohnung zu baden. Mir erzählte er anschließend, dass es seine zweite Frau war, mit der er

zusammengelebt hat. Er sagte auch noch, dass das Verhältnis zurzeit nicht mehr besteht, dass er aber ab und zu noch mal zu dieser Frau geht.

Als Begründung führte er an, dort in der Wohnung dieser Frau ein Bad eingerichtet zu haben, dass er dieses noch nutzen wolle. Bierwirth gab mir dann zu verstehen, dass ich mich eventuell mit dieser Frau zusammentun könnte, da ich keine Bleibe habe. Diese Unterhaltung kam mir bei meiner Rückfahrt aus Piesteritz am 6. Mai 1970 wieder in Erinnerung, und ich kam auf den Gedanken, zu dieser Frau in die Wohnung zu gehen, um mich mit ihr darüber zu unterhalten, dass sie einwilligt, mit mir zusammenzuleben. Ich hatte auch vor, mir mit dieser Frau eventuell in Piesteritz die Wohnung einzurichten. Ich kenne diese Frau allerdings nicht mit Namen und weiß auch nicht, in welcher Straße sie hier in Wittenberg wohnt, d.h., ich kenne den Straßennamen und die Hausnummer nicht. Durch Bierwirth ist mir bekannt, dass das Haus, in welchem diese Frau wohnt, direkt an einer Straßenkreuzung steht und dass die Fenster der Giebelseite direkt auf die Straße zeigen. Dies hat mir Bierwirth selbst gezeigt.

Zu diesem Zwecke bin ich dann auch am genannten Tage gegen 11.00 oder kurz nach 11.00 Uhr in das Haus gegangen und wollte diese Frau aufsuchen. In das Haus gelangt man vom Eingang her durch einen Hof und von dort rechts in den Hausflur dieses Grundstückes. Danach muss man nach links eine Holztreppe nach oben gehen.

Ich bin in die zweite oder dritte Etage gegangen.

Frage:
Was geschah nun weiter, als Sie sich in der von Ihnen beschriebenen Etage des genannten Grundstückes befanden?

Antwort:
Ich weiß noch, dass es sich um die letzte Etage handelte und dass ich dort an die Tür klopfte. Ich klopfte mehrmals mit der Hand kurz hintereinander an die Tür, und nach kurzer Zeit antwortete von innen eine Frauenstimme. Sie fragte, wer da ist. Ich nannte dann meinen Namen »Schulze«. Die Frauenstimme sagte daraufhin: »Ich kenne Sie doch gar nicht.« Ich antwortete ihr wieder: »Machen Sie erst einmal auf, dann werden Sie mich schon kennenlernen.«

Die Frau öffnete auch gleich. Ich fragte sie, ob bei ihr die Frau wohnt, bei der Bierwirth verkehrte. Dies wurde von ihr verneint, worauf ich zu dieser Frau sagte, dass sie entschuldigen soll, dass ich in eine falsche Wohnung geraten bin. Die ältere Frau beschrieb mir auch noch die Wohnung von der Bekannten des Bierwirth. Diese Frau sollte gegenüber auf der anderen Giebelseite wohnen. Als dieses Gespräch beendet war, versetzte ich der in der Tür stehenden älteren Frau mit meiner rechten Faust einen derben Faustschlag auf das Kinn. Dadurch drehte sich diese Frau mehrere Male um sich herum und ist mitten im Zimmer auf den Fußboden gefallen. Sie wehrte sich heftig gegen mich und begann auch, zu schreien. Ich schlug weiterhin auf die Rückseite ihres Körpers mit meinen Fäusten ein.

Die Frau versuchte, zu schreien, worauf ich ihr auf alle Fälle ein paar Minuten den Mund zugehalten habe.

Während die Frau noch eine Weile mit den Beinen strampelte und mit den Armen um sich schlug, blieb sie plötzlich ruhig liegen. Bei diesen Handlungen hat die Frau auf dem Rücken gelegen, und ich kniete hinter ihrem Kopf. Weiterhin habe ich dieser Frau etwa drei Finger meiner linken Hand tief in den Mund hineingesteckt. Ich stellte jetzt fest, dass die Frau durch meine Handlungen getötet war.

Frage:
Was geschah nun weiter?

Antwort:
Vor Wut habe ich ihr alle bzw. fast alle Sachen vom Körper gerissen. Ich kann im Moment nicht im Einzelnen sagen, welche Kleidungsstücke ich der Frau heruntergerissen habe. Soweit ich mich erinnern kann, habe ich die Bekleidungsstücke auf dem Fußboden liegen gelassen.

Frage:
Warum haben Sie der von Ihnen getöteten Frau die Kleidungsstücke vom Körper gerissen?

Antwort:
Ich kann darauf keine konkrete Antwort geben. Es ist eben passiert in meiner Wut und in meiner Rage. Ob ich mit dieser Frau Geschlechtsverkehr durchgeführt

habe, kann ich nicht sagen. Die Möglichkeit hierzu kann ich nicht verneinen.

Frage:
Welche weiteren Handlungen haben Sie in der Wohnung der Geschädigten durchgeführt?

Antwort:
Als die Frau regungslos am Boden lag, sah ich, dass ihr Gesicht voller Blut war. Dieses Blut kam aus Mund und Nase. Ich nahm deshalb einen Lappen, welcher links auf einem Waschkorb oder auf einer Wanne lag, und wischte damit das Blut vom Gesicht der Frau ab. Den Lappen ließ ich zunächst am Kopfende liegen.

Bei diesem Lappen handelt es sich vermutlich um ein weißes Taschentuch. Nach dem Abwischen habe ich mich auf den vor dem Ofen stehenden Stuhl gesetzt und habe eine Zigarette der Marke »F6« mit Filter geraucht. Die Asche von der Kippe habe ich auf ein Blech gemacht, welches auf dem Tisch stand. Die Kippe habe ich anschließend in den Ofen geworfen. Anschließend habe ich auch den mit Blut beschmierten Lappen, mit dem ich das Gesicht der Frau abgewischt hatte, in den Ofen geworfen und mit einem Feuerzeug angezündet. Unmittelbar am Tisch, in der Nähe des zuletzt beschriebenen Sitzplatzes, stand eine schwarze Einkaufstasche. Diese Tasche nahm ich, ohne sie mir anzusehen, mit und habe die Wohnung verschlossen. Beim Verlassen der Wohnung habe ich dann den von innen steckenden Schlüssel abgezogen und damit von außen abgeschlossen. Es handelte sich um einen einzelnen Schlüssel ohne Ring. Unterwegs habe ich diesen Schlüssel aus dem Zug geworfen. Wo das war, kann ich nicht mehr genau sagen.

Frage:
Warum wischten Sie das Blut vom Gesicht der Frau ab, und weshalb verbrannten Sie dann den Lappen?

Antwort:
Was soll ich dazu anderes sagen als wie, dass ich das Blut deshalb abgewischt habe, weil das Gesicht zu sehr mit Blut beschmiert war. Der Lappen wurde verbrannt, weil er gerade vor mir lag.

Frage:
Warum wurde von Ihnen die Einkaufstasche der getöteten Frau mitgenommen?

Antwort:
Die Tasche habe ich deshalb mitgenommen, weil ich mir unterwegs noch etwas kaufen wollte. Ich war der Annahme, dass ich in dieser Tasche Bargeld finde. Alle bei mir beschlagnahmten Gegenstände, welche in dieser Tasche waren, befanden sich bei der Wegnahme in der Tasche. Woanders habe ich aus der Wohnung nichts weggenommen.

Frage:
Schildern Sie den weiteren Weg nach dem Verlassen der Wohnung der Geschädigten!

Antwort:
Ich bin meiner Einschätzung nach kurz nach 11.00 Uhr in die Wohnung dieser Frau gegangen und habe mich schätzungsweise bis 20 Minuten vor 12.00 Uhr dort aufgehalten. Während dieser Zeit führte ich die geschilderten Handlungen durch.

Nach Verlassen der Wohnung ging ich sofort zum Hauptbahnhof Wittenberg und habe eine Fahrkarte bis Ludwigslust gelöst. Diese kostete etwa 24,00 M. Die Fahrkarte verkaufte mir eine circa 28 bis 30 Jahre alte dunkelblonde Frau.

Von Wittenberg fuhr ich entweder kurz vor 12.00 Uhr oder kurz danach mit dem D-Zug nach Berlin-Lichtenberg. Von dort aus fuhr ich mit der S-Bahn bis Ostbahnhof und von dort aus mit dem Zug direkt bis Ludwigslust. Dort wurde ich von der Transportpolizei aus dem Zug geholt. Ich muss im Zug eingeschlafen sein.

Frage:
Warum sind Sie nach dieser Handlung in Richtung Ludwigslust gefahren?

Antwort:
Ich hatte schon länger vor, nach Ludwigslust zu fahren, um dort einen gewissen Heinemann in Spornitz bei Parchim aufzusuchen, da ich von ihm noch 750,00 M zu bekommen habe. Mit ihm war ich von 1964 bis zu meiner Haftentlassung im Januar 1970 gemeinsam in Haft. Er schuldet mir dieses Geld aus der gemeinsam begangenen strafbaren Handlung.

Frage:
Schildern Sie die Gründe, warum Sie die Ihnen unbekannte Frau getötet haben!

Antwort:
Es ist klar, dass ich nicht mit der Absicht hochgegangen bin, diese Frau zu töten. In ihrer Handtasche war ja auch kein Geld, was ich allerdings erst bemerkte, als ich die Tasche bzw. als die Transportpolizei diese durchsuchte. Vorher hatte ich keine Möglichkeit, mir den Inhalt der Tasche anzusehen. Weiteres habe ich dazu nicht zu sagen.

Bestätigung:
Das Vernehmungsprotokoll habe ich selbst gelesen. Es entspricht in allen Teilen den von mir gemachten Aussagen. Meine Worte sind darin richtig wiedergegeben.

Das Protokoll war aber vom Beschuldigten Burkhard Schulze nicht unterschrieben worden. Dazu äußerte er sich so, wie in einem Nachsatz des Vernehmungsprotokolls zu lesen ist: Er werde keine Unterschrift mehr leisten, diese Schlussfolgerung habe er aus allen vorangegangenen Straftaten gezogen. Er unterschreibt daher nichts mehr.

Zu diesem Protokoll müssen wir mit dem Kriminalpsychologen Professor Axel Römer, der an der Humboldt-Universität zu Berlin das Fach Vernehmung unterrichtete, eine wichtige Anmerkung machen. Römer schreibt im Kriminalistik-Lehrbuch von 1984: »Die

Erkenntnis, dass es außerordentlich schwer sei, eine kunstgerechte Vernehmung zu leiten, dass es aber noch weit schwieriger sei, ein kunstgerechtes Protokoll über eine Vernehmung zu verfassen, ist nach wie vor gültig. Auch eine gut geführte Vernehmung wird in ihrem Aussagewert beeinträchtigt, wenn das Protokoll nur unvollkommen abgefasst ist.« Fehler im Protokoll beruhen vor allem darauf, dass das Protokoll im eigentlichen Sinne nicht das Protokoll der Aussage des Vernommenen ist, sondern die Niederschrift der Aussage des Vernehmenden über die Aussage des Vernommenen.

Natürlich sollte nicht versucht werden, das Protokoll in eine tatsächlich vorhandene, manchmal vereinfachende Polizeisprache zu transformieren – wie es in diesem Vernehmungsprotokoll wohl geschehen ist. »Ich stellte jetzt fest, dass die Frau durch meine Handlungen getötet war« – einen solchen Satz sagt kein Mörder, auch in der DDR nicht.

Auf der anderen Seite sind einige Formulierungen des Beschuldigten sehr gut festgehalten worden; sie klingen fast schon wie wortwörtliche Wiedergaben. Auf die Frage, warum er das Blut vom Gesicht der Frau abgewischt und den Lappen verbrannt hatte, sagte Burkhard Schulze laut Protokoll: »Was soll ich dazu anderes sagen als wie, dass ich das Blut deshalb abgewischt habe, weil das Gesicht zu sehr mit Blut beschmiert war. Der Lappen wurde verbrannt, weil er gerade vor mir lag.« Das sind Aussagen, die mit Sicherheit so vom Beschuldigten gesagt worden sind.

Nach Aktenlage wurde Burkhard Schulze jetzt erst einmal in Ruhe gelassen, was sein Geständnis betrifft. Das sollte offenbar auf beiden Seiten reifen, was eine sehr kluge Entscheidung war.

Am 8. Mai 1970 um 2.30 Uhr wurde auf Anordnung des Staatsanwalts des Kreises Wittenberg durch die Einsatzgruppe des VPKA Wittenberg ein Durchsuchungs- und Beschlagnahmeprotokoll gefertigt. Eine Durchsuchung der Wohnung von Burkhard Schulze in der Dresdener Straße war vorausgegangen. Es wurden beschlagnahmt und in Verwahrung genommen alle Gegenstände, die Burkhard Schulze bei seiner Festnahme bei sich führte, insgesamt dreißig Posten, darunter auch der Reparaturschein des Dienstleistungskombinats Wittenberg, der die Kriminalisten auf die richtige Spur brachte, und eine Brille, linkes Glas zerbrochen, von der ja bei den Fragen an die Gutachter schon die Rede war. Am 11. Mai wurde dann die Durchsuchung und Beschlagnahme durch die Strafkammer des Kreisgerichts Wittenberg richterlich bestätigt. Es hatte also alles seine Ordnung.

Das heißt auch, dass die Gegenstände, die er aus der Wohnung der Geschädigten mitgenommen hatte, zum größten Teil bei ihm beschlagnahmt werden konnten. Von dem geraubten Geld (120 Mark aus der Kassette und über 22 Mark, die er in der Geldbörse gefunden hatte) hatte er noch ganze 12,02 Mark Bargeld in seinem Besitz. Das übrige Geld hatte er in dieser kurzen Zeit bereits für Alkohol und Zigaretten für sich und andere ausgegeben …

Die Richter, Staatsanwälte und Kriminalisten hatten also viele Dokumente erarbeitet, und am 5. Juni 1970 musste Burkhard Schulze nun erst einmal selbst Niederschriften verfassen: eine »Erklärung zu meiner Strafsache« und ein »Geständnis!« Am 11. Juni 1970 dann noch zweimal einen »Nachtrag zu meinem Geständnis!« Die gut ausgebildeten Kriminalisten hatten alles richtig gemacht, denn handschriftliche Geständnisse haben einen sehr hohen Beweiswert – wenn sie denn richtig sind. Aber die von Burkhard Schulze beschrieben schon die wirklichen Tatvorgänge.

Dadurch kamen unter anderem auch interessante Fakten zu einem Raubüberfall auf eine junge Frau in Wittenberg am 13. April 1970 auf den Tisch der Kriminalisten. Burkhard Schulze hatte von 16 Uhr bis 19.30 Uhr in der »Gaststätte bei Urban in Wittenberg« kräftig Alkohol zu sich genommen. Am Ende kam es zu einer Schlägerei, bei der Schulze vier Zähne verlor, so dass er für kurze Zeit besinnungslos am Boden lag. Er kam in eine Klinik, wurde dort behandelt und am folgenden Tag gegen 11.30 Uhr entlassen. Wörtlich aus einem »Nachtrag zu meinem Geständnis!«: »Als ich zu der Bahnunterführung kam, sah ich ein Mädel stehen und fragte das Mädel, auf wem sie wartet? Sie sagte auf ihren Freund. Daraufhin gab ich das Mädel einen Aufwärtshaken, und sie ging sofort zu Boden. Da dabei fiel die Geldbörse aus ihrer Tasche auf die Straße, ich nahm das Portemonnaie an mir und ließ das Mädel liegen und machte, dass ich auf einem Umweg nach Hause kam. Wo kurze Zeit später der Streifenwagen da war und mir mitnahm.«

Damit war dieser Raub nun auch abschließend geklärt. Eigentlich.

Am 11. Juni 1970 wurde er in der Zeit von 9 bis 16 Uhr noch einmal ausführlich zur Sache vernommen. Hier korrigierte er verschiedene Aussagen, wie er das schon in den Niederschriften gemacht hatte. So hatte er an diesem 5. Mai 1970 gar keine Nachtschicht, sondern er musste um 23.30 Uhr den Betrieb verlassen, weil er mit dem Vorarbeiter in Streit geraten war und der Meister ihn nach Hause schickte.

Auch seine erste Aussage, dass ihm sein späteres Opfer sagte, dass die junge Frau, die er in der Fleischerstraße suchte, auf der »anderen Giebelseite« wohne, korrigierte er. Sein Kumpel Bierwirth hatte das einmal zu ihm gesagt. Auch konnte Elise Kunze mit dem Namen Bierwirth gar nichts anfangen. Sie kannte auch keine junge blonde Frau mit einem Kind oder mit zwei Kindern, die dort wohnen sollte. Im Protokoll dieser Vernehmung liest sich das so: »Die ältere Frau hat mir nicht gesagt, wo die Gesuchte wohnt. Ich kann mich jedenfalls nicht daran erinnern. Wenn ich das in meiner Vernehmung am 08.05.70 angegeben habe, so ist das gelogen.«

Burkhard Schulze sagte weiterhin, dass er, nachdem er Elise Kunze getötet hatte, eine Geldkassette fand. Auch die unvorsichtige Erwähnung ihrer Rente in Höhe von 320 Mark wurde jetzt interpretiert: »Ich wusste von meinem Vater aus, dass die Rentner immer Anfang des Monats ihre Rente bekommen. Ich kam dann auf den Gedanken, mich in den Besitz des Geldes zu bringen, weil ich persönlich nur noch 30 Mark besaß.«

Noch als er am Tisch saß und eine Zigarette der Marke »F6« rauchte, kam er auf den Gedanken, die Wohnung nach Geld zu durchsuchen und die Frau zu töten. Er wollte sie mit einem Faustschlag niederschlagen und dann mit weiteren Faustschlägen am Kopf »bearbeiten«, bis sie tot wäre.

Um sich seine perfide Absicht nicht anmerken zu lassen, bedankte er sich ganz höflich bei Frau Kunze und stand vom Stuhl auf. Während er zur Tür ging und Frau Kunze ihm folgte, sagte sie zu ihm: »Die Männer sind alle gleich und wollen nur die Frauen ausnutzen.« Zu diesem Zeitpunkt war er schon unmittelbar an der Wohnungstür, die zum Treppenhaus führte. Die Tür hatte er aber noch nicht geöffnet; er drehte sich herum und schlug sofort mit seiner rechten Faust kräftig gegen das Kinn des Opfers, so dass Frau Kunze zu Boden stürzte und mit dem Kopf aufprallte. Sie schrie und trat mit den Beinen um sich.

»Während sie am Boden lag und strampelte«, sagte er dann laut Protokoll, »beugte ich mich über sie und schlug mit meiner rechten Hand zwei- oder dreimal auf ihren Kopf und Körper. Ich bin Rechtsausleger und schlage immer mit der rechten Hand zu. Durch diese Schläge lief der alten Frau aus Nase und Mund das Blut heraus. Ich hörte, wie sie stöhnte und versuchte, sich aufzurichten. Ich sah das Blut aus ihrem Mund herauslaufen und kniete mich rechts neben diese Frau und steckte ihr meine linke Hand in den Rachen. Ich wollte, dass sie dadurch erstickt. Während ich meine Finger in den Rachen geschoben hatte, merkte ich, wie die Frau mir auf die Finger biss. Beißen konnte sie aber nicht mehr, es war nur ein dolles Dagegendrücken. Während ich so kniete und meine Finger in dem Rachen hatte, sah ich eine Wanne oder einen Korb stehen, der mit Wäsche gefüllt war. Ich nahm meine Hand aus dem Mund der Frau heraus und begab mich zur Wanne oder dem Korb, wo ich einen Lappen herausnahm. Mit dem Lappen habe ich das Blut aus dem Gesicht abgewischt, und weil immer noch letzte Atemzüge aus ihr herauskamen, habe ich den Lappen mit meinen Fingern in den Mund reingeschoben. Den Lappen ließ ich ein paar Sekunden drin, bis ich merkte, dass sie nicht mehr röchelt. Sie rührte sich auch nicht mehr.«

Danach rauchte er noch eine Zigarette, und als er so auf dem Stuhl saß, erblickte er auf dem Vertiko eine kleine Blechkassette. Als er sie herunternahm, stellte er fest, dass sie nicht verschlossen war. Darin fand er zwei 50-Mark-Scheine und einen 20-Mark-Schein. Die Beute steckte er in seine Geldbörse.

Dann kam es zu einem weiteren Geständnis. »Ich habe die Frau anschließend noch geschlechtlich gebraucht. Als ich sie so tot liegen sah, kam mir der Gedanke, dass ich sie jetzt noch geschlechtlich gebrauche. Ich weiß nicht, was mich plötzlich so reizte. Während ich nach der Tötung die Zigarette rauchte, bekam ich ein steifes Glied, und ich ging, nachdem ich die Kassette durchsucht hatte, zu der am Boden liegenden Frau und riss ihr die Kleider herunter. Ich glaube, diese Frau hatte Strumpfhosen an, die ich herunterzog. An einem Bein muss ich die Strumpfhose noch drangelassen haben. Ich selbst zog meine Hosen herunter und legte mich auf die Frau drauf und steckte mein Glied in die Scheide. (…) Es waren nur ein paar Minuten, und es kam auch bei mir zum Samenerguss. Den Samen ließ ich in die Scheide der Frau laufen.«

Auf Vorhalt des Vernehmers, dass die Leiche des Opfers mit völlig entblößtem Unterkörper aufgefunden worden war, korrigierte Burkhard Schulze seine Angaben dahingehend, dass er die Frau völlig ausgezogen hatte. Er war sich auch dessen bewusst, dass er eine Leiche sexuell missbraucht hatte.

Nach dem letztmaligen Geschlechtsverkehr vor dieser Tat befragt, sagte er, dass er zwei Tage zuvor mit einer Frau, die sich in Piesteritz herumtreibe und etwa dreiunddreißig Jahre alt sei, nachts in einem Bushäuschen Verkehr gehabt habe. Andere Frauen habe er seit seiner Haftentlassung nicht gehabt.

Aus der Wohnung von Elise Kunze hatte er mitgenommen: die kleine Blechkassette und eine schwarze Einkaufstausche, die in der Nähe des Tisches stand, sowie sechs selbstgebackene Makronen, die auf dem Tisch lagen. Blechkassette und Makronen hatte er in die Einkaufstasche gesteckt. In der Einkaufstasche fand er dann später im Zug nach Schwerin noch eine Geldbörse mit 22 Mark und etwas Kleingeld.

Unterwegs trank Burkhard Schulze Weißwein und Bier, mit dem Wärter der Toilette auf dem Ostbahnhof in Berlin sogar »einige Flaschen Bier«, dann auf dem Ostbahnhof selbst, und im Zug, mit dem er nach Ludwigslust fuhr, war er äußerst spendabel. »In dem Abteil, in dem ich fuhr, saßen drei Kerle und eine Frau, die ich aber nicht kenne. Für diese Fahrgäste bezahlte ich zehn oder zwölf Flaschen Bier. In Wittenberg hatte ich noch eine Flasche Weißwein gekauft, wobei ich jetzt nicht weiß, wo diese abgeblieben ist. Wenn mir vorgehalten wird, dass ich diese mit einem Fahrgast im Zug austrank, so kann ich mich daran nicht erinnern.«

Dann fragte der Vernehmer, warum er das Protokoll vom 8. Mai 1970 nicht unterschrieben hatte. Seine Antwort war einleuchtend: »Ich war verärgert, weil man mich in Ludwigslust festgenommen hatte und weil ich müde war. Ich habe in dieser Vernehmung einfach hier was geschildert, was nicht den vollen Tatsachen entsprach. Meine heutigen Angaben sind vollauf richtig.«

Dieses Protokoll wurde von Burkhard Schulze nun unterschrieben.

Bald darauf ging es für Burkhard Schulze erst einmal auf Reisen. Der Staatsanwalt des Bezirks Halle hatte am 22. Juli 1970 unter dem Aktenzeichen B I 26/70 ein Nervenfachärztliches Gutachten in Auftrag gegeben, und zwar beim Haftkrankenhaus für Psychiatrie und Neurologie Waldheim, bei einer »Klinischen Außenstelle der Sektion Kriminalistik der Humboldt-Universität zu Berlin«, wie es auf dem Kopfbogen des einunddreißigseitigen Gutachtens heißt, das am 10. September 1970 erstattet wurde. Gutachter waren der Ärztliche Direktor MR Doz. Dr. med. M. Ochernal und der Stationsarzt der psychiatrischen Männerabteilung Dr. med. G. Petermann. Burkhard Schulze war ab dem

29. Juli 1970 in Waldheim zur stationären Beobachtung, Untersuchung und Begutachtung untergebracht.

Bei der Begutachtung mussten die Sachverständigen zwei Komplexe beachten: Erstens wurde bei Burkhard Schulze im Jahr 1964 bei einer psychiatrischen Untersuchung durch die Bezirksnervenklinik Schwerin ein angeborener Schwachsinn festgestellt. Es war also zu ermitteln, ob sich der Schwachsinn weiterhin negativ auf die Entwicklung der Persönlichkeitsstruktur ausgewirkt hatte. Zweitens stand er bei Durchführung der Tat unter Alkoholeinfluss, und er wusste auch, dass er unter diesen Bedingungen zu Gewalttätigkeiten neigte.

Die nervenärztliche Begutachtung in Schwerin 1964, die wegen gemeinschaftlich begangenen schweren Raubes in Auftrag gegeben wurde, brachte schon erschreckende Ergebnisse:

»Die Familienverhältnisse der Eltern waren zerrüttet, die Mutter musste für den Lebensunterhalt sorgen, konnte sich nicht um die Erziehung der Kinder kümmern. Der Schulze berichtet ohne Scham und Reue über seine strafbaren Handlungen. Bei ihm liegt ein Mangel an willensmäßiger und rationaler Steuerungsfähigkeit seines Verhaltens vor. Er gibt sich hemmungslos seinen triebhaften, egozentrischen Affekt-Impulsen hin, muss als haltloser Trinker eingeschätzt werden, der weder vor Eigentums- noch Gewaltdelikten zurückschreckt. (…) Es besteht eine soziale Verantwortungslosigkeit und mangelhaft ausgeprägte subjektive Repräsentation kollektiver Verhaltensnormen. (…) Schulze setzt sich bedenken- und gewissenlos über durchaus vorhandene

Einsichten in das Strafbare und Gesellschaftsgefährliche seines Verhaltens in asozialer Weise hinweg. (…) Er ist ein alkoholgewöhnter Mensch, der keinerlei Hinweise für das Bestehen pathologischer Rauschzustände bietet. (…) Das Verhalten des Schulze ist brutal, rücksichtslos und sozial uneinsichtig. (…) Bei ihm liegt ein leichter Schwachsinn vor. (…) Im Ergebnis der Begutachtung wird die volle strafrechtliche Verantwortlichkeit des Schulze bejaht.«

Natürlich wurde Burkhard Schulze von den Psychiatern Ochernal und Petermann auch zur Mordtat befragt.

Frage:
Hinderte Sie das Blut nicht am weiteren Einschlagen auf die Frau?

Antwort:
Na ja, im Gegenteil, da hau ich noch mehr zu.

Frage:
Vor dem Untersuchungsorgan haben Sie doch ausführliche Angaben über den Tathergang getätigt?

Antwort:
Die Angaben, wie sie in den Unterlagen stehen, stimmen auch. Die hatte ich damals ja schon niedergeschrieben, hab das jetzt bloß alles vergessen …

Frage:
Wie stehen Sie jetzt zu Ihrer strafbaren Handlung?

Antwort:
Es gibt keine Reue mehr, es ist passiert. Mein Leben ist abgeschlossen, ich hab kein Interesse mehr an so einem Leben. Es fehlt bloß noch ein bestimmter Anlass. Mir kommt's nicht drauf an, noch ein paar mitzunehmen, in der Verfassung, wie ich jetzt bin.

Frage:
Darf man denn einen Menschen grundlos zusammenschlagen, ihn töten?

Antwort:
Darf man nicht machen, weil man sich wieder strafbar macht. Man kann schon einen Menschen zusammenschlagen, darf sich nur nicht erwischen lassen.

Auch aus diesen Äußerungen schlussfolgerten die Gutachter, dass er sich durchaus zu beherrschen weiß und sich beherrschen kann. Die notwendige Einsichtsfähigkeit in das Gesellschaftswidrige seines Verhaltens kommt gerade in den letzten Worten zum Ausdruck, dass man sich eben nicht erwischen lassen darf. Diese kommentierte Ergänzung kennzeichnet die Persönlichkeit des Schulze in äußerst treffender Art und Weise.

Im Ergebnis ihrer Untersuchungen kommen die Experten zu dem Schluss, dass Schulze eine gemütsarme und willensschwache psychopathische Persönlichkeit niedriger bis sehr niedriger Intelligenz ist. Er ist haltlos und verhält sich asozial. Trotz der primitiven Strukturierung seiner Persönlichkeit besitzt er aber durchaus

Potenzen, das Ungesetzliche seines Handelns einzusehen, und die für ein angepasstes Sozialverhalten notwendige Einsichts- und Steuerungsfähigkeit. Andererseits ist er aber nicht bereit, seinen Triebtendenzen die notwendigen Hemmungen entgegenzusetzen, obwohl er dazu ohne weiteres in der Lage ist. »Im Gegenteil, er beraubt sich durch leichtsinniges Hineinversetzen in alkoholisierte Zustände teilweise bewusst der letzten Hemmungen, lebt dann in solchen Situationen seine Persönlichkeit voll aus«, heißt es in dem Gutachten.

Dann hatten die Experten noch ein Urteil darüber zu fällen, ob bei Schulze ein pathologischer Rausch vorlag. Sie kamen zu dem Ergebnis, dass es sich um einen einfachen gewöhnlichen mittleren Rausch bei einem alkoholgewöhnten Menschen gehandelt hat. Gegen das Vorliegen eines pathologischen Rausches, der strafmindernd wäre, sprechen das Verhalten des Schulze während und nach der Tatbegehung (logische Aufeinanderfolge der zielgerichteten Handlung; Mitnahme des Geldes und der später bei ihm gefundenen Sachen der Geschädigten; sexueller Missbrauch der Geschädigten; die Reise nach Berlin und darüber hinaus sowie die hierbei zu treffenden Entscheidungen und Maßnahmen) sowie die fehlende, einen pathologischen Rausch charakterisierende Symptomatik (illusionäre Situationsverkennung, Orientierungsstörung, äußerliche Unmotiviertheit der Handlung, Sinnestäuschungen, terminaler Schlag und weitestgehende Amnesie für das im Rausch Vorgefallene).

Die Gutachter Ochernal und Petermann schreiben

am Schluss: »Wir sind der Meinung, dass die abnormen Anlagen und Bereitschaften des Beschuldigten durch den einfachen gewöhnlichen Rausch bloßgelegt wurden und besonders stark hervorgetreten sind. Der damit verbundene Fortfall der ohnehin geringen Hemmungen ließ die besondere Triebhaftigkeit, Grausamkeit und Brutalität des Sch. in ihrer ganzen Intensität sichtbar werden.

Forensisch-psychiatrisch halten wir den Beschuldigten für die ihm zur Last gelegte strafbare Handlung für strafrechtlich verantwortlich.

Die Anwendung des § 15 Abs. 1 StGB ist nicht gerechtfertigt, weil Sch. zum Zeitpunkt der strafbaren Handlung weder einer zeitweiligen oder dauernden krankhaften Störung der Geistestätigkeit noch einer Bewusstseinsstörung, die ihn bei seiner Entscheidung zur Tat zu gesellschaftsgemäßem Verhalten unfähig werden ließen, unterlegen war und sich auch keine Hin- oder Beweise für das Vorliegen psychopathologischer Veränderungen durch unsere Beobachtungen und klinisch-psychiatrischen Untersuchungen finden ließen.

Sch. war auch nicht durch eine der vorgenannten Bedingungen in seiner Zurechnungsfähigkeit erheblich beeinträchtigt (§ 16 Abs. 1 – 1. Alternative StGB). Wir haben es bei ihm auch keineswegs mit einer solch schwerwiegend abnormen Entwicklung der Persönlichkeit mit Krankheitswert zu tun, die zur Ausbildung von Verhaltensweisen und Einstellungen beim Täter geführt hätten, welche es ihm erheblich erschweren würden, sich von den Regeln des gesellschaftlichen Zusammenlebens leiten zu lassen (§ 16 Abs. 1 – 2. Alternative StGB).

Das vorliegende Gutachten wurde nach bestem Wissen und Gewissen und eingehender Beratung im Ärztekollektiv erstattet.«

Die Neurologische Klinik des Krankenhauses der Volkspolizei Berlin in der Scharnhorststraße in Mitte, namentlich der Chefarzt, Medizinalrat Dr. med. W. Lehmann, erstattete am 14. September 1970 ein »Elektroencephalographisches Gutachten«. Die Fragestellung an das EEG ging dahin, ob sich Allgemeinveränderungen oder Herdbefunde beim Beschuldigten Schulze nachweisen ließen.

Dr. Lehmann kam zu dem Ergebnis, dass das Hirnstrombild von leichten Allgemeinveränderungen getragen sei. Ein Herdbefund hat sich nicht nachweisen lassen. »Vorliegende Hirnstrombilder sind in ihrer Deutung vielgestaltig. Es können sich darunter sogenannte erwartungsgespannte flache EEG verbergen, die häufig Psychopathen zugeordnet werden müssen. Darüber hinaus ist jedoch am ehesten anzunehmen, wenn ein chronischer Alkoholabusus [= Alkoholmissbrauch, Anm. d. Verf.] bekannt ist, dass es sich um einen Zustand der Schädigung des aktivierenden reticulären [= netzartig, Anm. d. Verf.] Systems der Formatio reticularis [= netzartig geformte Substanz, Anm. d. Verf.] handelt, so dass zum jetzigen Zeitpunkt angenommen werden könnte, dass der langzeitige Alkoholmissbrauch bereits zu erheblichen subkortikalen [= unterhalb der Großhirnrinde gelegen, Anm. d. Verf.] Schäden geführt hat, die sich jetzt in Form der Verlangsamung und leichten Allgemeinveränderungen ausweisen. Für das Vorliegen eines anderweitigen intracraniellen [= im Gehirn, Anm. d. Verf.] Prozesses finden sich vom EEG her keine Hinweise.«

Das heißt, Burkhard Schulze hatte sich durch chronischen Alkoholkonsum schon gesundheitlich geschädigt, was seine geistigen Prozesse betraf.

Das Institut für Gerichtliche Medizin der Martin-Luther-Universität Halle-Wittenberg schickte am 31. Juli 1970 ein gerichtsärztliches Gutachten (Tgb.-Nr. 129/70) an die BDVP Halle, Abteilung K, Dezernat KT, das am 11. Mai 1970 schriftlich ersucht hatte, die am Tatort gesicherten Blutspuren zu untersuchen. Es wurde gefragt, ob an den verschiedenen Gegenständen oder in Flüssigkeiten Blut oder Blutrückstände vorhanden sind, wenn ja, kann die Blutgruppe bestimmt werden und stimmen die festgestellten Blutgruppen mit den Blutgruppen der Geschädigten und des Beschuldigten überein.

Es wurden Bekleidungsstücke des Opfers und des Beschuldigten, eine schwarze Ledertasche mit Reißverschluss und aufgesetzter Seitentasche, an der zunächst optisch keine Blutspuren sichtbar waren, zehn Glasröhrchen, in denen sich »Fingernagelschmutz« vom Beschuldigten befand, eine Zigarettenkippe Marke »F6« sowie eine Speichelprobe und eine Blutprobe von Burkhard Schulze untersucht.

Das Ergebnis: Die geschädigte Elise Kunze war Trägerin der Blutgruppe A, der Beschuldigte Burkhard Schulze war Blutgruppenausscheider und Träger der Blutgruppe 0. So konnte mit einer gewissen Wahrscheinlichkeit davon ausgegangen werden, dass Blutspuren an der Kleidung des Schulze vom Opfer stammen können, die Zigarettenkippe war wahrscheinlich vom Beschuldigten »benutzt« worden. Unterzeichnet war das Gutachten wieder vom Kommissarischen Direktor des Instituts, Dr. med. habil. Simon.

Einen Tag vor dem Mord an Elise Kunze war Burkhard Schulze bereits kriminell geworden, wie wir aus einer etwas verspäteten Verfügung vom 5. August 1970 zur Einleitung eines Ermittlungsverfahrens, unterzeichnet wiederum von Oberleutnant der K Mager, erfahren: »Genannter ist der Tat hinreichend verdächtig, persönliches Eigentum geschädigt zu haben, indem er am 05.05.1970 in der Zeit zwischen 13.00 und 14.00 Uhr der L. im HO-Kaufhaus in Wittenberg aus ihrer Reisetasche einen Bargeldbetrag in Höhe von 50,- Mark entwendete. Strafbar gem. §§ 177, 170 StGB.«

Eine Vergewaltigung am 7. April 1970 gegen 19.45 Uhr in Wittenberg, Gotenweg (Einmündung Elsterstraße hinter dem Hauptbahnhof), konnte ihm aber nicht nachgewiesen werden. Er hatte zwar Sachverhaltskenntnisse, und die Kriminalisten konnten ihm beweisen, dass er die Tatumstände nie aus der Tagespresse entnommen haben konnte. Doch ein zunächst abgelegtes Geständnis widerrief Burkhard

Schulze, und anderweitige Beweise zu diesem Sexualdelikt lagen nicht vor.

Am Ende des Ermittlungsverfahrens, und zwar am 26. Oktober 1970, wurde Burkhard Schulze noch einmal zu seinen Motiven befragt. Er gab an, dass ihm am 6. Mai 1970 in den Vormittagsstunden in Piesteritz bei der Zimmerbesichtigung schon bewusst war, dass er Geld brauchte. Denn die ihm zugewiesenen zwei Räume waren völlig leer. Er brauchte Möbel und wollte einfach Geld stehlen, wenn sich die Gelegenheit dazu bieten würde. Als er bei Frau Kunze in der Wohnung in der Fleischerstraße war – mit zunächst völlig anderen Absichten –, sah er plötzlich eine Chance, schnell an Geld zu kommen. Warum hatte er sie aber getötet?

»Der tatsächliche Grund war also, dass ich in den Besitz des Bargeldes und der Sachen kommen wollte, die ich dann mitgenommen habe. Außerdem wollte ich verhindern, dass die Frau mich anschließend anzeigte und eine Personenbeschreibung von mir geben kann. Ich wollte unerkannt entkommen.

Bei dem Raubüberfall an der Geschädigten Birgit Wagenbach und bei den Gelddiebstählen kam es mir ebenfalls darauf an, in den Besitz von Bargeld zu kommen. Durch meine laufenden Trinkereien kam ich in Geldschwierigkeiten, so dass ich immer darauf bedacht war, in den Besitz von Geld zu kommen. In jeder Beziehung war ich mir darüber im Klaren, dass ich als Täter ermittelt werden kann und mir die Straftaten nachgewiesen werden. Ich wusste also, dass ich mich strafbar

10.04.1970

Die Volkspolizei bittet um Mithilfe

Am Dienstag, dem 7. April, gegen 19.45 Uhr, wurde in Wittenberg, Gotenweg – Einmündung Elsterstraße, hinter dem Hauptbahnhof, durch einen unbekannten Täter ein Sittlichkeitsverbrechen an einer Frau verübt.

Der Täter konnte unerkannt entkommen.

Er wird beschrieben: zirka 175 cm groß, kräftige Statur, anscheinendes Alter zwischen 25 und 30 Jahren. Bekleidet war der Täter mit einer dunklen Jacke oder dunklem Mantel aus glattem Stoff. Wie bisher ermittelt werden konnte, befanden sich in der Zeit zwischen 19.30 und 20 Uhr zwei PKW in der Elsterstraße.

Die Bevölkerung wird gebeten, bei der Aufklärung dieses Verbrechens zu helfen. Insbesondere werden alle Personen, die zwischen 19.30 und 20 Uhr in der Elsterstraße oder im Gotenweg waren, auch die beiden Fahrzeugbesitzer, aufgefordert, sich bei der Volkspolizei – Abt. K – zu melden.

Hinweise, die auf Wunsch vertraulich behandelt werden, nimmt die Abt. K, Telefon 7511, Apparat 75 oder 51, bzw. jede andere VP-Dienststelle entgegen.

Artikel aus der Zeitung *Freiheit,* Kreisausgabe Wittenberg, vom 10. April 1970 machte und dass ich für die Diebstähle, den Raub und für den Raubmord eine hohe Strafe bekommen werde. Dieses war mir jedoch vollkommen egal.

Ich möchte noch bemerken, dass es bei mir so ist, wenn ich einmal beim Schlagen bin, dass ich so lange schlage, bis derjenige liegen bleibt oder man mich mit Gewalt wegzieht.«

Nun waren also auch die letzten Fragen geklärt, so dass Leutnant der K Hinze einen Schlussbericht schreiben und an den Staatsanwalt des Bezirks Halle zwecks Anklageerhebung übersenden konnte. Der Bericht wurde vom Leiter des Kommissariats II, Dienststelle K II Dessau, Hauptmann der K Müller unterzeichnet.

Im Schlussbericht wurde Schulze beschuldigt, Elise Kunze vorsätzlich und in brutaler Weise getötet sowie beraubt und ihr persönliches Eigentum angegriffen zu haben. »Die Brutalität des Beschuldigten kommt darin zum Ausdruck, in dem er ihr die Faust in den Rachen schob und, nachdem sie tot war, sie geschlechtlich missbrauchte.«

Auch alle anderen Missetaten kamen zur Sprache, so auch die Vergewaltigung vom 7. April 1970 gegen 19.45 Uhr in Wittenberg, Gotenweg. Hier soll er die Geschädigte vom Fahrrad gezogen, niedergeschlagen und dann sexuell missbraucht haben.

Als Beweismittel wurden die Aussagen des Beschuldigten, sechsundzwanzig Zeugenaussagen, drei Beurteilungen (auch vom Wohngebiet und vom Betrieb), vierundzwanzig Positionen in Form von Spuren und Sachbeweisen angeführt. Ebenfalls waren drei Schadenersatzanträge Gegenstand des Berichts mit dem Hinweis, nach der Hauptverhandlung über die Anträge zu entscheiden.

Am 17. November 1970 schrieb der Staatsanwalt des Bezirks Halle (Saale), im Auftrag Galuschka, an die BDVP Halle, Kommissariat II Dessau, über MUK, dass in der Strafsache gegen Burkhard Schulze eine Anklageerhebung nach dem gegenwärtigen Stand der Ermittlungen nicht möglich sei. Deshalb werde die Sache zur Nachermittlung zurückgereicht. Zuvor hatte der Staatsanwalt fairerweise persönlich am 16. November 1970 mit Hauptmann Grothe Rücksprache genommen. Es wurden noch notwendige Ermittlungen zu folgenden Fragen gefordert:

1. Bezüglich der Tötung der Geschädigten Kunze sei die Tatzeit noch nicht eindeutig ermittelt. Die Kriminalpolizei war davon ausgegangen, dass der Beschuldigte am 6. Mai gegen 11 Uhr in die Wohnung der Geschädigten gegangen war (so wie wir es auch am Anfang der Fallbeschreibung berichten) und dann mit einem Zug gegen 12.30 Uhr nach Berlin gefahren sei, so wie Schulze das ausgesagt hatte. Eine Zeugin sah aber die Geschädigte noch gegen 11.30 Uhr mit einer anderen älteren Frau auf einer Parkbank, eine andere Zeugin sagte aus, dass sie mit Schulze noch gegen 13.15 bis 13.30 Uhr in einem Kiosk in Wittenberg gesprochen habe. Diese Widersprüche seien auszuräumen.
2. Im Sektionsprotokoll war festgehalten worden, dass ein Scheidenabstrich bei der Geschädigten genom-

men wurde. Es gab aber keine Aussage darüber, ob sich Spermien darin befanden. Der Beschuldigte hatte ja ausgesagt, dass er beim Geschlechtsverkehr zum Samenerguss gekommen war. Die Stellungnahme des Gerichtsmedizinischen Instituts sei unbedingt nachzuholen.

3. Die Höhe der Rente der Geschädigten sei unklar. Darüber hinaus sei nicht bewiesen, dass Elise Kunze die Rente am Tattag abgeholt habe; dann hätte der Beschuldigte mehr Geld vorfinden müssen. Die Rentenstelle müsse kontaktiert werden.
4. Auch der Komplex der Vergewaltigung sei nicht umfassend aufgeklärt worden.
5. Außerdem müsse ein Vertreter der Abteilung Inneres zeugenschaftlich gehört werden.

Das war eine harte, aber berechtigte Kritik an der Arbeit der Kriminalisten. Der Staatsanwalt bemerkte am Schluss, dass auch ein kritisches Schreiben an den Kreisstaatsanwalt Wittenberg gehen wird. Als Frist für die Ermittler wurde der 7. Dezember 1970 gesetzt.

Der Staatsanwalt war auch in der DDR der Herr des Ermittlungsverfahrens, also musste fleißig nachermittelt werden. Zu diesen Ermittlungsergebnissen wurde Burkhard Schulze am 1. Dezember 1970 vernommen.

Er korrigierte die zeitlichen Abläufe: »Wenn ich in einer Vernehmung angegeben habe, dass ich bereits um 11.00 Uhr in der Wohnung der Frau Kunze war, so kann dies nicht stimmen. Ich habe diese Zeit wohl in meiner ersten Vernehmung in Wittenberg angegeben (…) Ich kann nur sagen, dass ich auf dem Hof der Fleischerstraße drei Frauen sitzen sah, als ich aus der Wohnung Kunze kam und die Treppe hinunterging. Es könnte durchaus sein, dass es erst zwischen 16.00 und 16.30 Uhr gewesen ist, als ich das Haus verließ. Von dort aus bin ich sofort zum Bahnhof gelaufen und mit dem nächsten Zug nach Berlin gefahren.«

Damit war der erste Widerspruch ausgeräumt.

Am 26. November 1970 berichteten dann Dr. med. habil. Simon und Dr. med. Bunk vom Institut für Gerichtliche Medizin der Martin-Luther-Universität Halle-Wittenberg über das Untersuchungsergebnis des Scheidenabstrichs, nachdem Hauptmann der K Grothe telefonisch darum ersucht hatte: »Die nachfolgenden mikroskopischen Untersuchungen ergaben nach entsprechenden Anfärbungen keinerlei Anhaltspunkte für das Vorliegen von Samenfäden.«

Elise Kunze, auch das wurde nachermittelt, hatte am 5. Mai 1970 bei der SVK-Rentenstelle Wittenberg ihre Rente in Höhe von 184,80 Mark abgeholt. Burkhard Schulze gab zu, Bargeld in Höhe von 140 Mark entwendet zu haben.

Bevor die Anklageschrift des Staatsanwalts des Bezirks Halle an das Bezirksgericht in Halle, 3. Strafsenat, am 5. Januar 1971 verschickt wurde (Anklageverfasser war Staatsanwalt Schwarzbach), wurde Burkhard Schulze am 15. Dezember 1970 von Staatsanwalt Galuschka und Hauptmann der K Grothe abermals vernommen, und zwar mit schauspielerischem Talent. O-Ton des Proto-

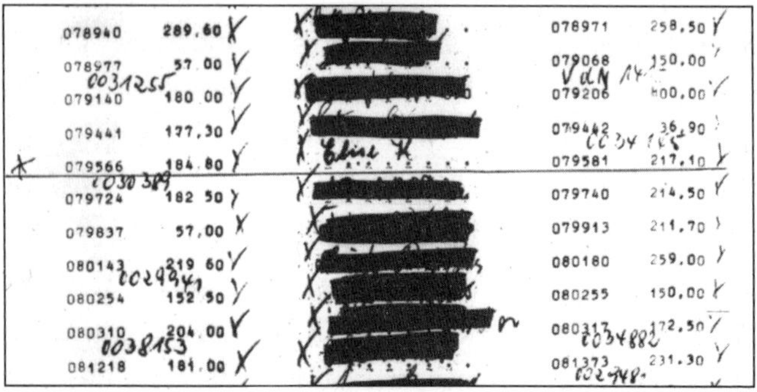

078940	289.60	078971	258.50
078977	57.00	079068	150.00
079140	180.00	079206	400.00
079441	177,30	079442	36,90
079566	184.80	079581	217,10
079724	182.50	079740	214,50
079837	57,00	079913	211,70
080143	219.60	080180	259.00
080254	152.50	080255	150,00
080310	204.00	080317	172,50
081218	181.00	081373	231.30

Rentenzahlliste

kolls: »Genosse Hauptmann Grothe hat nach Schilderungen des Beschuldigten SCHULZE die Stellung eingenommen, die Frau KUNZE am Tattage gehabt hat. Danach befand sich der Beschuldigte unmittelbar an der Ausgangstür. Vor ihm mit dem Rücken zum Korridor stand Frau KUNZE.«

Schulze beschrieb noch einmal detailliert den Tötungsakt; er hätte ihr die Finger in den Hals gesteckt, »damit sie nun ganz draufgeht«. Er hätte im Zuchthaus von anderen Mitgefangenen gehört, dass sie dadurch Menschen umgebracht hätten. Jetzt war er sich aber nicht mehr ganz sicher, ob es bei ihm zum Samenerguss gekommen war, als er mit der Leiche noch geschlechtlich verkehrte. Er nahm es aber an, »denn ich habe mein Glied nicht herausgezogen. Während ich den Verkehr durchführte, war die Frau tot, denn sie rührte sich nicht mehr, und ich habe auch keinen Hauch gemerkt.«

Der Staatsanwalt des Bezirks Halle klagte am 5. Januar 1971 (wieder Aktenzeichen: B I 26/70) in einem

Schreiben an den 3. Strafsenat des Bezirksgerichts Halle den Arbeiter Burkhard Schulze an, am 6. Mai 1970 zwischen 16 und 17 Uhr in Wittenberg, Fleischerstraße, einen Menschen vorsätzlich getötet und beraubt zu haben. Der Raubüberfall am 13. April 1970 an der Eisenbahnunterführung in der Nähe des Bahnhofs Wittenberg, Opfer Frau Birgit Wagenbach, wurde in die Anklage einbezogen. Es wurde beantragt, das Hauptverfahren vor dem Bezirksgericht, 3. Strafsenat, zu eröffnen und einen Termin zur Hauptverhandlung anzuberaumen. Staatsanwalt Galuschka ging davon aus, dass die Nachermittlungen zum Schlussbericht der Kriminalpolizei ausreichend gewesen waren, so dass der 3. Strafsenat des Bezirksgerichts beschloss, das Hauptverfahren durchzuführen. Er ordnete die Fortdauer der Untersuchungshaft an, weil Verbrechen den Gegenstand des Verfahrens bildeten.

Der 3. Strafsenat verhandelte am 11., 19. und 21. Mai 1971 unter Vorsitz des Richters Conrad. Der Staatsanwalt plädierte für die Todesstrafe.

Raubmord an der 72jährigen Bürgerin Elise K findet seine Sühne:

Staatsanwalt plädiert für Todesstrafe

Vor dem III. Senat des Bezirksgerichtes plädierte gestern der Staatsanwalt, daß der 34jährige Burkhard Sch , zuletzt wohnhaft in Wittenberg, wegen des am 6. Mai vergangenen Jahres verübten Raubmordes an der Rentnerin Elise K , Wittenberg, Fleischerstraße , und des Raubes einer Geldbörse, ausgeführt am 13. April 1970, mit dem Tode bestraft wird.

Die Todesstrafe, das schwerste durch das Strafgesetz angedrohte Strafmaß, wird bei uns in der DDR gegen solche Personen angewandt, die besonders schwere Verbrechen gegen den Frieden, die Arbeiter-und-Bauern-Macht oder das Leben der Bürger begehen. Sie wird nur in Ausnahmefällen ausgesprochen.

War dies ein solcher Ausnahmefall? Schon als Kind wurde der Angeklagte von seiner in Westdeutschland wohnenden Mutter zu strafbaren Handlungen veranlaßt. Im zwölften Lebensjahr fand er am Alkohol Gefallen, erlebte die in Westdeutschland so hoch gepriesene Freiheit. Harte Schläger, so wie die Ledermacken, waren seine Vorbilder, der Drang, zu Geld zu kommen, ohne zu arbeiten, sein Ideal.

Im Jahre 1960 tauchte er in der Deutschen Demokratischen Republik auf, fand hier die Möglichkeit, sich in der Landwirtschaft zu qualifizieren. Das Angebot, in unserem sozialistischen Staat ein ordentliches Leben zu führen, hielt Sch nicht ein, mußte schon 1961 wegen des Versuches, andere zum Grenzdurchbruch zu verleiten, bestraft werden. 1964 wurde er vom Bezirksgericht Schwerin wegen eines gemeinsam begangenen schweren Raubes zu sieben Jahren Zuchthaus verurteilt.

Als er 1970 entlassen wurde, nahm ihn sein Vater in Wittenberg auf. Aber bald begann Sch wieder zu trinken, und es kam zu Auseinandersetzungen in der Familie. Der Einfluß der staatlichen Stellen und der betrieblichen Kollektive ist nicht abzusprechen, aber sie alle vermochten nicht, Sch auf einen anständigen Lebensweg zu bringen.

Und so konnte es geschehen, daß nach dem Raub einer Tasche im April am 6. Mai 1970 zwischen 16 und 17 Uhr die Bürgerin K in ihrer Wohnung von dem Sch bestialisch ermordet wurde.

Als Grund für diesen Mord gab er an, er hätte Geld benötigt. Er verdiente aber im Monat netto 690,– Mark, diese Summe reichte ihm noch nicht, und deshalb beging er kaltblütig einen Mord an einer alten Frau, dessen Ausführung hier nicht wiedergegeben werden kann.

Einen Tag später fanden ihn die Genossen der Transportpolizei in Ludwigslust. Durch einen Reparaturschein des Dienstleistungskombinates konnte schnell ermittelt werden, daß er eine geraubte Damenhandtasche bei sich trug. Die Genossen der Transportpolizei hatten den Täter schneller gefaßt, als das Verbrechen bekannt wurde.

Am Freitag wird das Urteil verkündet. Wir glauben, daß es dem gerechten Empfinden unserer Bürger entsprechen wird.

W. W.

Artikel aus der Zeitung *Freiheit,* Kreisausgabe Wittenberg, vom 20. Mai 1971

Das Urteil: »Der Angeklagte wird wegen Mordes in Tateinheit sowie in Tatmehrheit mit Raub im schweren Fall – Verbrechen nach §§ 112 Abs. 1 und 2 Ziff. 3, 126 Abs. 1, 128 Abs. 1 Ziff. 4, 63 StGB – zum Tode verurteilt.«

In der Urteilsbegründung wurde besonders diskutiert, wie die außergewöhnliche Schmerzzufügung und Quälerei des Opfers zu werten sind. Der Senat führte an, dass, wenngleich der Angeklagte gemütsmäßig unempfindlich sei für Schmerzen und Qualen anderer, ihm doch die Fähigkeit zum verstandesmäßigen Erfassen solcher Schmerzen und Qualen anderer nicht abginge, was sich unter anderem darin zeige, dass er dann eine Genugtuung empfinde hinsichtlich des Bereitens außergewöhnlicher Schmerzen. Dieser Umstand wurde folglich vom Vorsatz des Angeklagten erfasst. Weiter heißt es:

»Objektiv ergibt sich die außergewöhnliche Schmerzzufügung und Quälerei des Opfers aus dem Sektionsbefund und den damit übereinstimmenden Einlassungen des Angeklagten. Die schwerwiegenden und vielfältigen Verletzungen der Geschädigten, besonders im Gesicht und im Mund- und Rachenraum, können einem Menschen, dessen Schmerzempfindlichkeit nicht aufgehoben oder erheblich eingeschränkt ist, nicht beigebracht werden, ohne dass dieser Mensch dabei außergewöhnliche Schmerzen und Qualen leidet. Dies wurde auch vom gerichtsmedizinischen Sachverständigen überzeugend dargelegt, der im Übrigen zutreffend ausführte, dass diese Schmerzen und Qualen über das zur Lebensvernichtung erforderliche Maß, wie im Vergleich zu einem Erwürgen, hinausgehen. Es wurde von ihm auch überzeugend begründet, dass diese Verletzungen der Geschädigten vor Eintritt des Todes entstanden sind.

Vom Verteidiger wurde die Frage aufgeworfen, inwieweit die Geschädigte diese Schmerzen und Qualen überhaupt noch oder in welchem Umfang empfunden hat. Nach übereinstimmender Auffassung der beiden Sachverständigen wäre die Geschädigte nur in bewusstlosem Zustand schmerzunempfindlich gewesen. Dies war, wie das Tatgeschehen beweist, als der Angeklagte sie schlug und nachher seine Hand in den Rachenraum einführte, nicht der Fall. Die Geschädigte versuchte, sich sogar nach den Schlägen noch aufzurichten und dem Angeklagten bei dem Verschluss ihres Rachens in die Hand zu beißen. Eine Schmerzunempfindlichkeit hat also nicht vorgelegen. Es gibt aber auch keine Anhaltspunkte für eine erheblich verminderte Schmerzempfindlichkeit. Solche haben sich bei der gerichtsmedizinischen Sektion nicht ergeben und wurden nach Analysierung des Tatgeschehens auch vonseiten des psychiatrischen Sachverständigen nicht festgestellt. Dieser räumte grundsätzlich die Möglichkeit einer Bewusstseinseinengung und damit einer Herabsetzung der Schmerzempfindlichkeit, z. B. durch Schläge auf den Kopf, ein, brachte jedoch zum Ausdruck, dass es dann auch nicht zu den in der Beweisaufnahme festgestellten Schmerzäußerungen bzw. gezielten Abwehrhandlungen des Opfers gekommen wäre.

Es ist aus diesen Gründen davon auszugehen, dass die Geschädigte die ihr zugefügten Schmerzen und Qualen zumindest so lange empfunden hat, bis ihr der Angeklagte die Verletzungen im Mund-und Rachenraum beibrachte.

Der Angeklagte hat somit heimtückisch und in besonders brutaler Weise einen Menschen vorsätzlich getötet und kann mit dem Tode bestraft werden.«

Der Verteidiger K.-H. Schlichting aus Bitterfeld legte am 25. Mai 1971 Berufung ein, in der er eine geringere Strafe anstrebte. Das Oberste Gericht der DDR, 5. Strafsenat, verhandelte mit Oberrichter Dr. Wittenbeck als Vorsitzenden am 25. Juni 1971 (Aktenzeichen: 5 Ust 44/71) über die Berufung gegen das Urteil des Bezirksgerichts Halle vom 21. Mai 1971. Der Vertreter der Generalstaatsanwaltschaft der DDR, Staatsanwalt Brandt, stellte in der Hauptverhandlung fest, dass das Bezirksgericht zutreffend unter Bezugnahme auf die bisherige Rechtsprechung des Obersten Gerichts ein heimtückisches Handeln bejaht hatte. Der Angeklagte hatte durch sein Verhalten die Arglosigkeit der Frau verstärkt und besonders brutal getötet. Dies sei unstrittig. Allerdings hatte das Bezirksgericht den Sachverhalt sehr mangelhaft aufgeklärt. Es hatte Feststellungen in seine Entscheidung einbezogen, die nicht Gegenstand der Beweisaufnahme waren. Es hatte auch nicht beachtet, dass es zur Verlesung früherer Aussagen eines Gerichtsbeschlusses bedarf, womit das Bezirksgericht das Prinzip der Unmittelbarkeit der Beweisaufnahme verletzte. Staatsanwalt Brandt beantragte daher die Aufhebung des Urteils des Bezirksgerichts vom 21. Mai 1971 und Zurückverweisung an das gleiche Gericht.

Der Pflichtverteidiger von Burkhard Schulze, Rechtsanwalt Schlichting aus Bitterfeld, führte anschließend aus, »es kommt nicht darauf an, dass der Angeklagte noch andere Tötungsmittel kenne, sondern ob er zur Tatzeit daran gedacht hat. Hinsichtlich der Schmerzufügung muss beachtet werden, dass im Rachenraum kein Blut festgestellt wurde. Das spricht dafür, dass der Tötungszeitraum sehr kurz war«.

Der 5. Strafsenat folgte dem Antrag der Generalstaatsanwaltschaft der DDR, hob das Urteil auf und verwies die Sache an das Bezirksgericht Halle zurück.

Dokumentiert ist ein Schreiben von Burkhard Schulze vom 28. Juli 1971 an Rechtsanwalt Schlichting. Darin beteuerte Schulze seine Unschuld, was den Raub betrifft: *Hiermit möchte ich Sie Mitteilen, daß ich den Raub nicht ausgeführt habe, das Mädchen lag bereitzt schon, als ich da lang kam, ich habe in mein Betrunkenen zustand nur die Geldbörse mitgenommen …*

Auch zum Mord an Frau Kunze gab er eine andere Darstellung. Nach seiner nunmehrigen Meinung hatte Frau Kunze ihn provoziert, weil sie dachte, er sei diese Person, nach der er sich erkundigt hatte. Frank Bierwirth besaß wohl im Haus keinen guten Ruf. Frau Kunze sei ausfällig geworden. *Das ist mir in meinen Zustand so zu Herzen gegangen, daß sich die Frau hoch nahm und einen solchen Schlag versetzte, daß ich mir selber darüber nicht imklaren war, wie das so schnell passieren konnte.*

(...) Ich habe auch die Frau nicht gebraucht, was ja auch nicht festzustellen war.

Zu seinem Alkoholmissbrauch schrieb Schulze: *Ich bin in einem Betrunkenen zustand ohne Gedanken. Ich habe auch einmal eine Geldbörse versteckt die ich mit meiner Frau nach ein halbes Jahr erst wieder fand, das sind Sachen die ich nicht weißen kann. Ich habe weiter hin, nach meiner Sportlichen Laufbahn im Boxen keinen Arzt aufgesucht, ich möcht behaupten, ob ich was nach behalten habe. (...) Ich bin auch der Meinung, daß es kein Mord ist sondern ein Totschlag. Solange wie ich in Haft nach her bin werde ich kämfen, bis ich die Warheit bekommen werde.*

Mittlerweile war Burkhard Schulze in die Strafvollzugsanstalt Torgau verlegt worden, womit seine Haft in Halle beendet war. In Torgau war er in Einzelhaft untergebracht, wie alle Zum-Tode-Verurteilten. Aber das Strafverfahren war ja noch nicht zu Ende. Hier wartete er auf seinen letzten Prozess. Dieser fand in einer öffentlichen Hauptverhandlung wiederum vor dem 3. Strafsenat des Bezirksgerichts Halle statt, und zwar am 14. und 24. September 1971. Den Vorsitz übernahm, wie im ersten Prozess, der Richter am Bezirksgericht Conrad.

Der Vater von Burkhard Schulze, geboren 1908, wohnhaft in Wittenberg, ließ sich in der Clara-Zetkin-Poliklinik Wittenberg, Abteilung Nerven, fachärztlich bestätigen, dass er unter einer Zerebralsklerose erheblichen Ausmaßes leide, so »dass er als Zeuge denkbar ungeeignet ist. Der Patient erfasst weder den Sinn gestellter Fragen, noch sind seine Erinnerungsleistungen zuverlässig.« Das Bezirksgericht Halle nahm das, nachdem es ihn vorgeladen hatte, zur Kenntnis und verzichtete auf seine Zeugenaussage.

Das Gericht stellte in der Urteilsbegründung fest, dass der Angeklagte in der Hauptverhandlung seine früheren Geständnisse zum Teil widerrufen und erhebliche abweichende Darstellungen abgegeben hatte:

»Er hat die Handlung am 13. April 1970 so dargestellt, dass die Geschädigte Wagenbach nicht von ihm niedergeschlagen worden sei, sondern bei seinem Eintreffen am späteren Tatort bereits am Boden gelegen habe. Er habe sich nur unrechtmäßig in den Besitz ihrer Geldbörse gesetzt. Die Aussage, die Geschädigte niedergeschlagen und beraubt zu haben, habe er im Ermittlungsverfahren nur deshalb gemacht und sie in der ersten Hauptverhandlung beim Bezirksgericht bestätigt, weil ihm bei diesen Vernehmungen ›alles egal‹ gewesen sei. Die Geschädigte habe ihn auch nicht erkennen können und ihn zunächst bei Gegenüberstellungen auch nicht als Täter identifiziert.

Die jetzige Aussage des Angeklagten zu diesem Tatkomplex kann nicht als Grundlage für die Feststellung der objektiven Wahrheit dienen. Nach der glaubhaften Zeugenaussage der Geschädigten Wagenbach waren der Mann, der sie niedergeschlagen hat, und der, der ihre Geldbörse wegnahm, ein und dieselbe Person. Die Zeugin hat von Anfang an nur von *einer* Person als Täter gesprochen. Dass sie den Angeklagten nicht gleich identifiziert hat, ist unerheblich. Die früheren Geständnisse des Angeklagten erweisen sich durch die Übereinstimmung mit der Zeugenaussage der Geschädigten als wahr. Auch die Begründung des Angeklagten für die Abweichung von seinen früheren Geständnissen ist nicht geeignet, deren Beweiswert zu erschüttern. Aus den Protokollen über die betreffenden Vernehmungen, insbesondere aus wiederholten Vorhalten und Ermahnungen zur wahrheitsgemäßen Aussage, ist zu ersehen, dass es dem Angeklagten durchaus nicht egal war, was über den Tathergang festgestellt wurde, und es keineswegs zu einer nicht den Tatsachen entsprechenden Selbstbezichtigung gekommen sein kann.

Hinsichtlich des zweiten Tatkomplexes, der Handlung gegenüber der Rentnerin Elise Kunze, widerrief der Angeklagte mit der gleichen Begründung, ihm sei alles egal gewesen, ebenfalls in entscheidenden Teilen seine früheren Geständnisse in den polizeilichen Vernehmungen vom 11.6. und 26.10.1970 sowie in der ersten Hauptverhandlung vom 11. und 19.5.1971 und gab abweichende Darstellungen ab. Er habe diese Geschädigte nicht mit der Absicht niedergeschlagen, sie zu berauben, sondern aus Verärgerung über abfällige Bemerkungen ihrerseits, die er auf sich bezogen habe. Zur Mitnahme von Geld und anderen Gegenständen habe er sich erst später entschlossen, als er die Blechkassette gesehen habe. Die Geschädigte sei durch den Schlag auf ein Nähmaschinenbein aufgeprallt, habe sich noch einmal gereckt und sei dann liegen geblieben. Er habe sie nicht töten wollen. Weitere Schläge habe er ihr nicht versetzt. Die Hand habe er ihr nur deshalb in den Rachen gestopft, weil er das austretende Blut nicht habe sehen können. Er habe sich auch nicht geschlechtlich an der Leiche vergangen.

Diese Darstellung des Angeklagten vom Tathergang ist in sich widerspruchsvoll, steht im Widerspruch zu seinen früheren, freiwillig abgegebenen Geständnissen und widerspricht dem Ergebnis der gerichtsmedizinischen Sektion sowie dem Tatortbefundbericht.

(…) Ein weiterer Beweis, dass der Angeklagte jetzt wahrheitswidrige Angaben macht, ist seine Behauptung, sich nicht geschlechtlich an der Leiche vergangen zu haben. Die früheren gegenteiligen Einlassungen des Angeklagten wurden durch objektive Beweismittel, insbesondere den Tatortbefundbericht, bestätigt, wonach die Leiche der Geschädigten mit bis zum Bauch entblößtem Körper vorgefunden wurde. Seine jetzigen Angaben widersprechen den objektiven Beweismitteln, und es gibt keine überzeugende Erklärung für den diesbezüglichen Widerruf.«

Auf das Nichtvorhandensein von Sperma im Scheidenabstrich wird allerdings nicht eingegangen.

Burkhard Schulze wurde am 24. September 1971 durch das Bezirksgericht Halle/Saale wegen Mordes in Tateinheit mit Raub im schweren Fall sowie wegen eines weiteren Raubes im schweren Fall in Tateinheit mit vorsätzlicher Körperverletzung – Verbrechen nach Paragraphen 112 Absatz 1 und 2 Ziffer 3, 126 Absatz 1, 128 Absatz 1 Ziffer 4, 115 Absatz 1, 63 StGB – zum Tode verurteilt. Ihm wurden für dauernd die staatsbürgerlichen Rechte aberkannt. Heißt, auch der schwere Raub an Frau Wagenbach unter der Eisenbahnüberführung wurde wie im ersten Urteil mit erfasst, die angebliche Vergewaltigung durch Schulze, die im Schlussbericht der Kriminalpolizei noch eine Rolle spielte, nicht.

Rechtsanwalt Schlichting legte am 30. September 1971 nochmals Berufung ein. In seiner nachgereichten Begründung vom 20. Oktober 1971 heißt es:

»Vom Bezirksgericht ist die Anwendung der Todesstrafe deshalb als gerechtfertigt angesehen worden, weil es die Begehungsweise als heimtückisch und besonders brutal ansieht.

Die Verteidigung kann dieser Ansicht nicht folgen.

Wenn das Bezirksgericht die Heimtücke darin sieht, dass der Angeklagte zur Tür ging und damit die ahnungslose Geschädigte arglos gemacht habe und diesen Umstand dann bewusst zur Tötung ausnutzte, so kann diese Ansicht nicht unwidersprochen bleiben.

(…) Nicht nur dem Angeklagten, auch der Gesellschaft schlechthin können Vorwürfe erspart bleiben. Aus den dargelegten Gründen sollte daher das angefochtene Urteil im Strafausspruch abgeändert werden.«

Das sah der 3. Strafsenat des Obersten Gerichts der DDR anders. Er verhandelte am 3. November 1971, wiederum unter dem Vorsitz von Dr. Wittenbeck. Es verwarf die Berufung als offensichtlich unbegründet. Der Angeklagte habe sich in seiner Asozialität und völligen Haltlosigkeit, durch den Alkoholmissbrauch und durch seine äußerst niedrige Einstellung zur Würde und zum Leben der Mitmenschen bis zu den überaus schweren Verbrechen gesteigert. Der Mord an der alten, völlig hilflosen Frau zeuge von einer unbändigen Hemmungslosigkeit bei der Verfolgung seines Zieles, auf unredliche Art zu Geld zu kommen. Sein brutales, mitleidloses Handeln sei verabscheuungswürdig, wie die mehrfachen Straftaten seine rücksichtslose Unberechenbarkeit aufzeigen würden. Aus den mehrfachen Vorstrafen habe der Angeklagte keine Lehren gezogen und alle Anstrengungen der Gesellschaft und vieler Bürger, ihn zu einem ordentlichen, die Gesetze und die Interessen der Gesellschaft achtenden Leben zu führen, zunichte gemacht.

In einem solchen Fall sei der Ausspruch der Todesstrafe gerechtfertigt und unumgänglich.

Am 8. November 1971 war das Urteil rechtskräftig. Burkhard Schulze wurde am 9. Juni 1972, fünfunddreißig Jahre alt, in Leipzig durch Nahschuss in das Hinterhaupt hingerichtet, nachdem ein Gnadengesuch beim Vorsitzenden des Staatsrats der DDR, Walter Ulbricht, abgelehnt worden war.

Wenige Monate später, am 15. September 1972, wurde mit einem ähnlichen Procedere Erwin Hagedorn, der sadistische Knabenmörder aus Eberswalde, in Leipzig durch Nahschuss in das Hinterhaupt hingerichtet. Ein Gnadengesuch von Erwin Hagedorn, ein letzter Versuch, sein Leben zu retten, lehnte der Vorsitzende des Staatsrats der DDR, Walter Ulbricht, ebenfalls ab. Es war nachweislich der letzte Mörder, der in der DDR hingerichtet worden war.

Den aufmerksamen Leser*innen wird nicht entgangen sein, dass sich der Weg zur Wahrheit in diesem historischen Kriminalfall durchaus kompliziert gestaltete. Es bleiben einige Fragen.

Die einfachste zuerst: Was ist mit der Brille, deren linkes Glas zerbrochen war? Die Kriminalisten hatten ja auch die Experten gefragt, ob die am Tatort gesicherten Glassplitter von der Brille, die beim Beschuldigten beschlagnahmt wurde, stammen.

In den uns vorliegenden Akten fanden wir keine Antwort, aber es half der dänische Schriftsteller Peter Høeg, der uns mit seinem Kriminalroman *Fräulein Smillas Gespür für Schnee* wieder in die richtige Spur brachte. Hierin erzählt ein gewisser Jorgensen, dass Systematik bei den Ermittlungen nur wenig weiterführt. »Wenn ich meine Brille vergessen habe«, sagte er, »gehe ich erst ein bisschen systematisch vor. Ich suche auf dem Klo und neben der Kaffeemaschine und unter der Zeitung. Aber wenn sie da nicht ist, höre ich auf, zu denken, setze mich in einen Sessel, lasse den Blick schweifen und sehe zu, ob mir nicht vielleicht eine Idee kommt, und das tut sie immer, es kommt immer eine Idee. Wir können schließlich nicht alles auseinandernehmen, egal, ob wir nach einer Brille oder nach Flaschen suchen, wir müssen nachdenken, und dann müssen wir es spüren, wir müssen den Verbrecher in uns finden und herausfinden, wo wir selber es hingesteckt hätten.«

Wir sind in uns gegangen und haben ganz schnell erkannt, nachdem wir den Fall noch einmal gründlich analysierten, dass die Brille, linkes Glas zerbrochen, offenbar in seiner Hauptwohnung in der Dresdener Straße beschlagnahmt wurde. Burkhard Schulze war aber nach dem Mord nachweislich nicht mehr dort, sondern sofort mit dem Zug nach Berlin-Ostbahnhof unterwegs. Daher konnte gar kein Zusammenhang zwischen Brille, Glassplitter und Mord vorhanden sein.

Die schwierigste Frage war jedoch, warum Burkhard Schulze ein für die Allgemeinheit gefährlicher Gewaltverbrecher wurde, dessen Leben mit fünfunddreißig Jahren endete. »Trotz seines Lebenswandels hatte man ihm eine Vielzahl von Chancen geboten, sein Leben zu ändern und es in geordnete Bahnen zu lenken«, schreibt Siegfried Schwarz zu diesem unerhörten Kriminalfall. »Er hatte sie alle ungenutzt verstreichen lassen. (…) Konnte man dem Mann einen Vorwurf machen, dass ihn das Milieu, in dem er aufgewachsen war, zu einem Verbrecher gemacht hat? Zumindest in den frühen Lebensphasen bestimmen die Umstände sehr stark, ob man tugendhaft lebt oder kriminell wird.«

Unter Alkohol waren, wie Burkhard Schulze selbst zugab, keinerlei Moralimpulse mehr wach, die ihn vielleicht im letzten Moment an einem Verbrechen gehindert hätten. Und gab auch zu, und hier wiederholen wir uns: »Über die Fürsorge der staatlichen Organe kann ich nicht klagen, diese haben sich immer um mich gekümmert, haben mit mir Aussprachen geführt, auch wegen meinem Alkoholgenuss, man hat mir ein anderes Zimmer versprochen und so weiter. Es liegt also nicht an den staatlichen Organen, dass ich wieder straffällig geworden bin. Das ist einzig und allein meine Schuld.«

Es gibt Fragen zu tragischen Ereignissen, die an uns vorbeigezogen sind, auf die es keine endgültigen Antworten gibt. Zumal wir, wenn wir die heutige Gewaltkriminalität betrachten, immer noch mitten in der Geschichte sind …

Es war Mord

Rostock. Dienstag, 12. Dezember 1972

In der Sherlock-Holmes-Geschichte »Der Teufelsfuß« von Arthur Conan Doyle spielt Dr. Leon Sterndale eine tragende Rolle – ein großer Afrikaexperte, Löwenjäger und Forschungsreisender. Also eine gewaltige, anerkannte und egozentrische Persönlichkeit mit reichlich Selbstbewusstsein, die sich in Cornwall (Südengland) plötzlich mit einem Mordvorwurf konfrontiert sieht. Sterndale schleudert dem legendären Meisterdetektiv sofort entgegen: »Ich habe so lange unter Wilden gelebt und außerhalb des Gesetzes, dass ich dahin gekommen bin, das Gesetz selbst zu verkörpern. Sie täten gut daran, Mr. Holmes, dies nicht zu vergessen, denn mich verlangt nicht danach, Ihnen ein Unrecht anzutun.« Heißt mit anderen Worten: Ich bin unschuldig, und wenn ich dennoch durch fragliche Beweise überführt werde, ist das ein blankes Justizunrecht, das auf den Urheber zurückfallen wird.

Nun hatte Obermedizinalrat (OMR) Prof. Dr. med. habil. Paul Weinreich nicht unter Wilden gelebt, sondern in der zivilisierten DDR, aber auch er war eine starke Persönlichkeit, die sich in allen Fragen des Lebens zu wehren wusste, besonders dann, wenn es um sein Ansehen und seine herausragende Stellung als Mediziner ging. Er hatte seine eigenen Gesetze, die er durchzusetzen wusste.

Dass er eine glückliche Ehe führte, kann für die ersten Ehejahre angenommen werden. Er hatte seine zukünftige Frau Zofia 1949 kennengelernt, sie heirateten im Jahr 1951. Kinder gingen aus dieser Ehe nicht hervor. Zofia Weinreich war Diplomphilologin, die viele Jahre freiberuflich für verschiedene belletristische Verlage arbeitete. Das geht jedenfalls aus seinem Personalbogen und Lebenslauf vom 5. September 1960 und aus anderen Dokumenten hervor. Sie war in erster Ehe mit einem Offizier der polnischen Armee verheiratet gewesen, der von den deutschen Besatzern im Krieg umgebracht worden war. Nach dem Krieg kam sie nach Deutschland und arbeitete in Dresden als Dolmetscherin in der sowjetischen Kommandantur. Wie sie sich kennengelernt hatten, ist nicht bekannt.

In der Nacht vom 12. zum 13. Dezember 1972 informierte Prof. Dr. Paul Weinreich die Rostocker Volkspolizei darüber, dass seine Ehefrau, Zofia Weinreich, Suizid begangen hätte. Der Professor für Pharmakologie und Toxikologie der Universität Rostock, fünfzig Jahre alt, gab gegenüber der Diensthabenden Gruppe der Kriminalpolizei des VPKA Rostock an, seine Frau, zweiundfünfzig Jahre alt, gegen 23 Uhr in der Küche auf dem Rücken liegend, mit dem Kopf vom Gasherd weg, aufgefunden zu haben. Das Gasabsperrventil für die Bratröhre und mindestens zwei weitere Ventile wären geöffnet gewesen, Weinreich will aber keinen Gasgeruch wahrgenommen haben. Er gab weiterhin an, dass seine Frau am gleichen Abend schon einmal versucht hätte, Selbstmord zu begehen.

Am 13. Dezember 1972 um 5.45 Uhr wurde die Bezirksverwaltung für Staatssicherheit (BVfS) Rostock durch die Kreisdienststelle für Staatssicherheit Rostock vom Sachverhalt informiert. Der Offizier vom Dienst der Bezirksverwaltung (BV) hielt in seiner Information fest: »Das Motiv der Tat ist noch nicht bekannt. Die Bearbeitung erfolgt durch die DVP.«

Die Angaben des Professors sowie die Auffindungssituation der Leiche, die im Widerspruch zu objektiven Erkenntnissen standen, waren der Anlass dafür, dass die MUK der BDVP Rostock die Untersuchungen übernahm. Die geführten Ermittlungen zur Person des Obermedizinalrats förderten eine Reihe von Anhaltspunkten zutage, die auf bereits länger bestehende außereheliche Verbindungen hinwiesen. Des Weiteren wurden bei der Obduktion der Leiche insgesamt sechzehn Hämatome festgestellt, bei denen nur für acht eine mögliche Entstehungsursache gefunden werden konnte. Bei den übrigen Hämatomen ließ deren Lage und Ausgeprägtheit den Schluss zu, dass diese durch stumpfe Gewalt verursacht worden sein könnten. Da außerdem festgestellt wurde, dass Zofia Weinreich vor ihrem Tod eine erhebliche Menge Alkohol (2,2 Promille) zu sich genommen hatte und die CO-Konzentration im Körper 76 Prozent betrug, erschien der Suizid, so wie er vom Ehemann geschildert wurde, zweifelhaft.

Politisch brisant war, dass Weinreich zu einem Minister der Bundesregierung sowie zum ZDF-Fernsehkommentator Gerhard Löwenthal losen Kontakt unterhielt. Löwenthal und Weinreich kannten sich aus der gemeinsamen Studienzeit an der Humboldt-Universität zu Berlin.

Bei den geführten Vorermittlungen der MUK konnten bestehende Widersprüche nicht geklärt werden. Deshalb wurde nach Konsultation der Staatsanwaltschaft und nach Rücksprache mit der SED-Bezirksleitung durch die BDVP Rostock veranlasst, Weinreich eingehend zu vernehmen. Zur Wahrung der operativen Interessen des MfS wurde durch die Leitung der Bezirksverwaltung Rostock entschieden, dass an der Vernehmung des Professors ein Mitarbeiter der Abteilung IX (Untersuchungsorgan) teilnimmt.

Am 1. März 1973 informierte der Rektor der Universität Rostock, Prof. Dr. Günter Heidorn, über eine Aussprache mit Prof. Dr. Bernstein, der in der besagten Dezembernacht kurz nach dem Tod der Ehefrau in der Wohnung der Familie Weinreich war. Darüber fertigte die Abteilung XX/3 der BV Rostock noch am 1. März 1973 einen Bericht, in dem es heißt:

»Bernstein äußerte, dass er der MUK in der Vernehmung mehrere Details vorenthalten hat. Dem Rektor gegenüber äußerte Bernstein, dass die Situation beim Tod der Frau Weinreich Symptome eines Schauspiels aufwies. Bei Ankunft von Bernstein machte Weinreich zunächst einen niedergeschlagenen Eindruck, berichtete jedoch, dass die Frau Weinreich am Tage bereits zwei Selbstmordversuche begangen habe. Bernstein erfuhr auch, dass es zwischen Professor Weinreich und seiner Frau vorher zu tätlichen Auseinandersetzungen gekommen war. Auch im Bett habe er mit seiner Frau noch etwas angestellt, konkrete Einzelheiten dazu wurden nicht benannt. Nachdem Professor Bernstein die Leiche aus der Küche entfernt hatte und diese ins Wohnzimmer gelegt worden und auch eine Bereitschaftsärztin eingetroffen war, machte Professor Weinreich die Bemerkung: ›Nun schafft endlich die Leiche raus, sonst fängt sie noch an zu stinken!‹ Diese Angaben hat Bernstein der MUK bisher verschwiegen. Weinreich redete laufend auf Professor Bernstein und die Bereitschaftsärztin ein, sie möchten als Todesursache doch akutes Herzversagen bzw. ein Koma bestätigen. Bei Ankunft des Professor Bernstein im Hause von Weinreich brannte eine Flamme des Gasherdes, es roch stark nach Gas, es strömte noch Gas aus. Von Bernstein wird behauptet, dass Professor Weinreich ständig unter Drogeneinfluss steht. Weinreich war auch bei Bernstein und hat ihn darauf vorbereitet, dass er von der MUK vernommen wird. In der Unterhaltung mit dem Rektor fragte Bernstein mehrere Male, ob denn Kohlenmonoxyd (CO) in der Leiche gewesen sei. Professor Bernstein bezeichnete die Nacht des Vorkommnisses als die schrecklichste in seinem bisherigen Leben. Der Rektor hat Bernstein geraten, seine Aussagen vor der MUK zu vervollständigen, und ihn darauf aufmerksam gemacht, dass er in seiner Eigenschaft als Rektor diese Information entgegennimmt. Auf eine konkrete Frage des Rektors hin hält Bernstein es nicht für ausgeschlossen, dass Professor Weinreich seine Frau betäubt hat und sie dann von ihm zum Gasherd geschleppt wurde.«

Natürlich wurde auch die Persönlichkeit von Paul

Weinreich aufgeklärt: medizinisches Staatsexamen 1951 und Promotion 1953 an der Charité der Humboldt-Universität zu Berlin. Er war von 1941 bis 1945 bei der Wehrmacht, geriet neun Monate in sowjetische Kriegsgefangenschaft, wo er an einem Antifa-Kurs teilnahm. Hier hatte er aktiv am Widerstand gegen den Faschismus ab Januar 1945 im Nationalkomitee »Freies Deutschland« teilgenommen, wurde im September 1945 aus sowjetischer Kriegsgefangenschaft entlassen und wurde Mitglied der KPD und 1946 – im Zuge der Vereinigung – der SED. Mit Wirkung vom 1. Juli 1963 wurde er zum Kommissarischen Direktor des Instituts für Pharmakologie an der Medizinischen Fakultät der Universität Rostock ernannt, am 1. Juli 1964 zum Direktor des Instituts. Seit 1967 war er Prodekan für Forschung der damaligen Medizinischen Fakultät, nach der III. Hochschulreform Direktor für Forschung des neu geschaffenen Bereichs Medizin. Vom 12. Mai 1969 bis zum 20. Juni 1969 arbeitete er sogar als Amtierender Direktor des Bereichs Medizin. 1971 wurde er zum Obermedizinalrat (OMR) ernannt. Von 1963 bis 1964 war er Kandidat der Bezirksleitung der SED Berlin.

Um den Sachverhalt umfassend aufzuklären, wurden viele Zeugen vernommen, am 13. März 1973 die Laborassistentin Menschig aus Weinreichs Institut von Oberleutnant der K Eggert. Und zwar von 10 bis 22.30 Uhr. Auch eine Pause (20 bis 20.45 Uhr) wurde im Protokoll festgehalten. Zehn Seiten Protokoll einzeilig getippt – allein daraus ist zu entnehmen, dass die Wahrheit nur schrittweise ans Tageslicht kommen sollte.

Zunächst stritt die Zeugin energisch ab, dass sie ein intimes Verhältnis zu Professor Weinreich unterhielt. Erst nach Stunden und nach Vorhalt (»Uns ist aus den Ermittlungen durch Hinweise bekannt geworden, dass zwischen Professor Weinreich und Ihnen doch ein engeres Verhältnis bestand. Äußern Sie sich nochmals dazu!«) sagte Frau Menschig: »Nach reichlicher Überlegung möchte ich jetzt auch zu dieser Frage die Wahrheit sagen. Es stimmt, dass wir ein engeres Verhältnis hatten, das bis zu intimen Beziehungen reichte. (...) Professor Weinreich ließ mich von Anfang an wissen, dass er zwar eine Zuneigung zu mir empfindet, er sagte wörtlich, ich wäre ›ein lieber netter Kerl‹ für ihn, jedoch würde er mich nicht lieben.« Die Zeugin sagte weiterhin aus, dass seine Frau die Beziehung zumindest geahnt hatte. Auch berichtete sie, dass Professor Weinreich neun Jahre ein Verhältnis zur MTA Rose hatte, die er an seiner ehemaligen Arbeitsstelle in Berlin-Buch (Institut für Pharmakologie der Deutschen Akademie der Wissenschaften) kennenlernte. Das Verhältnis zu Frau Rose bestand auch noch, als er intime Beziehungen zu Frau Menschig aufgenommen hatte. Auch darüber habe Frau Weinreich Bescheid gewusst. Sie habe sich erschüttert über die sexuellen Eskapaden ihres Mannes gezeigt, die so weit zurückreichten. Sie hätte plötzlich erkannt, »dass dieses Verhältnis über einen so langen Zeitraum ging und bereits zu einer Zeit bestand, als sie noch gesund war«.

Frau Menschig, dies muss noch erwähnt werden, war selbst verheiratet, hatte ein Kind und arbeitete als biologisch-chemische Assistentin am Institut von Professor Weinreich. Ihre intimen Beziehungen waren im Institut bekannt. Nach der Beerdigung seiner Ehefrau gab Paul Weinreich ein Essen im Hotel *Warnow*. Dass auch Frau Menschig daran teilnahm, rief bei den Mitarbeitern des Instituts doch einige Verwunderung hervor. Frau Menschig hatte im Institut eine Sonderstellung und wurde von Professor Weinreich protegiert. Besonders empörte die Institutsmitarbeiter, dass er in seiner Gedenkrede zum Besten gab, dass seine Ehefrau und Frau Menschig einen sehr guten persönlichen Kontakt pflegten.

Zuvor waren schon andere Institutsmitarbeiter befragt worden. Eine Ärztin sagte in ihrer Zeugenvernehmung am 22. Februar 1973 aus, dass Weinreich bei den Studenten nicht gut ankomme, weil er angeblich Alkoholiker sei und die Studierenden keine Wertschätzung erhalten würden. »Er hat einen sehr barschen Umgangston an sich. So, als hätte er nie eine Kinderstube gehabt. Für persönliche Probleme seiner Mitarbeiter war er immer zugänglich. (…) Weinreich ist ein guter Schauspieler und kann sich äußerlich jeder Situation anpassen.«

Diese Ärztin berichtete weiter: »Ich fragte dann Professor Weinreich, was denn an dem Gerede dran ist, dass seine Frau eines unnatürlichen Todes gestorben sei, obwohl uns ja die Oberärztin gesagt hat, sie wäre im Schock gestorben. Als er dies hörte, ist er fast explodiert. Ich habe ihn noch nie so erregt gesehen. Er bezeichnete das Gerede über einen eventuellen unnatürlichen Tod seiner Frau als bodenlose Schweinerei. Seiner Meinung nach hätte ein Arzt seine Schweigepflicht damit verletzt, und er wollte unbedingt wissen, wie das an die Öffentlichkeit kommen konnte. Er fragte jetzt, was man sich jetzt erzählt. Er wisse ja selbst noch nicht genau, ob es sich um einen natürlichen oder um einen unnatürlichen Tod handeln würde. Weinreich sagte: ›Was erzählt man denn? Sagt man, Weinreich hätte sie umgebracht? Er ist ja schließlich Toxikologe!‹ Er konnte sich über diesen Teil des Gespräches gar nicht beherrschen und fragte mich noch mehrmals auch Tage später, von wem ich dieses habe. Er wollte es unbedingt wissen. In diesem Zusammenhang äußerte er noch, dass man ihm etwas anhaben will. Alle wären neidisch auf seine Erfolge und sein neues Präparat und was er alles geleistet hat. Man wollte ihm deshalb was ›ans Zeug flicken‹. Bei der Frage, ob es sich bei dem Tod seiner Frau um Selbstmord handelte, sagte er, sie sei unter ganz mysteriösen Umständen gefunden worden, und er sei es, Gott sei Dank, selbst gewesen, der die Einlieferung in die Gerichtsmedizin verlangt hat. Zu den mysteriösen Zuständen äußerte er sich sinngemäß so, dass sie nicht so aufgefunden wurde, wie es normalerweise bei einer im Schock Verstorbenen üblich ist. Die Symptome entsprechen nicht dem Krankheitsbild.«

Ab dem 13. März 1973 wurde Weinreich vernommen. Nach seinen Angaben war seine Ehefrau seit circa zwei Jahren in ärztlicher Behandlung. Sie hatte unter anderem einen Diabetes. Krankheitsbedingt hatte sie in unregelmäßigen Abständen Schwindelanfälle, bei denen sie zu Fall kam. Weinreich sah sich deshalb veranlasst, ihr Verhalten darauf auszurichten, nicht mehr auf die Straße zu gehen. Dadurch lebte seine Ehefrau seit dieser Zeit isoliert und hatte keinen Kontakt mehr zu anderen Personen. Hierzu wurde nach zeugenschaftlicher Vernehmung der behandelnden Ärzte bekannt, dass für die Isolierung der Ehefrau durch den Professor aus medizinischer Sicht keinerlei Notwendigkeit bestand.

Weiterhin gab der Professor an, dass seine Frau durch ihren schlechten Gesundheitszustand keinen Lebensmut mehr hatte und mehrfach Suizidabsichten äußerte. Angeblich hatte sie 1971 und 1972 jeweils einen Demonstrativsuizidversuch unternommen. In diesen Fällen öffnete sie die Gasabsperrventile am Gasherd in der Küche. Danach rief sie ihren Mann zu sich, um die Ernsthaftigkeit der Suizidandrohung zu demonstrieren. Der Professor behauptete im Rahmen der Vernehmung, an der Ernsthaftigkeit der Demonstration seiner Frau gezweifelt zu haben, da dieser dazu der Mut gefehlt hätte.

Auch am 12. Dezember 1972 hat Zofia Weinreich nach Aussage ihres Ehemanns zwischen 20 und 21 Uhr einen demonstrativen Suizidversuch unternommen. In diesem Zusammenhang kam es nach seinen Angaben zu einer Auseinandersetzung, da er ihr nochmals das Verwerfliche ihrer Handlung deutlich gemacht haben will. Die Anwendung von Gewalt lehnte er anfänglich ab. Auf Vorhalt durch den Untersuchungsführer, dass bei der Sektion Hinweise auf körperliche Gewalt festgestellt worden sind, räumte der Toxikologe ein, dass er seine Frau möglicherweise hart angefasst habe, um sie in das gemeinsame Schlafzimmer zu transportieren. Weiterhin sagte Weinreich aus, dass er seine Frau beruhigen und davon überzeugen konnte, den Suizidversuch aufzugeben.

Nachdem das Ehepaar noch den Geschlechtsverkehr ausgeführt hätte, gab Professor Weinreich an, eingeschlafen zu sein. Gegen 23 Uhr wurde er nach seinen Angaben wieder wach, da er zur Toilette musste. Hierbei stellte er auf dem Korridor fest, dass in der Küche noch Licht brannte. Daraufhin will er sich in die Küche begeben haben, um das Licht auszuschalten. Dabei fand er seine Frau vor dem Gasherd auf dem Rücken liegend vor.

Weinreich will daraufhin unverzüglich die Absperrventile geschlossen und das Küchenfenster geöffnet sowie mit Wiederbelebungsmaßnahmen begonnen haben. Die Mund-zu-Mund-Beatmung sei jedoch erfolglos geblieben. Danach verständigte Weinreich gegen 23.30 Uhr telefonisch seinen Bekannten Prof. Dr. Bernstein, der ungefähr eine Viertelstunde später am Ereignisort eintraf und sofort Wiederbelebungsmaßnahmen durchführte. In seiner zeugenschaftlichen Vernehmung erklärte Professor Bernstein, einen starken Alkoholgeruch bei Zofia Weinreich festgestellt zu haben.

Während der Vernehmung bestritt Professor Weinreich anfänglich entschieden, dass seine Frau größere Mengen Alkohol am Tage getrunken hatte. Erst auf Vorhalt des vernehmenden Kriminalisten zur festgestellten Blutalkoholkonzentration gab er zu, dass seine

Frau auch an diesem Tag eine größere Menge Alkohol zu sich genommen hatte. Er gestand jetzt auch ein, dass seine Frau seit ungefähr zwei Jahren täglich bis zu drei Flaschen Wein trank.

Gemeinsam mit dem befreundeten Professor legte Weinreich die Tote im Wohnzimmer auf eine Liege, so dass die Auffindungssituation beim Eintreffen der Polizei verändert war. Nachdem Professor Bernstein den Tod festgestellt hatte, verständigte er den Bereitschaftsarzt der Poliklinik Rostock. Die Bereitschaftsärztin, Frau Dr. Haseloff, traf nach 24 Uhr in der Wohnung ein. Beim Ausfüllen des Totenscheins kam es zu einer Auseinandersetzung mit Professor Weinreich, der verhindern wollte, dass als vermutliche Todesursache »Verdacht auf Selbstmord« eingetragen wird. Er wollte die Ärztin überreden, als Todesursache »Unfall« anzugeben. Als daraufhin die VP verständigt werden sollte, versuchte Weinreich, die Anwesenden in verdächtiger Weise erneut zu beeinflussen. Er wollte sie dahingehend überzeugen, dass es seinem Ruf als Professor abträglich sei, wenn die Deutsche Volkspolizei noch in der Nacht zu ihm käme.

Die bereits während der Vorermittlungen festgestellten Widersprüche konnten also nicht geklärt werden. Es wurde Professor Weinreich jedoch nachgewiesen, dass er durch sein Verhalten den Tatbestand des Paragraphen 120 Absatz 1 und 2 StGB der DDR (Verletzung der Obhutspflicht) erfüllt hatte. Am 14. März 1973 wurde gegen ihn ein Ermittlungsverfahren eingeleitet, auf dessen Grundlage man Haftbefehl erließ.

Am 14. März 1973 verlegte man Professor Weinreich von der Untersuchungshaftanstalt (UHA) der VP Rostock in die UHA des MfS Rostock. In einem Auskunftsbericht der Abteilung XX des BV Rostock vom 4. April 1973 heißt es zur Persönlichkeit von Professor Weinreich:

»Aus vielen inoffiziellen Einschätzungen über W. geht hervor, dass er keine herausragenden wissenschaftlichen Leistungen vollbracht hat. Zu seinem Arbeitsstil gehörte, dass er alle seine Mitarbeiter für sich arbeiten ließ und die Veröffentlichungen dann seinen Namen trugen. W. wird sehr egoistisch, herrschsüchtig beurteilt. Er vertritt die typische negative Chefideologie.

Diese, seine Schwächen, zeigten sich auch bei der Durchsetzung der III. Hochschulreform an seinem Institut. W. unterdrückte viele positive Ideen und Gedanken seiner Mitarbeiter.

Seit 1966 wurde mehrfach festgestellt und eingeschätzt, dass W. besonders bei Veranstaltungen u. a. auch festlichen Zusammenkünften übermäßig viel Alkohol trinkt. In diesen Situationen zeigt sich W. oft gesprächig. Häufig waren dann unklare politische Auffassungen und Äußerungen bei W. festzustellen.

(…) In den folgenden Jahren war immer öfter festzustellen, dass W. häufig und viel Alkohol genießt. Im Institut und im Bereich Medizin der Universität Rostock war der Alkoholmissbrauch bei W. allgemein bekannt. In den letzten Jahren war jedoch mehrmals bei W. eine Art angetrunkener Zustand festzustellen, ohne dass W. nach Alkohol roch. Vielfach lief das Gerücht herum, dass W. rauschgiftsüchtig sei. W. selbst äußerte einmal gegenüber Kollegen, er besitze so viel LSD, dass er ganz Rostock damit verseuchen könnte.

Befragungen bei Professoren, Ärzten und in der Parteileitung des Bereiches Medizin ergaben, dass im Umgangskreis und unter Kollegen des W. fest davon gesprochen wird, dass W. Rauschgift besitzt und regelmäßig nimmt. Nähere Angaben oder Beweise hierfür konnten nicht erbracht werden.

Unter diesen Neigungen des W. und seinen mehreren Verhältnissen mit anderen Frauen litt die Ehe, obwohl das nach außen nicht zu erkennen war.«

In der UHA des MfS Rostock gingen die Vernehmungen von Professor Weinreich umfangreich weiter, ohne aber der Wahrheit näherzukommen – bis am 20. Mai 1973 aus gesundheitlichen Gründen eine Verlegung in das Haftkrankenhaus Bützow erfolgte. In Bützow wurde er weiter von Hauptmann der K Gangloff vernommen. Viele Vernehmungsprotokolle belegen, dass es ein sehr zähes Ringen um die Wahrheit war. Doch gab es in Bützow in der Vernehmung am 10. Juli 1973 in der Zeit von 8 bis 11.30 Uhr den entscheidenden Durchbruch:

Frage:
Schildern Sie den Ablauf des 12. Dezember 1972 im Zusammenhang!

Antwort:
Am 12. Dezember 1972 habe ich gegen 18.30 Uhr in der

Küche Abendbrot gegessen. Dabei haben wir das Gespräch geführt. Ich möchte sogar annehmen, dass das Gespräch schon um 17 Uhr losging. Beim Abendbrot saß ich auf dem Stuhl am Herd, und meine Frau saß mir gegenüber. Dazu haben wir Wein getrunken, ich glaube gar nicht mal zu wenig. Von 17 Uhr bis 20.15 Uhr, also während des gesamten Gesprächs, haben wir an die drei Flaschen Wein getrunken. Wenn das Glas leer war, so wurde nachgeschenkt. Ich kann jetzt nicht mehr sagen, ob wir Diabetiker-Weißwein oder anderen Weißwein getrunken haben. Im Gespräch ging es um das Symposium, das Arzneimittel, um Frau Menschig und Frau Rose und mein sonstiges Verhalten. Meine Frau war der Meinung, dass ich die Angelegenheit mit Frau Menschig und mein Verhalten ihr gegenüber in Bezug auf andere Frauen klären sollte, da sie sich sonst von mir trennen müsste. Sie hätte nicht die Absicht, mit anzusehen, wie sie sich selbst und auch ich mich vor der Öffentlichkeit lächerlich mache. Ich versuchte, die Bedenken meiner Frau durch einige Argumente zu beseitigen, was mir aber nicht gelang. Es gelang mir also nicht, meine Frau im Sinne meiner Vorstellungen zu beeinflussen. Während des Gesprächs hatte ich mich sehr erregt. Ich fühlte mich durch meine Frau belastet. Diese Belastung ging besonders seit dem 12. September 1971 in Richtung des Unerträglichen für mich. Ich hatte zwei Gedanken. Der erste Gedanke war, dass ich diese Situation, ich meine das Zusammenleben mit meiner Frau, schnell beenden müsste, da ich sonst schlicht kaputtgehen würde. Der schiere Gedanke war natürlich der, was in der Situation möglich war, um meine Frau zu beseitigen. Meine Frau musste weg, da ich mir mein Leben ohne meine Frau einfacher vorstellte. Ich überlegte mir, wie ich die gegebene Situation für mein Vorhaben am besten nutzen könnte. Ich hatte den Gedanken, dass die Klärung der Situation in diesem Moment, also die Beseitigung meiner Frau, mit Gas für mich am einfachsten war. Als ich in dieser Situation den Gasherd sah, war auch der Gedanke an das Gas da. Es war für mich so naheliegend, dass ich die Situation durch Gas kläre. Einfach deshalb, weil der Gasherd da war und weil es so bequem war. Man brauchte nur die Gashähne aufzudrehen und hinauszugehen. Es war auch deshalb am einfachsten für mich, da meine Frau Suizidversuche mit Leuchtgas schon mehrfach unternommen hatte. Sicherlich wäre ich ganz anders vorgegangen, wenn ich von vornherein vorgehabt hätte, meine Frau umzubringen. Was ich machte, war eine Sache des Augenblickgeschehens, was sich ganz plötzlich anbot. Ich war physisch und psychisch ziemlich am Boden, ich weiß gar nicht, wer mehr fertig war, meine Frau oder ich. Mit dem Augenblickgeschehen meine ich das Gas, weil es mir sofort zur Verfügung stand, und ich meine die eingeschränkte Reaktionsfähigkeit meiner Frau. Sie war in einer Lage, wo sie nichts mehr gegen das Aufdrehen der Gashähne unternahm. Ich merkte es auch an ihrer starken Erregung, die sie trotz Eseral [ein Schlafmittel, Anm. d. Verf.] und Alkohol doch nicht so unterdrücken konnte. Es kann sein, dass ihr Erregungszustand doch nicht so hoch war, dass sie mehr Eseral als sonst eingenommen hatte. Ich kann heute nicht genau sagen, ob ein Eseral-Röhrchen oder mehrere Tabletten auf dem Küchentisch lagen. Den damaligen Zustand habe ich aber nicht bewusst als Analgesiestadium [Aufhebung der Schmerzempfindung, Anm. d. Verf.] diagnostiziert, sondern erst im Nachhinein, als mir durch Herrn Eggert mitgeteilt wurde, dass im Herzblut und in der Leber Barbiturate in einer größeren Dosis nachweisbar waren.

Ich drehte alle Hähne voll auf, klappte die Backröhre herunter. Meine Frau, die auch mit mir aufgestanden war, fasste ich an den Händen und führte sie zu dem Stuhl, wo ich gesessen hatte. Sie war zwar nicht mehr sicher auf den Beinen, ließ sich aber von mir leicht lenken und zu dem Stuhl führen. Sie setzte sich seitlich auf den Stuhl und stützte ihren Kopf mit einer Hand. Sie saß mit dem Rücken zum Fenster und mit dem Gesicht in Richtung Bad. Bei diesem Umsetzen begegneten wir uns, da wir ja aneinander vorbeimussten. Ich führte sie ja von ihrem Stuhl zu meinem Stuhl. Im Stehen habe ich mich noch von ihr verabschiedet. Es kann sein, dass ich ihr einen Kuss auf die Stirn oder den Mund gab und ihr mit einer Hand über den Kopf streichelte. Ich führte meine Frau deshalb zu meinem Stuhl, da sie näher an den Gasherd heran sollte. Ich verließ danach schnell die Küche und habe hinter mir die Tür geschlossen. Es sollte kein Gas in die Wohnung dringen. Dann habe ich mich schnell und kurz im Badezimmer gewaschen, ging ins Schlafzimmer, legte mich ins Bett und schlief schnell ein. Das linke Fenster im Schlafzimmer war offen. Als ich mich hinlegte, hatte ich keine besonderen Gedanken. Ich war regelrecht »satt«. Deshalb schlief ich wohl auch schnell ein.

Gegen 23 Uhr wurde ich munter. Ich musste auf die Toilette. Ich kann eventuell auch durch Gasgeruch munter geworden sein, das möchte ich nicht ausschließen. Ich machte die Schlafzimmertür auf und sah auch Licht in der Küche brennen. Beim Verlassen der Küche hatte ich das Licht brennen lassen. Ich wusste, dass ich in der Küche Gas vorfinde. Ich nahm mir vor, nicht in der Küche zu atmen, um nicht zu Schaden zu kommen. Ich suchte die Küchentür auf und sah meine Frau auf dem Stuhl sitzen. Den Kopf hatte sie in eine Hand gestützt. Sie saß so da, wie ich sie verlassen hatte. Ich bin der Meinung, dass ich sie gegen 20.30 Uhr verlassen habe und gegen 23 Uhr auffand. Ich machte erst einmal die Gashähne zu und öffnete die Fenster. Wenn ich nach dem linken Absperrhahn, der durch Professor Bernstein abgedreht wurde, gefragt werde, so kann ich diesen nur in der Eile verkehrt herumgedreht haben. Also statt auszudrehen, habe ich diesen Absperrhahn entgegengesetzt gedreht, so dass er auf Sparflamme kam. Zu dem Gasgeruch in der Küche kann ich nur sagen, dass ich nichts Besonderes festgestellt habe. Es kann sein, dass ich vielleicht deshalb nichts gerochen habe, weil ich vorher durch Gasgeruch munter wurde. Als ich meine Frau auf dem Stuhl sitzen sah, kam mir der Gedanke, einen Selbstmord zu arrangieren. Ich musste ja aus der Situation etwas machen, um nicht offensichtlich werden zu lassen, dass ich der Urheber des Todes meiner Frau war. Ich brachte sie in eine Lage, die mir aus vorhergehenden Suizidversuchen bekannt war. Ich legte sie so hin, wie ich es in Erinnerung hatte. Ich fasste sie unter die Schultern und setzte sie auf den Fußboden. Ich konnte sie nicht mehr halten, weil sie mir zu schwer war, und sie fiel nach hinten weg. Dabei schlug sie mit dem Kopf auf die Fliesen auf. Ich wollte jetzt prüfen, ob sie überhaupt noch reagiert, noch lebt. Deshalb wollte ich sie zuerst mit der Hand auf den Kopf schlagen, nahm dann aber doch einen in der Nähe stehenden Straßenschuh meiner Frau, weil mir das Schlagen mit dem Schuh wirkungsvoller vorkam. Mit der rechten Hand hob ich ihren Kopf so hoch, dass ich bequem mit dem Schuh in der linken Hand auf ihren Kopf einschlagen konnte. Ich schlug ihr mit dem Schuh mehrmals kräftig auf den Kopf. Meine Frau reagierte nicht mehr. Ich fühlte bei ihr die Halsschlagader, stellte aber auch keinen Puls fest. Dann führte ich die künstliche Beatmung durch, weil sie meiner Meinung nach immer noch die beste Methode dafür ist, um festzustellen, ob jemand tot ist. Da meine Frau auch darauf nicht mehr reagierte, war ich sicher, dass sie tot war. Ich überlegte mir nun, was ich jetzt machen muss, um den arrangierten Selbstmord auch so gut wie möglich erscheinen zu lassen. Mir kam Professor Bernstein in den Sinn. Ich rief Professor Bernstein zu »Hilfe«, um den »Selbstmord« noch deutlicher und wirkungsvoller zu machen. Mein Verhalten gegenüber Professor Bernstein, der Bereitschaftsärztin und allen anderen Personen, die an diesem Abend noch bei mir in der Wohnung waren, war von mir bewusst vorgespielt worden. Es musste ja zu meiner Schilderung eines angeblichen Selbstmords passen. Gegen die Sektion hatte ich weniger Einwände wegen meiner Tat, sondern deshalb, weil meine Frau zu einem früheren Zeitpunkt den Wunsch geäußert hatte, nicht seziert zu werden. Wegen meiner Tat hatte ich keine Befürchtungen vor der Sektion. Ich war überzeugt, dass man meine Tat nicht erkennen würde. Ich war felsenfest überzeugt davon, dass man meine Handlung so auslegen würde, wie ich mir das vorgestellt hatte, als Selbstmord meiner Frau.

Mein ganzes weiteres Verhalten gegenüber allen Personen in der folgenden Zeit war deshalb immer so, dass es einen Selbstmord meiner Frau unterstützte. Ich musste ja meine Rolle weiterspielen, die ich mir nun einmal ausgewählt hatte. In diesem Sinne ist auch mein Protest gegen das Aufsuchen der Volkspolizei in meiner Wohnung aufzufassen. Das Gleiche trifft auch auf die Ausfüllung der möglichen Todesursache zu. Um die von mir als Selbstmord arrangierte Tat so eindrucksvoll wie möglich erscheinen zu lassen, musste ich mich ja so verhalten.

Als ich von Herrn Langanke zur Vernehmung vorgeladen wurde, machte ich mir keine tiefschürfenden Gedanken. Ich hatte mich nicht auf ein bestimmtes Verhalten und auf bestimmte Fragen eingestellt, da ich überzeugt war, man würde meine Tat nicht erkennen, da es bei der Vernehmung um den rechtmäßigen Abschluss der Sache ginge. Zu dieser Meinung trug auch das Gespräch mit Professor Haferland [Direktor des

Instituts für Gerichtliche Medizin Rostock, Anm. d. Verf.] bei, das ich am Tag vorher bzw. zwei bis drei Tage vorher hatte. Professor Haferland gab mir zu verstehen, dass ich natürlich noch einmal zur Staatsanwaltschaft oder Polizei müsste, das wäre aber nur eine Routinesache. Heute sehe ich es so, dass diese Bemerkung etwas zu oberflächlich von Professor Haferland war. Er hätte meines Erachtens mir gegenüber deutlicher werden müssen.

Die Vernehmung brachte ja auch nichts Besonderes, und ich nahm jetzt an, die Sache wäre erledigt und fertig. Als dann uns bekannte Leute befragt wurden, machte ich mir natürlich Gedanken. Herr Hagemann sagte mir, dass seine Frau wegen des Todes meiner Frau zur Polizei musste. Frau Pölchau sagte mir das Gleiche. Ich machte mir aber keine besonders ernsthaften Gedanken, da ich nach wie vor überzeugt war, dass man meine Tat nicht als solche erkennen würde, und blieb nach wie vor überzeugt, mir kann nichts passieren. Im Laufe des Nachmittags des 13. März 1973 erkannte ich, dass die Dinge doch nicht so leicht sind, wie ich sie mir vorgemacht habe. Trotzdem blieb ich bei meiner Version, bis zu der Zeit, wo wir wieder mit den Vernehmungen begonnen haben, also nach der Vernehmungszeit des Herrn Hagemann in Bützow habe ich dann erkannt, dass diese Angelegenheit nur im beiderseitigen Verständnis einer Klärung zugeführt werden kann und ja auch zugeführt wurde.

Wenn ich zuerst Frau Menschig mit ins Spiel brachte, so nur deshalb, um es mir am Anfang so schwer zu machen, als bei mir eine Aussagebereitschaft vorlag. Inzwischen habe ich erkannt, dass es keinen Sinn hat, andere Menschen mit Dingen zu belasten, die ich mir selbst zuzuschreiben hatte.

Es ist möglich, dass ich mit Frau Menschig nach dem Tod meiner Frau darüber gesprochen habe, dass sie über unser Verhältnis nichts sagen sollte. Ich bin heute noch der Meinung, dass meine Beziehungen zu anderen Frauen zwar eine erhebliche Rolle spielen, aber nicht der Aufhänger und nicht der Auslöser für meine Tat sind. Der Auslöser meiner Handlung ist das Verhältnis zwischen mir und meiner Frau und ihrer Krankheit, die mir viel Sorgen und Kopfzerbrechen gemacht hat. Ich wollte fachlich und beruflich noch einiges machen. Wenn man so ein Leben führt, wie ich es bisher geführt habe, so kann man dieses Leben nur weiterführen, wenn man keine Belastungen zu Hause hat durch einen kranken Menschen. Diese Belastung durch die Pflege meiner Frau war für mich seit 1970 da, aber besonders stark seit ihrem Unfall am 12. September 1971. Oder ich hätte ein ganz anderes Leben führen müssen und mir meine Freundinnen vom Halse schaffen müssen. Das wollte ich aber nicht. Das ist meine zusammenhängende Schilderung meiner Tat und der Umstände.

Prof. Dr. sc. med. Wilhelm Haferland (1921–1994) war ein bekannter Gerichtsmediziner der DDR, der auch in der Schriftenreihe »Kriminalistik und forensische Wissenschaften« publizierte. Seine Arbeit »Pflicht oder Aufgabe? Ein Beitrag zur Definition des Begriffes

›Ärztliche Pflichtverletzung‹« aus dem Jahr 1984 streift im weitesten Sinne sogar den Fall des Professors Weinreich, der sich nicht nur über ärztliche Pflichten hinwegsetzte, sondern vorsätzlich tötete.

Am 11. Juli 1973 erweiterte Hauptmann der K Gangloff das bis dahin wegen Obhutspflichtverletzung geführte Verfahren gegen Professor Weinreich um den Verdacht des Mordes gemäß Paragraph 112 (1) StGB.

Durch die Kriminalpolizei und die Staatsanwaltschaft erfolgte am 30. Januar 1974 in der Institutsbibliothek eine Informationsveranstaltung zur Einbeziehung des Kollektivs des Instituts für Pharmakologie und Toxikologie der Universität Rostock in die Strafsache Weinreich. Staatsanwalt Dr. Winkelbauer informierte die Anwesenden über wesentliche Untersuchungsergebnisse in dieser Strafsache und über die Aussagen des Beschuldigten. Dreißig Mitarbeiter waren anwesend, nur fünf fehlten entschuldigt. Auch Hauptmann der K Gangloff nahm daran teil. Dr. Winkelbauer wies darauf hin, dass das Ziel der Beratung darin besteht, aus dem Arbeitsbereich einen Mitarbeiter auszuwählen, der in der Hauptverhandlung das Kollektiv vertritt.

Der Staatsanwalt informierte das Kollektiv wie folgt über die wesentlichen Aussagen des Beschuldigten: »Es gab am 12. Dezember wieder – wie so oft – eine Auseinandersetzung wegen seines unmoralischen Lebenswandels. Das Gutachten der Gerichtsmedizin ergab, dass seine Frau an diesem Tag erheblich unter Alkoholeinfluss stand. Auch Weinreich hatte erheblich dem Alkohol zugesprochen. Da seine Frau ihm unmissverständlich klarmachte, dass sie sich scheiden lassen würde, bangte er um sein Ansehen, seine Stellung, seinen Titel und so weiter. Auch war er nicht gewillt, seine Beziehungen zu anderen Frauen aufzugeben. Diese Auseinandersetzung fand in der Küche statt. Er öffnete nun alle Brennstellen des Gasherdes und setzte seine Frau, die aufgrund des Alkoholeinflusses in ihrem Reaktionsvermögen beeinträchtigt war, auf einen Stuhl vor den Gasherd und ging zu Bett. Gegen 23 Uhr sei er aufgewacht und habe dann festgestellt, dass seine Frau verstorben sei. Diese, seine Handlungen hat der Beschuldigte anschließend kaschiert und einen Suizid vorgetäuscht.«

Auch wurde darauf hingewiesen, dass Professor Weinreich aus einer egoistischen Grundhaltung heraus handelte. Er wollte sich sein Leben so einrichten, wie er es mochte. Und alles, was er machte, war eben – aus seiner Sicht – »richtig«.

Im *Protokoll über die Einbeziehung des Kollektivs des Instituts für Pharmakologie und Toxikologie in die Strafsache Weinreich*, aus dem wir eben schon zitiert haben, kann auch über die Diskussion nachgelesen werden. In der Diskussion meinte zum Beispiel ein Oberarzt: »Weinreich hatte ein ausgesprochenes Geltungsbedürfnis, und das durfte man nicht antasten. Dieses Überzeugtsein von seinen Leistungen hat sich negativ ausgewirkt auf die Studenten. Er hat die Studenten nicht ernst genommen, nicht als Partner angesehen. Er hat jede Kritik in seinen Vorlesungen damit abgewürgt, dass die Studenten einfach zu dumm seien, um seine

Vorlesungen zu verstehen. Diese negativen Eigenschaften haben natürlich eine Rolle gespielt bei dem Verhältnis zum Kollektiv. Wir haben ihm oft unsere Meinung gesagt, wussten aber aus Erfahrungen, wo die Grenzen dabei lagen.« Beschwerden über den Führungsstil des Institutsdirektors wurden im Keim erstickt. Einer Aspirantin sagte man deutlich, wenn sie sich beschweren ginge, zum Beispiel bei der Bereichsparteileitung der SED, dann »komme sie mit ihrer Doktorarbeit nicht voran«.

Aus einem Aktenvermerk der Abteilung XX/3 der BVfS Rostock ist ersichtlich, dass Professor Weinreich sein Geständnis widerrufen hat. Er brachte in Gegenwart des Staatsanwalts weiterhin zum Ausdruck, dass er sehr an der Weiterentwicklung eines Präparats namens »Ivascon«, des derzeit einzigen wirksamen Mittels gegen Migräne, interessiert sei.

Letztlich wurde Professor Weinreich für seine Tat am 18. März 1974 durch das Bezirksgericht Rostock gemäß Paragraph 112 StGB zu dreizehn Jahren Freiheitsentzug verurteilt. Man berücksichtigte seinen Zustand verminderter Zurechnungsfähigkeit und den Einfluss von Alkohol. Rechtsmittel wurden offenbar nicht eingelegt. Indirekt geht aus den uns vorliegenden Akten hervor, dass Rechtsanwalt Dr. jur. h. c. Wolfgang Vogel, »zugelassen auch bei den Gerichten in Westberlin« (wie seinem Briefkopf zu entnehmen ist), 1136 Berlin, Reiler Straße 4, in der Nähe des S-Bahnhofs Friedrichsfelde Ost, auch mit diesem Fall befasst war.

Aber selbst der DDR-Staranwalt konnte Weinreich

nicht helfen. Noch am Tag des Urteils wurde der Professor in die Strafvollzugseinrichtung Brandenburg überführt. Hier erlitt er drei Schlaganfälle und hatte dann große Schwierigkeiten beim Schreiben und Sprechen. Gegenüber den Mitgefangenen räumte er ein, dass er am Tod seiner Frau mitschuldig sei, umgebracht habe er sie aber nicht. Er bezeichnete ihren Tod immer als »Selbstmord«.

In einem Schriftstück vom 3. Februar 1978 ist dazu zu lesen, dass das einzige Beweismittel sein früheres Geständnis gewesen sei. »Dieses habe er im Zustand mangelnder Zurechnungsfähigkeit abgegeben und später widerrufen.«

Wie aus einem Beurteilungsblatt des Strafvollzugs (SV) zu entnehmen ist, war als Strafbeendigung der 13. März 1986 vorgesehen. Doch es kam anders. Am 5. März 1980 berichtete Hauptmann des SV Witschel, Stellvertreter für Vollzug der Strafvollzugseinrichtung Brandenburg, dem Ministerium des Innern (MdI), Verwaltung Strafvollzug, Genossen Oberst des SV Lustik in der Berliner Mauerstraße: »Für eine eventuelle vorzeitige Haftentlassung liegt folgende ärztliche Information über seinen Gesundheitszustand vor: ›Wegen eines fortschreitenden allgemeinen Gefäßleidens mit besonderem Befall der Hirngefäße und einem daraus resultierenden Hirnabbauprozess ist die Unterbringung in einem Pflegeheim notwendig, da der Genannte nicht in der Lage ist, sich selbst umfassend zu versorgen.‹«

Im Juli 1980 wurde er aus dem Strafvollzug entlassen und in Potsdam im St. Joseph Krankenhaus, Allee nach

Sanssouci 7, untergebracht. Kurze Zeit später, im Dezember 1980, verstarb er dort.

Dieser Fall verdeutlicht, wie wichtig die präzise Führung des Ersten Angriffs, die gerichtsmedizinische Untersuchung und die Aufklärung der Persönlichkeit des Beschuldigten sind. Durch die exakte Untersuchungsführung auf kriminalistischem und gerichtsmedizinischem Gebiet konnten hier Widersprüche herausgearbeitet werden, die nicht im Einklang mit den Angaben des Professors standen. Dies war wiederum der Ausgangspunkt dafür, seitens der MUK tiefgründige Ermittlungen zu Weinreich und seiner Ehefrau zu führen. Dabei wurde erkannt, dass Zofia Weinreich seit längerer Zeit zuckerkrank und dadurch in ihrer Lebensweise eingeschränkt war. Der Professor hingegen führte »sein Leben« und unterhielt Frauenbekanntschaften. Das führte zu Spannungen in der Ehe, wobei der Beschuldigte in den Vernehmungen zunächst angab, ein ungestörtes Verhältnis zu seiner Frau zu haben. Nach wochenlangen Vernehmungen gestand er die Tötung seiner Frau. Durch ihre Krankheit fühlte er sich belastet und in seiner Lebensweise eingeschränkt. In Kenntnis seiner Untreue hatte sie auf eine Klärung der Situation gedrungen, was seinem Ruf geschadet hätte. Diese Momente waren Anlass zur Tötung der Ehefrau.

Tötungsdelikte wurden und werden in nicht unerheblicher Anzahl verschleiert. Untersuchungen von Maaßen und Welzel Ende der 1960er Jahre belegen, dass in der DDR 44 Prozent aller Tötungsdelikte auf unterschiedliche Weise verschleiert wurden. Klaus Eggert, der uns als Oberleutnant der K in diesem Bericht schon begegnet ist und der Frau Menschig taktisch klug und fachlich versiert vernommen hatte, bestätigte diese Tendenz in seiner Diplomarbeit aus dem Jahr 1978. Er schrieb dazu: »Eine ähnliche Tendenz zeigt sich auch im Bezirk Rostock, wo z. B. im Zeitraum von 1974 bis 1978 (5 Jahre) 38 Prozent aller vorsätzlichen Tötungsdelikte verschleiert wurden, davon ca. 68 Prozent durch Beseitigung bzw. Verbergung des Opfers und ca. 32 Prozent durch andere Verschleierungshandlungen.«

Als Zofia Weinreich tot vor dem häuslichen Gasherd aufgefunden wurde, hatte der englische Altertumswissenschaftlicher und Prüfer an der Oxford-Universität Colin Dexter vielleicht gerade die Idee, seinen ersten Kriminalroman zu schreiben. Als 1973 die Ermittlungen im Fall des Rostocker Professors auf Hochtouren liefen, war sein Buch zu Papier gebracht: *Der letzte Bus nach Woodstock*. Darin sagt der berühmte Inspector Morse, die Hauptfigur des Stückes, im Bett zurückgelehnt sitzend und vor einem imaginären Publikum eine Art Vortrag haltend: »Doch bis dahin möchte ich Sie bitten, nicht zu vergessen, dass Sie in mir einen Detektiv vor sich haben. Ein Detektiv besitzt eine besondere Sensibilität für Verbrechen – gewisse Dinge erfasst er intuitiv, längst bevor er sie rational erklären oder beweisen kann.«

Dass verschleierte Tötungsdelikte oft schwer aufzuklären sind, ist eine Binsenweisheit. Aber die gut ausgebildeten Rostocker Detektive der Kriminalpolizei besaßen jene besondere Sensibilität für diesen geheimnisvollen »Suizid«; auch sie erfassten gewisse Dinge zunächst intuitiv – und bewiesen sie dann.

Colin Dexter aus der Universitätsstadt Oxford schrieb dann noch dreizehn weitere Fälle für Inspector Morse und seinen Kriminalassistenten Lewis, und auch das Leben an der Rostocker Universität nahm seinen weiteren Lauf …

Später Erfolg

Mittweida. Montag, 21. Februar 1977

Am Abend des 21. Februar 1977 macht der Altmittweidaer Traktorist Matthias Unglaube eine besorgniserregende Entdeckung. Er findet auf der Neusorger Straße zwischen Altmittweida und der Landstraße I. Ordnung – von Karl-Marx-Stadt (heute Chemnitz) nach Mittweida, Höhe Bezirksparteischule (BPS) »Ernst Schneller« – eine lebensgefährlich verletzte junge Frau. Es ist die Sachbearbeiterin beim Rat des Kreises Karl-Marx-Stadt Petra Ludwig. Ein zufällig entlangfahrender Pkw-Fahrer verständigt gegen 19.25 Uhr die Volkspolizei. Die eilig herbeigerufene Schnelle Medizinische Hilfe transportiert die Geschädigte in das Krankenhaus Mittweida, hier kann allerdings nur noch der Tod der jungen Frau festgestellt werden. Parallel nimmt die Volkspolizei die Sicherung des Fundorts vor und leitet den sogenannten Ersten Angriff ein.

Um 20.45 Uhr trifft der Leiter Kriminalpolizei des VPKA Hainichen Oberleutnant der K Straube am Ereignisort ein und verständigt den Kriminaldienst der BDVP Karl-Marx-Stadt. Über den K-Dienst erfolgt gegen 21.15 Uhr die Alarmierung der Karl-Marx-Städter Morduntersuchungskommission. Die MUK unter der Leitung von Hauptmann der K Dorn trifft gegen 22.15 Uhr am Ereignisort ein und beginnt unverzüglich mit den Ermittlungen. Schnell wird festgestellt, dass das

Opfer gegen 18.51 Uhr mit dem Zug auf dem Bahnhof Altmittweida eingetroffen war. Die Tatzeit wird auf 19.10 Uhr eingegrenzt, mit hoher Wahrscheinlichkeit ist der Fundort auch der Tatort.

Die weiteren Details stellen sich nach dem Protokoll so dar: Auf der circa sechs Meter breiten Verbindungsstraße sowie im Straßengraben in einem 12 mal 8 Meter großen Bereich befindet sich der engere Tatort. Die Fahrbahn hat einen Bitumenbelag mit einer Trennungslinie; der Fahrbahnrand ist unbefestigt. Der bezeichnete Belag beginnt mit einer Blutlache, die einen Durchmesser von einem Meter hat. Es werden zahlreiche Spuren gesichert, zum Beispiel Blutspuren, ein schwarzer Taschenkamm, ein abgelegter hellblauer Anorak (Größe G 82) mit Gewebedurchtrennungen am Grabenrand zur Feldseite, rechter Ärmel nach innen gezogen, rechts vom Anorak ein orangefarbener Stoffbeutel, Schuheindruckspuren (Abgangsspuren), ein spitzes Sportmesser mit blutfarbenen Auflagerungen an der Klinge. Das Messer hat eine Gesamtlänge von 19,7 Zentimeter, die Klinge ist 10,2 Zentimeter lang und 2 Zentimeter breit. Der Klingenrücken ist bis 2,5 Millimeter breit. Der Griff besteht aus leicht genarbtem rotbraunem Kunststoff. Weiterhin werden gesichert: ein Taschentuch mit gelbbräunlichen Auflagerungen (Erbrochenes), 30 Zentimeter südwestlich vom Taschentuch ein 55 mal 18 Zentimeter großer Bereich mit Erbrochenem mit erkennbaren Bockwurst- und Möhrenresten, circa 2,5 Meter vom Erbrochenen vier Ellenbogeneindrücke mit der Abbildung eines groben

Strickmusters. Und schließlich: Zwischen den vorderen Ellenbogeneindrücken befindet sich ein Teilhandflächeneindruck.

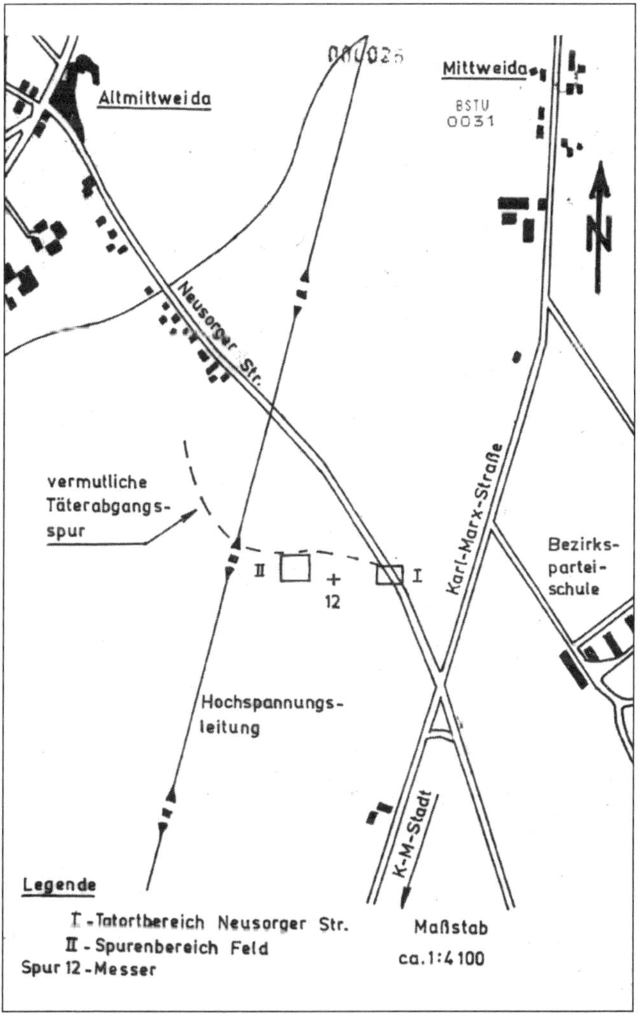

Drei Tatortskizzen

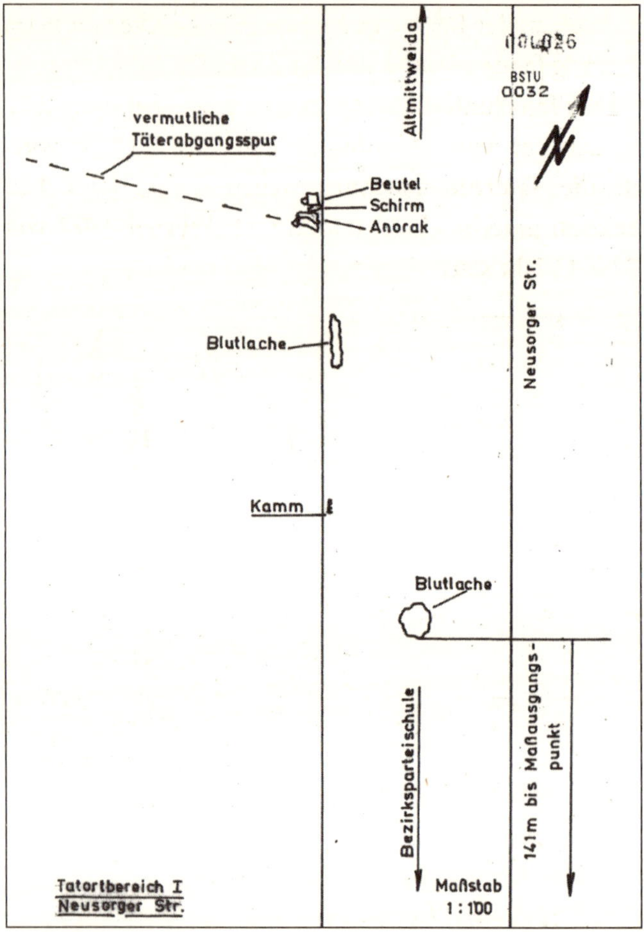

Nach Angaben des Zeugen Matthias Unglaube lag die Geschädigte mit der rechten Kopfseite auf der Fahrbahnmitte der Neusorger Straße auf. Der Körper lag ebenfalls auf der rechten Seite. Körper und Beine waren zum rechten Fahrbahnrand – in Richtung Altmittweida gesehen – gerichtet.

Auch an der Bekleidung und an der Leiche von Petra Ludwig fanden sich zahlreiche Spuren.

Die Tatortuntersuchung fand am 21. Februar 1977 in der Zeit von 22.15 bis 24 Uhr (um 24 Uhr wurde die Tatortuntersuchung wegen der gerichtlichen Sektion unterbrochen) und am 22. Februar 1977 von 7 bis 11 Uhr statt.

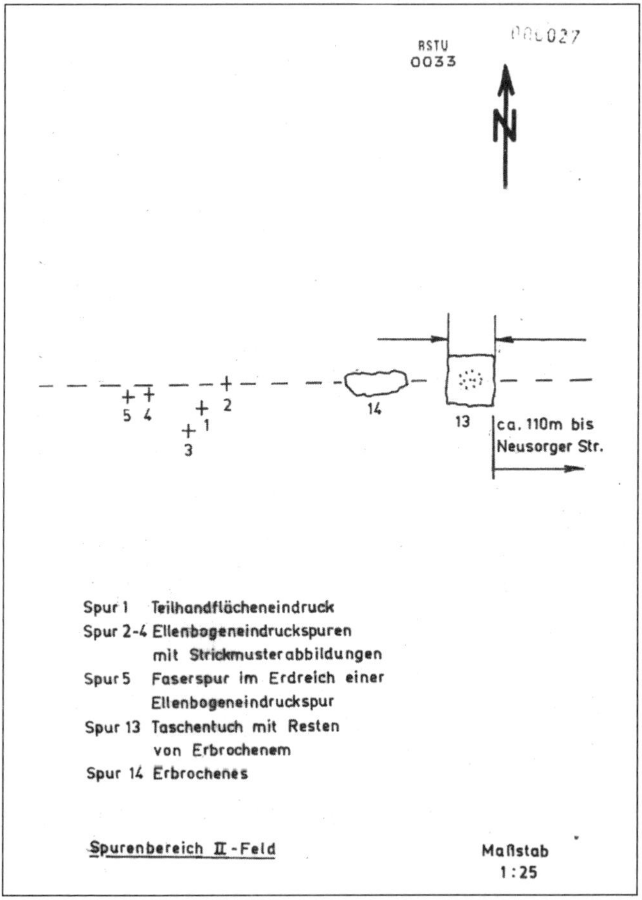

Im Rahmen des Ersten Angriffs erfolgte in der Zeit von 22.30 bis 23 Uhr auch der Einsatz des Fährtenhunds, der nicht unmittelbar am Tatort eingesetzt werden konnte, da dieser von vielen Tatortberechtigten begangen worden war. Die weitere Umgebung des Tatorts wurde durch den Fährtenhundeführer des Kommissariats IV des VPKA Karl-Marx-Stadt, Kriminalobermeister Herold, nach Spuren abgesucht. Im Feld, circa vier Meter vom Fundort der Sachen des Opfers entfernt, fand man eine zur Identifizierung nicht geeignete Schuheindruckspur. Hier wurde der Fährtenhund angesetzt. Er nahm die Fährte auf und suchte über das Feld in Richtung Altmittweida. Nach ungefähr vierhundert Metern machte der Hund einen Bogen und lief in Richtung der Wohnhäuser am sogenannten Käseberg. Von hier aus verlief die Fährte an den Gartenzäunen entlang bis zu einem Feldweg, der auf die Hauptstraße führt. Dieser Weg wurde bis zur Hauptstraße abgesucht. An der Hauptstraße verlor der Hund die Fährte aufgrund des zur Tatzeit vorherrschenden regen Fußgängerverkehrs. Bei Tagesanbruch wurde der Fährtenweg des Hundes noch einmal durch Einsatzkräfte abgesucht. Aufgefunden wurde die Tatwaffe – ein Messer, das mit Blut beschmiert war und vom Täter circa 8 Meter vom Fährtenverlauf weggeschleudert wurde, ein Taschentuch, Erbrochenes, an dieser Stelle war der Täter vermutlich zu Sturz gekommen. Im Lehm des Erdreichs konnten Papillarleistenspuren gesichert werden.

Während die Ermittlungen liefen und an übergeordnete und zusammenwirkende Dienststellen fleißig gemeldet wurde, erfolgte die Überführung der Leiche in das Institut für Gerichtliche Medizin und Kriminalistik der Karl-Marx-Universität (KMU) Leipzig. Hier wurde das Opfer unmittelbar durch Dr. med. Hofmann und Dr. med. Schöpfer obduziert. Anwesend waren außerdem Angehörige der Karl-Marx-Städter MUK sowie Staatsanwalt Zehrfeld.

Die Sektion ergab unter anderem vier Stichverletzungen im oberen Rückenbereich, Zeichen des äußeren Verblutens, eine Schnitt-Stich-Verletzung an der rechten Ellenbeuge und Zeichen mittelstarker stumpfer Gewalteinwirkung gegen die linke seitliche obere Kopfpartie. Die Todesursache lautete: »Äußeres Verbluten nach mehrfachen Stichverletzungen in den Rücken mit Verletzung beider Lungen und Hämatopneumothorax li.«

Wesentlich war auch, dass bei der Sektion ein Scheidenabstrich angefertigt worden war, der auf menschliche Samenfäden untersucht wurde. Das Ergebnis war negativ, das heißt, es konnten keine Samenfäden gefunden werden. Eine Vergewaltigung war daher ausgeschlossen.

Das am Tatort aufgefundene Spurenmaterial in Form von Erbrochenem wurde in der Leipziger Gerichtsmedizin analysiert. Es handelte sich dabei um Erbrochenes, das auf dem wahrscheinlichen Fluchtweg des Täters aufgefunden wurde. Das Gewicht der Probe betrug circa 190 Gramm. Das Erbrochene wurde präpariert, und man kam zum Ergebnis, dass es sich um wenig angedaute Reste von wahrscheinlich zwei Bockwürsten handelt, vermengt mit geringen Anteilen von Gemüse (Möhren, Weißkraut, Erbsen, Paprika). Die Aufnahme der Bockwürste erfolgte sehr wahrscheinlich unter einer Stunde vor dem Erbrechen und war sehr hastig geschehen (unzerkaute beziehungsweise wenig zerkaute Wurst). Die chemisch-toxikologische Untersuchung des »Magensaftes« mittels der gaschromatographischen Untersuchungsmethode ließ den Schluss zu, dass vom Spurenverursacher keine alkoholischen Getränke konsumiert worden waren.

Am 22. Februar 1977 wurden erste Ermittlungen zum gesicherten Strickmuster geführt. Dazu suchte Hauptmann der K Mnich das Forschungsinstitut für Textiltechnologie Karl-Marx-Stadt auf und legte den Ingenieuren die am Tatort gesicherte Abdruckspur (Armbeuge) des Täters zur Begutachtung vor. Die Ingenieure brachten zum Ausdruck, dass es sich zweifelsfrei um ein Gestrick handelt, das für die Produktion von Pullovern oder Strickjacken verwendet wird. Es wurde die Möglichkeit eingeräumt, dass zur Herstellung des Bekleidungsstücks eine Maschine Verwendung fand, Handgestricktes schied also aus. Das Kriminalistische Institut der DVP sah das genauso, es ergänzte, dass das Bekleidungsstück mit einem sogenannten Links-Rechts-Muster gestrickt wurde.

Am 24. Februar 1977 wurde dann die Bevölkerung um Mithilfe gebeten. Die Veröffentlichung erfolgte in der Bezirkszeitung *Freie Presse*, Ausgabe Hainichen.

Wer kann Angaben machen?

Zur Aufklärung eines Verbrechens bittet die Deutsche Volkspolizei um Mithilfe der Bürger,

- **die am Montag, dem 21. Februar 1977, in der Zeit von 18.45 bis 19.15 Uhr die Neusorger Straße zwischen Altmittweida und Mittweida befuhren oder begingen;**
- **die sich zur gleichen Zeit auf der Karl-Marx-Straße bei Mittweida in Höhe der Bezirksparteischule der SED befanden;**
- **die am 21. Februar 1977 den Personenzug 6734 Karl-Marx-Stadt–Waldheim, Abfahrt Karl-Marx-Stadt Hbf. 18.29 Uhr, benutzten und in Ottendorf, Altmittweida oder Mittweida ausstiegen;**
- **die sich am 21. Februar 1977 in der Zeit von 18.30 bis 20 Uhr am Bahnhof Altmittweida aufhielten.**

Die betreffenden Personen werden gebeten, sich persönlich oder fernmündlich beim VPKA Hainichen, Abteilung Kriminalpolizei, Telefon: Hainichen 440, zu melden oder bei jeder anderen Dienststelle der Deutschen Volkspolizei. Die Angaben werden vertraulich behandelt.

»Wer kann Angaben machen?« Erschienen in: *Freie Presse*, Ausgabe Kreis Hainichen, am 24. Februar 1977.

Zum Untersuchungsgegenstand »Tatmesser« erstattete das Institut für Gerichtliche Medizin und Kriminalistik der KMU Leipzig am 10. März 1977 ein gerichtsärztliches Gutachten. Die Untersuchung auf die Blutgruppe im AB0-System erfolgte mit der Methode nach Lattes und ergab die Blutgruppe 0. Ferner konnte am Spurenmaterial die Gm-Formel mit Gm (a+x+f-b-) bestimmt und im Inv-(1)-System die Eigenschaft Inv (1-) nachgewiesen werden. Das bei der Sektion entnommene Vergleichsblut der Geschädigten wurde als Blutgruppe ebenfalls 0 Gm (a+x+f-b-) Inv (1-) bestimmt. Da Petra Ludwig Trägerin dieser Blutgruppenmerkmale war, kam sie als Verursacherin dieser Blutspuren in Frage.

Hinsichtlich des aufgefundenen Tatmessers wurde am 11. März 1977 der Inhaber eines Mittweidaer Eisenwarengeschäfts konsultiert. Oberleutnant der K Wolfram brachte in Erfahrung, dass es sich bei dem Tatmesser um ein Fabrikat der Messerschmiede Legebruch mit der Bezeichnung »Wanderseppel« handelt. Mit einem Fahndungsblatt wurden die Verkäuferinnen und Verkäufer der Industriewaren-Verkaufsstellen um Unterstützung gebeten.

An der Bezirksparteischule Mittweida ermittelte das Untersuchungsorgan des MfS zu dem auf dem Fluchtweg des Täters gesicherten erbrochenen Spurenmaterial. Die akribischen Ermittlungen ergaben unter anderem, dass in der Schülergaststätte, im Speisesaal und bei der Pausenversorgung am 21. Februar 1977 ganztägig Bockwurst im Angebot war (im Kunstdarm und im Naturdarm). Auch Rohkost (Weißkraut in Streifen geschnitten, rohe Möhren geraspelt, saure Gurkenstückchen) und Eiersternchensuppe mit Erbsen waren im Angebot. Da an diesem Tag nachweislich fünfzig Portionen Rohkostsalat vom Mittagessen übrig geblieben waren, wurde er am Nachmittag und Abend garniert mit Paprikaschoten angeboten und angerichtet, insbesondere in der Pausenversorgung.

An alle Leiter und Mitarbeiter von Industriewaren-Verkaufsstellen im Branchenbereich Metallwaren/Messer

Die Deutsche Volkspolizei bittet um Mitarbeit zur Aufklärung eines Verbrechens.

Von unbekanntem Täter wurde in unmittelbarer Nähe des Tatortes das im Bild dargestellte Messer verloren.

Er wird versuchen, ein gleiches Messer zu kaufen, um den Verlust und damit Zusammenhänge zum Verbrechen gegenüber seinem Bekanntenkreis bzw. Ermittlungen der Volkspolizei zu verschleiern.

Bitte beachten und beraten Sie in Ihrem Kollektiv folgende Fragen:

1. Ist in Ihrer Verkaufsstelle vor dem 21. 2. 1977 bzw. nach dem 21. 2. 1977 ein solches Messer an Personen (auch an größere Kinder bzw. Jugendliche) verkauft worden, melden Sie dieses unverzüglich der nächsten VP-Dienststelle.
2. Tritt in der folgenden Zeit ein Käufer auf, der ein solches Messer kaufen möchte, ist in Aussicht zu stellen, daß wahrscheinlich im Lager noch derartige Messer vorhanden sind und es müßte erst nachgesehen werden.
Dabei ist sofort über Notruf die nächste VP-Dienststelle zu verständigen.
3. Bitte geben Sie alle Hinweise des Verkaufs solcher Messer, auch aus den vergangenen Wochen, der Volkspolizei zur Kenntnis.

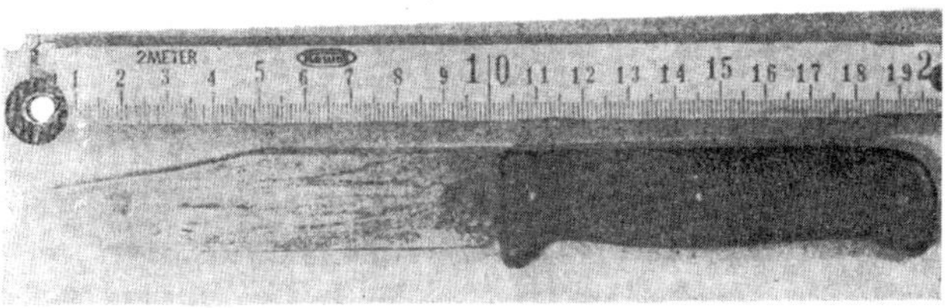

Fabrikat VEB Messerschmiede Leegebruch, Kreis Oranienburg, Marke „Wanderseppel", feststehende Klinge, rot-braune Plastegriffschalen.

Wir danken für Ihre Mitarbeit!

BDVK Karl-Marx-Stadt
Abteilung K

Ein Fahndungsblatt, um der Spur des aufgefundenen Tatmessers nachzugehen.

Am 19. April 1977 gab der MUK-Leiter Hauptmann der K Dorn eine Übersicht über den Stand zur Aufklärung des Tötungsverbrechens. Insgesamt wurden im Zusammenhang mit dem Tötungsdelikt bis dahin 1.957 Personen überprüft. Davon konnten 1.402 durch die Daktyloskopie, 368 durch ein Alibi und 187 vorläufig ausgeschlossen werden. Es wurde eine wissenschaftliche Session geplant mit dem Ziel, Hinweise auf den Tatablauf sowie Versionen zum Täter zu erhalten. Teilnehmer sollten unter anderem sein: Prof. Dr. Dürwald (Direktor des Instituts für Gerichtliche Medizin und Kriminalistik Leipzig), Prof. Dr. Ochernal (Sektion Kriminalistik der Humboldt-Universität zu Berlin) und Prof. Dr. Forker (Institut für Kriminalistik an der Friedrich-Schiller-Universität Jena).

Umfangreiche Ermittlungen wurden zur gesicherten Handflächeneindruckspur geführt. Diese wurde am Ereignisort durch Fotografie und Silikonpaste gesichert. Die Technische Untersuchungsstelle des MfS teilte der Spezialkommission (SK) der Abteilung IX der BV Karl-Marx-Stadt im Auswertungsbericht vom 19. April 1977 mit, dass es sich bei der abgebildeten Papillarleistenspur um eine im Erdreich (im lehmigen Boden) verursachte Eindruckspur handelt. Wiedergegeben sei der Teilbereich einer Handinnenfläche, vermutlich der Bereich des linken Daumenballens. In der Spur wurden durch die Technische Untersuchungsstelle acht individualisierende Merkmale festgestellt. Diese Anzahl wurde als ausreichend für die Identifizierung des Spurenverursachers angesehen.

Zu der in der Beratung vom 19. April 1977 angedachten Session kam es aber erst Tage später, am 3. Mai 1977. Der Kreis der beiwohnenden Personen wurde erheblich erweitert, unter anderem durch den Diplompsychologen Dr. Wolf (Sektion Kriminalistik der Humboldt-Universität zu Berlin), Oberst der K Strauß (Leiter des Kriminalistischen Instituts der DVP) und Major Schwenzer (Gutachter des KI der DVP).

Prof. Dr. Ochernal machte Aussagen zur Motivation des Täters. Ein eindeutiges Motiv sei derzeit noch unklar, möglich wären aber Rache, Eifersucht beziehungsweise ein sexuelles oder politisches Motiv. Auch ein Raubmord, obwohl unwahrscheinlich, könnte in Frage kommen. Ochernal schätzte ein, »dass es sich bei dem Täter höchstwahrscheinlich um eine männliche Person handelt, die sportlich und jung sein könnte. Trotzdem kann man auch in geringem Maße eine weibliche Person als Täter nicht ausschließen.« Für einen Zufallstäter sprach der Tattag, der Rosenmontag 1977. Ochernal neigte aber eher zu der Annahme, dass sich Opfer und Täter kannten oder dass der Täter zumindest das Opfer kannte. Den Tatort bezeichnete er als eine »relativ günstige Stelle«, da er entfernt von den Häusern lag. Die Täterbekleidung sprach für die Tatortnähe des Täters, der Täter könnte also in unmittelbarer Nähe des Tatorts wohnhaft sein. Die andere Variante, dass der Täter mit einem Pkw in Tatortnähe kam, hielt der Professor für nicht wahrscheinlich, da das Abstellen im sogenannten »Leichenweg« schwierig sein dürfte. Zum Täterweg bemerkte Ochernal, dass der Täter sowohl aus der Richtung des Bahnhofs als auch aus der Richtung der Bushaltestelle auf der Karl-Marx-Straße gekommen sein kann. Es war möglich, dass der Täter leicht alkoholisiert war und so die Laufleistungen über den Acker erbringen konnte.

Für den Gerichtsmediziner Prof. Dr. Dürwald war dagegen die Sicherheit des Finger- und Ballenabdrucks nicht verständlich. Wenn jemand fällt, dann müsse der Abdruck nach seiner Auffassung anders sein. Er war sich sicher, dass es sich um einen männlichen Täter handelt. Das schlussfolgerte der Professor aus der Schrittlänge und der mit erheblicher Gewalt geführten Stiche. Nach Dürwalds Auffassung ließ die Bekleidung (Strickbekleidung) des Täters einen Täter in Tatortnähe als auch einen Täter mit Pkw zu. Die Strickbekleidung war an den Ellenbogen gut erhalten, nicht zerschlissen oder ausgebessert. Auch das saubere Taschentuch sprach für einen Täter, der aus geordneten Verhältnissen stammte. Falls der Täter mit einem Pkw unterwegs war, könnte er die Geschädigte zum Mitfahren aufgefordert und dann den Pkw im »Leichenweg« abgestellt haben. Das Opfer könnte ausgestiegen sein, da es sich bedroht fühlte, und auf der Neusorger Straße weitergelaufen sein. Der Täter könnte ihm gefolgt sein. Er könnte ihm die Stiche beigebracht haben, um zu verhindern, dass die Frau flieht oder den Täter erkennt. Dies spricht für Beziehungen zwischen Täter und Opfer. Auch Dürwald vertrat die Meinung, dass der Täter gestört wurde. Für ihn war auch der Fluchtweg wichtig. Er stellte sich die Frage, was ihn bewegte, hinter den Häusern wegzulaufen. Der Täter musste nach Dürwalds Auffassung eine Beziehung zu den Häusern haben; eventuell hatte er ein Fahrrad oder Pkw dort abgestellt oder handelte einfach aus Ortskenntnis. Zum Erbrochenen des Täters sagte der Gerichtsmediziner, dass das Essen circa eine Stunde vor der Tat eingenommen wurde. Es handelte sich – wie schon erwähnt – um zwei Bockwürste und eine geringe Menge Kraut und Paprika. Das Essen wurde gegen 18 Uhr eingenommen und stammte nicht vom Mittag. Eigenartig erschien Dürwald, dass die Bockwürste weitestgehend ohne Salat oder Garnierung gegessen wurden. Er war der Auffassung, dass ein junger Mensch den Salat mitgegessen hätte.

Nun, so richtige Ergebnisse hatte auch diese Session der DDR-Experten nicht hervorgebracht. Wie sollte es aber nun weitergehen? Das war vor allem die Frage, die die untersuchungsführenden Kriminalisten bewegte.

Am 22. Juni 1977 wurde auf der Bezirksseite der *Freien Presse* erst einmal ein Aufruf an die Bevölkerung hinsichtlich des relevanten Strickmusters veröffentlicht.

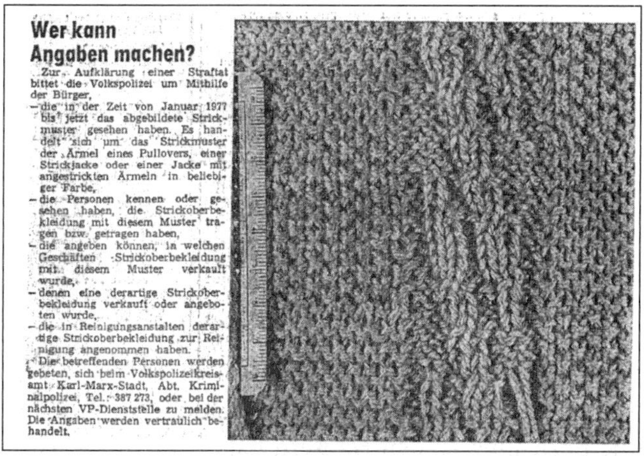

Wer kann Angaben machen?

Zur Aufklärung einer Straftat bittet die Volkspolizei um Mithilfe der Bürger,

- die in der Zeit von Januar 1977 bis jetzt das abgebildete Strickmuster gesehen haben. Es handelt sich um das Strickmuster der Ärmel eines Pullovers, einer Strickjacke oder einer Jacke mit angestrickten Ärmeln in beliebiger Farbe,
- die Personen kennen oder gesehen haben, die Strickoberbekleidung mit diesem Muster tragen bzw. getragen haben,
- die angeben können, in welchen Geschäften Strickoberbekleidung mit diesem Muster verkauft wurde,
- denen eine derartige Strickoberbekleidung verkauft oder angeboten wurde,
- die in Reinigungsanstalten derartige Strickoberbekleidung zur Reinigung angenommen haben.

Die betreffenden Personen werden gebeten, sich beim Volkspolizeikreisamt Karl-Marx-Stadt, Abt. Kriminalpolizei, Tel.: 387 273, oder bei der nächsten VP-Dienststelle zu melden. Die Angaben werden vertraulich behandelt.

Ein Fahndungsaufruf, um die Spur des Strickmusters zu verfolgen. Erschienen in: *Freie Presse*, 22. Juni 1977.

Die Ermittlungen zum Strickmuster führte man in der Folgezeit sehr intensiv. Das MfS nahm Kontakt zum

VEB Strickwarenfabrik »Stola« in Jahnsdorf auf, die Kriminalpolizei legte verschiedenen Personen Musterpullover vor, um von ihnen zu erfahren, ob sie Männer (oder Frauen) kennen, die derartige Pullover tragen würden.

Aber auch auf anderem Wege versuchte man, Hinweise zu dem relevanten Pullover zu erhalten. In der Zeit vom 14. September bis 5. Oktober 1977 stellte man im Schaufenster des Rundfunkgeschäfts »Melodie« in Mittweida zwei Rollkragenpullover aus, die das am Tatort gesicherte Strickmuster aufwiesen. Zur Aufklärung einer schweren Straftat bat die VP um die Mithilfe aller Bürger, die Personen kennen oder gesehen haben, die Pullover mit der ausgestellten Strickmusterung besitzen oder getragen haben, wobei die Farbe des Pullovers beliebig sein könne. Weiterhin wurde gefragt, ob jemandem ein Pullover in beliebiger Farbe mit der ausgestellten Strickmusterung verkauft oder angeboten wurde.

Personen, die in der Lage wären zweckdienliche Hinweise zu geben, sollten sich bei der Kriminalpolizei der BDVP Karl-Marx-Stadt oder dem VP-Revier Mittweida melden. Letztlich gingen keine Hinweise aus der Bevölkerung ein.

Auch weitere Untersuchungsmaßnahmen führten zu keinem Erfolg, der Täter konnte nicht ermittelt werden.

Im April 1979 wurde das Ermittlungsverfahren zum Tötungsverbrechen an Petra Ludwig durch Hauptmann der K Schönfelder noch einmal analysiert, um neue Ansatzpunkte zur Aufklärung zu finden. Schönfelder erkannte, dass sehr große Anstrengungen unternommen worden waren und dass außerordentlich umfangreiche Ermittlungen und Maßnahmen unter Einbeziehung einer Vielzahl von Kräften realisiert wurden. Mehr als viertausend Personen wurden auf eine mögliche Täterschaft überprüft und konnten ausgeschlossen werden! Als generelles Beweiskriterium galt der daktyloskopische Vergleich mit einer unzweifelhaft vom Täter gesetzten Papillarleistenspur (Handflächenteileindruck) im Ackerboden in Abgangsrichtung des Täters.

Nach Auffassung der Sachverständigen für Daktyloskopie war die Papillarleistenspur auswertbar und der als Vergleichsmaterial verwendete Handflächenabdruck auf KP 11 prinzipiell geeignet hinsichtlich der Identifizierung des Spurenverursachers. Diese Sachlage bestimmte bei der bisherigen Ermittlungs- und Untersuchungstätigkeit das taktisch-methodische Vorgehen. Sie würde, so Schönfelder, auch künftig bei durchzuführenden Maßnahmen den Hauptfaktor darstellen.

Am 31. Oktober 1979 waren jedenfalls die Ermittlungsanhalte ausgeschöpft, und Oberleutnant der K Wolfram von der Karl-Marx-Städter MUK schlug nach über zweieinhalb Jahren intensiver Ermittlungen vor, das Ermittlungsverfahren gegen »Unbekannt« wegen vorsätzlicher Tötung der Sachbearbeiterin Petra Ludwig gemäß Paragraph 143 (1) StPO vorläufig einzustellen.

Die Hypothesen, die zur Grundlage der (erfolglosen) Ermittlungstätigkeit gemacht worden waren, wurden noch einmal zusammengefasst:

- Der Täter ist eine männliche Person, die den Zug benutzte und ihn auf dem Bahnhof Altmittweida verließ beziehungsweise sich auf diesem Bahnhof aufhielt und das spätere Opfer von dort aus verfolgte.
- Der Täter ist eine männliche Person, die sich nach Verlassen einer Gaststätte oder nach Arbeitsschluss auf der Neusorger Straße befand und mit Petra Ludwig zusammentraf.
- Der Täter ist eine Beziehungsperson aus der Wohnumgebung beziehungsweise der Arbeitsstelle oder eine andere durch persönliche Verbindungen bekannte Person.
- Der Täter ist eine in der unmittelbaren Wohnumgebung des Opfers wohnhafte und ihm bekannte Person, die zufällig mit Petra Ludwig auf der Neusorger Straße zusammentraf.
- Der Täter ist eine der Geschädigten unbekannte männliche Person, die sich in der Absicht, weiblichen Personen aufzulauern, in der Neusorger Straße aufhielt.
- Der Täter ist eine als Kraftfahrer beim Kraftverkehr beschäftigte Person, die Petra Ludwig durch ihre Busfahrten nach Karl-Marx-Stadt oder Mittweida kannte und die mit ihr Beziehungen hatte beziehungsweise Beziehungen aufnehmen wollte.
- Der Täter ist eine dem Opfer bekannte männliche Person, die einen Pkw besitzt, diesen auf der Neusorger Straße abstellte und Petra Ludwig am 21. Februar 1977 gegen 19 Uhr am Ortsausgang Altmittweida erwartete.

Insgesamt wurden 4.493 Personen überprüft und konnten als Täter ausgeschlossen werden, davon 4.136 durch daktyloskopische Vergleichsarbeit.

Wie vorgeschlagen, verfügte nun Hauptmann der K Dorn am 31. Oktober 1979 die Einstellung des Ermittlungsverfahrens. Der Vorgang verblieb in der Abteilung K der BDVP Karl-Marx-Stadt.

Jahre gingen ins Land. Natürlich geriet der Vorgang nicht in Vergessenheit, denn jeder wusste, dass in Mittweida und Umgebung ein Mörder lebte, von dem keiner sicher war, ob und wann er wieder aktiv werden würde. Und so setzte vor allem das MfS auf seine operativen Mittel und Methoden zur Ermittlung des Täters. Der Leiter der Abteilung VII der BV Karl-Marx-Stadt, Oberstleutnant Lange, erhielt vom Leiter der Bezirksverwaltung, Generalleutnant Siegfried Gehlert, den Auftrag, den Täter zu ermitteln. Die Abteilung VII der BV Karl-Marx-Stadt führte die Ermittlungen im Operativen Vorgang (OV) »Netz«.

Ausgehend davon erfolgten eine gründliche Durcharbeitung des bei der Kriminalpolizei geführten Ermittlungsverfahrens sowie eine Analysierung des Tathergangs und der Tatumstände, einschließlich der Personenbewegung. Schwerpunktmäßig konzentrierten sich die operativen Maßnahmen unter Beachtung des Tathergangs auf die Wohnhäuser der Neusorger Straße 1 bis 26 sowie auf die Mitreisenden des Personenzugs Karl-Marx-Stadt/Hauptbahnhof – Altmittweida, Ankunft 18.51 Uhr. Man analysierte fieberhaft. Im

Ergebnis dieser Anstrengungen konnte ein Holger Frey, geboren 1959, wohnhaft gewesen in Altmittweida, aktueller Wohnsitz Karl-Marx-Stadt, als operativ interessante Person herausgearbeitet werden. Das war schon einmal ein guter Anfang.

Durch eine aufwendige Zeitrekonstruktion wurde objektiviert, dass Frey die Geschädigte am Tattag genau acht Minuten und vierundzwanzig Sekunden, bevor sie tödlich verletzt zusammenbrach, gesehen hatte und mit ihr zusammengetroffen war. Damit war auch der Beweis erbracht, dass Frey in seiner Zeugenvernehmung vom 23. Februar 1977 nicht die Wahrheit gesagt hatte, was den Tatverdacht gegen ihn erhärtete.

Mit dem Leiter der Kreisdienststelle (KD) Hainichen wurde durch den Leiter der Abteilung VII am 25. Februar 1988 eine Absprache getroffen mit folgenden Festlegungen: konspirative Beschaffung einer Blut- und Speichelprobe des Frey, Vorbereitung einer operativen Kombination, in der es objektiv möglich und glaubhaft erscheint, dass Frey und andere Tatortberechtigte (Vortäuschung eines kriminellen Delikts) daktyloskopisch behandelt werden.

Der Kreisdienststellenleiter von Hainichen setzte das Vorhaben über eine inoffizielle Verbindung des MfS um. Für den Arbeitsbereich von Holger Frey wurde eine arbeitsmedizinische Reihenuntersuchung anberaumt. Die Blutentnahme war für den 21. beziehungsweise 23. März 1988 vorgesehen.

Am 1. November 1988 hatte der Leiter der Abteilung VII mit dem Leiter der Abteilung IX, Oberstleutnant

Lattermann, Verbindung aufgenommen und das Originalprotokoll über die kriminalistische Tatortarbeit der MUK vom 22. Februar 1977 sowie weitere Schreiben und Fotogramme der vermutlichen Abgangsspur des Täters übersandt. Oberstleutnant Lange stellte an die Kriminalisten der Abteilung IX einige Fragen:

- Ist die mit Silikonpaste ausgegossene Spur für Vergleichszwecke geeignet? In diesem Zusammenhang war zu beachten, dass diese Spur erst am 22. Februar 1977 gegen 10 Uhr gesichert werden konnte, die Tatzeit aber am 21. Februar 1977 gegen 19.15 Uhr war, wobei die vorherrschenden Witterungsverhältnisse in der Nacht vom 21. zum 22. Februar (starker Wind) unbedingt zu beachten waren und die Spuren in einem stark lehmigen Boden auf freier Fläche verursacht wurden.
- Sind die in der Anlage beigefügten daktyloskopischen Vergleichsspuren des Verdächtigen Holger Frey (Vergleichsspur vom 23. Februar 1977 und 19. August 1977) im gegenseitigen Vergleich identisch, und handelte es sich um exakt abgenommene Vergleichsspuren?
- Kann eine zweifelsfreie Aussage getroffen werden, ob der Verdächtige Frey der Spurenverursacher ist, oder kann er eindeutig als Spurenverursacher ausgeschlossen werden?

Lange bat Lattermann, im Interesse einer zügigen Klärung des OV »Netz«, die notwendigen Maßnahmen zu veranlassen, und teilte mit, dass der bei der Spurensicherung gefertigte Silikonabdruck im Dezernat IV der Abteilung K der BDVP Karl-Marx-Stadt leider nicht mehr vorhanden ist, da im Laufe der verstrichenen zwölf Jahre Deformierungen sichtbar wurden.

Am 7. November 1988 verfügte der Leiter des Karl-Marx-Städter MfS-Untersuchungsorgans, Oberstleutnant Lattermann: »Dem mit Wirkung vom 31. Oktober 1979 gemäß § 143 Ziffer 1 StPO vorläufig eingestellten Ermittlungsverfahren gegen ›Unbekannt‹ wegen Mordes an Petra Ludwig am 21. Februar 1977 in Altmittweida, Kreis Hainichen, wird gemäß § 145 StPO Fortsetzung gegeben, da Hinweise auf eine Täterschaft vorliegen.«

Der Diplomkriminalist der Technischen Untersuchungsstelle des MfS, Major Sälzer, fertigte am 7. Dezember 1988 ein Sachverständigengutachten zur bereits genannten Papillarleistenspur. Als Vergleichsmaterial lagen ein linker und ein rechter Handflächenabdruck von Holger Frey auf einem Zehnfingerabdruckbogenvordruck (KP 11) vom 23. Februar 1977 sowie Finger- und Handflächenabdrücke auf einem zweiten KP 11 vom 19. August 1977 vor.

Sälzers Aufgabenstellung bestand darin, festzustellen, ob die als Spur 1 bezeichnete fotografisch gesicherte Papillarleistenspur zur Identifizierung ihres Verursachers geeignet ist und, wenn ja, ob diese durch Holger Frey verursacht worden war.

Das Sachverständigengutachten des MfS brachte letztlich Licht in das Dunkel des Falles: »Die Person Frey, Holger, hat mit ihrer rechten Hand die als Spur 1 bezeichnete Papillarleisteneindruckspur, die am 22. Februar 1977 auf einem Feld im Bereich einer vom Tatort des Tötungsverbrechens an Petra Ludwig wegführenden Abgangsspur festgestellt und gesichert wurde, verursacht.«

Bleibt noch die Frage zu klären, wie der Verdächtige Holger Frey überhaupt in die operativen Ermittlungen des MfS geraten war. Unter Beachtung der Tatumstände wurde unter anderem die Version gebildet, dass es sich bei dem Täter um eine äußerst brutale und rücksichtslose Person handeln muss, möglicherweise mit abnormal sexuellen Neigungen. Die Analyse ergab auch, dass der Täter über Ortskunde verfügt. Gegen Holger Frey wurden eine Reihe Verdachtsmomente erarbeitet.

Er benutzte gemeinsam mit der Geschädigten und weiteren elf Personen aus Mittweida am 21. Februar 1977 den Zug von Karl-Marx-Stadt/Hauptbahnhof nach Altmittweida, Ankunft dort um 18.51 Uhr. Die detaillierten Ermittlungen des MfS ergaben, dass sich Frey im gleichen (vorletzten) Waggon wie Petra Ludwig befunden haben muss. Am 21. Februar 1977 blieb Frey erneut seiner Arbeitsstelle unbegründet fern und fuhr mit dem Zug um 12.30 Uhr nach Karl-Marx-Stadt. Er besuchte auf dem dortigen Südbahnhof die *Mitropa*-Gaststätte, nahm dort ein Mittagessen ein und hielt sich anschließend in den beiden *Centrum*-Warenhäusern auf. Danach begab er sich zum Hauptbahnhof, um mit dem Zug um 18.29 Uhr nach Altmittweida zu fahren. Die Analyse der Zeugenaussagen der Mitreisenden dieses Personenzugs ergab zweifelsfrei, dass keiner dieser Fahrgäste den Frey auf der Wegstrecke zu seiner Wohnung nach Verlassen des Bahnhofs Altmittweida wahrgenommen hatte. Daraus war zu schlussfolgern, dass er eine andere Wegstrecke genommen haben musste.

Hinzu kam, dass seine Zeugenvernehmung am 23. Februar 1977 durch die Volkspolizei sehr oberflächlich durchgeführt wurde, so dass keine Angaben vorlagen, wie er tatsächlich in seine Wohnung gelangte. Die von ihm gemachten Angaben waren widersprüchlich und zweifelhaft. Durch das erarbeitete Weg-Zeit-Diagramm konnte nun nachgewiesen werden, dass der Verdächtige mit der Geschädigten acht Minuten und dreißig Sekunden vor dem Tötungsverbrechen zusammengetroffen sein musste.

Frey wurde offensichtlich durch die vorbeifahrenden Fahrzeuge der Zeugen Breitner und Uhlemann während der Tat gestört und verursachte deshalb die Abgangsspur (Teilhandflächenabdruck, Schuhspuren, Tatmesser wegwerfen, Erbrechen, Taschentuch, Ellenbogeneindrücke). Der Fährtenhundeeinsatz ergab, dass der Täter bis zur Kreuzung »Leichenweg« gelaufen war. Frey wohnte zum damaligen Zeitpunkt circa fünfzehn Meter von dieser Stelle entfernt. Weitere Indizien, die auf seine Täterschaft hinwiesen, waren Körper- und Schuhgröße sowie die Haarfarbe.

Jetzt war natürlich die Persönlichkeitsaufklärung von Holger Frey für die Ermittler bedeutsam, und auch hier wurden zahlreiche Erkenntnisse und Fakten erarbeitet, die den Verdacht stützten, dass es sich bei ihm um den Täter des bisher ungeklärten Tötungsverbrechens handeln könnte.

Er begann am 1. September 1975 eine Lehre als Betriebs- und Verkehrseisenbahner der Deutschen Reichsbahn, die er aus disziplinarischen Gründen nicht abschloss. Später war er als Rangierleiter in Karl-Marx-Stadt tätig. Während des zweiten Lehrjahrs, als er achtzehn Jahre alt wurde, nahm er eine negative Entwicklung. Er stammte aus einem zerrütteten Elternhaus und wurde als unberechenbar, brutal, haltlos und kontaktarm eingeschätzt. Holger Frey war vorbestraft, hatte Einbruchdiebstähle begangen und wurde dafür vom Kreisgericht Hainichen zu einer Bewährungsstrafe verurteilt. Ein Jahr später wurde er wegen Betrugs und Urkundenfälschung zu einer Geldstrafe von 700 Mark verurteilt.

Der dringende Tatverdacht der Begehung des Tötungsverbrechens ergab sich aber aus anderen Delikten. Die Tätigkeitsbücher des VP-Reviers Mittweida gaben den Kriminalisten Aufschluss:

Erstens kam es zu einer versuchten Vergewaltigung einer Fünfzehnjährigen am 6. August 1975 gegen 18 Uhr. Frey erfasste in einem Waldgrundstück der Ortslage Mittweida von hinten den Hals der Jugendlichen und würgte sie bis zur Bewusstlosigkeit. Anschließend schleppte er sie in ein Gebüsch, öffnete seine Hose und ihren Rock und versuchte, an der Brust zu manipulieren. Nur durch die Gegenwehr des Mädchens und ihre

Hilferufe ließ er von der weiteren Tatausführung ab und flüchtete quer durch den Wald.

Zweitens: Nach dem Besuch einer Diskoveranstaltung in der Gaststätte *Deutsches Haus* in Mittweida lauerte Frey am 19. November 1981 gegen 24 Uhr einer dort ebenfalls anwesenden Jugendlichen an der Kreuzung Hauptstraße/Neusorger Straße auf, umfasste sie brutal am Oberkörper, schleppte sie 50 Meter in einen dort befindlichen Straßengraben und versuchte, sie zu vergewaltigen. Wörtlich sagte er zu dieser Geschädigten: »Jetzt kommst du mit, sonst hole ich das Messer raus!« Anschließend setzte er sich auf den Oberschenkel der Jugendlichen und begann, mit beiden Händen ihre Jacke zu öffnen. Durch das Hinzukommen eines Pärchens ließ der Täter von ihr ab und flüchtete über das linksseitig vorhandene Feld.

Drittens: Am 20. Juli 1982 gegen 4.15 Uhr wurde aufgrund des Hinweises einer Bürgerin dem VP-Revier Mittweida bekannt, dass sich an der Kreuzung Karl-Marx-Straße/Neusorger Straße eine männliche Person als Frau verkleidet aufhält – mit Damensandaletten, Minirock, Perücke, Strumpfhosen, Ohrclips und Lidschatten. Bei der Person handelte es sich um Holger Frey.

Zu diesen Straftaten wurden durch das VPKA Hainichen keine Maßnahmen zu beziehungsweise gegen Frey eingeleitet, was nicht nur aus heutiger Sicht völlig unverständlich ist. Das war ein Versagen auf ganzer Linie.

Am 13. Dezember 1988 schlug die Staatsmacht zu;

Holger Frey wurde festgenommen und dem Untersuchungsorgan der BV Karl-Marx-Stadt zugeführt; er saß in der dortigen Untersuchungshaftanstalt des MfS ein. Die Vernehmungen des Verdächtigen begannen unmittelbar. Auf den Vorhalt des Vernehmers, vorsätzlich einen Menschen getötet zu haben, antwortete der Beschuldigte: »Ich weiß nicht, von was Sie reden. Ich kann dazu nichts sagen. Wann soll ich denn jemanden umgebracht haben? Es gab damals den Mord an dem Mädchen – wenn Sie auf meine Vergangenheit anspielen sollten – in Altmittweida. Ich bin damals mehrfach dazu vernommen worden. Ich habe abgeschlossen mit meinem damaligen Leben. Ich kann nichts weiter dazu sagen. Ich war an dem Abend in Karl-Marx-Stadt gewesen. Damals hatte ich wochenlang die Arbeit gebummelt – und da ist ein Mädchen erstochen worden, auf dem Berg, wo ich damals wohnte. Aber ich habe damit nichts zu tun. Ich habe das damals schon gesagt.«

Aber die Vernehmer ließen nicht locker:

Frage:
Sie sind dringend verdächtig, vorsätzlich den Tod eines Menschen herbeigeführt zu haben. Erklären Sie sich wahrheitsgemäß zu dieser Beschuldigung!

Antwort:
Das ist doch damals schon alles untersucht und zehnmal überprüft worden. Jetzt geht das wieder los! Ich habe niemanden umgebracht.

Frage:
Dem Untersuchungsorgan liegen Beweise und Indizien vor, welche den zwingenden Schuldvorwurf einer vorsätzlichen Tötungsstraftat gegen Sie begründen. Nehmen Sie wahrheitsgemäß zu der eingangs der Vernehmung gegen Sie erhobenen Beschuldigung Stellung!

Antwort:
Ich habe niemanden umgebracht. Ich kann Ihnen nichts anderes sagen. Ist es möglich, dass ich mir schon heute einen Rechtsanwalt als Verteidiger nehme?

Erklärung des Untersuchungsorgans:
Sie haben die Möglichkeit, sich heute und, wenn Sie wollen, sofort aus einem Verzeichnis der in der DDR zugelassenen Rechtsanwälte einen Verteidiger zu wählen und diesen mittels Auftragsschreiben und Vollmacht mit Ihrer Verteidigung im Strafverfahren zu beauftragen.

Frage:
Möchten Sie jetzt davon Gebrauch machen, einen Rechtsanwalt schriftlich mit Ihrer Verteidigung zu beauftragen?

Antwort:
Ich würde gern mit einem Rechtsanwalt darüber reden, was mich erwartet. Da gehe ich doch für Jahre hinter Gitter!

Frage:
Ihr Verhalten im Strafverfahren, insbesondere Ihre Aussagebereitschaft im Ermittlungsverfahren, kann Einfluss auf den Strafantrag der Staatsanwaltschaft sowie das Urteil des Gerichtes haben. Sie sollten sich dessen bewusst werden und möglichst zu einem frühen Zeitpunkt im Ermittlungsverfahren beim Untersuchungsorgan ein umfassendes Geständnis ablegen!

Antwort:
Ich habe sie nicht umgebracht. Jetzt sitze ich hier wie vor zehn Jahren. Jetzt geht das von vorne los.

Frage:
Wissenschaftlich begründete Feststellungen und umfangreiche Ermittlungsergebnisse des Untersuchungsorgans sind Grundlage der gegen Sie erhobenen Beschuldigung. Sie sollen unter Beachtung dieser Tatsachen Ihre bisherigen Aussagen überdenken und wahrheitsgemäß dazu aussagen, wann, wie und warum Sie einen Menschen getötet haben!

Antwort:
Kann ich mal für eine Stunde allein sein und mir die Sache in Ruhe überdenken?

Vermerk des Untersuchungsorgans:
Die mündliche Vernehmung wird um 9.12 Uhr unterbrochen. Der Beschuldigte verbleibt unter Aufsicht im Vernehmungszimmer und erhält Gelegenheit, unbe-

einflusst nachzudenken. Die Tonaufzeichnung wird für diese Zeit unterbrochen.

Frage:
Es ist 9.30 Uhr. Sie haben erklärt, sich zur Beschuldigung äußern zu wollen. Die Tonaufzeichnung wird fortgesetzt. Was möchten Sie erklären?

Antwort:
Sie haben recht. Ich habe das schon damals nicht begriffen – und begreife es auch heute nicht. Ich bin damals wochenlang nicht arbeiten gegangen. Ich wollte ihre Tasche haben – ich hatte kein Geld. Ich hatte sie schon beim Aussteigen aus dem Zug gesehen. Sie lief dann den Berg hoch. Ich kannte sie bloß vom Ansehen. Ich wollte bloß ihre Tasche haben – und sie fing dann an, zu schreien. Und sie hat mit dem Schirm auf mich losgeschlagen – und geschrien. Wenn sie nicht geschrien hätte … Sie sollte bloß ruhig sein. Das Messer hatte ich damals immer bei mir – das war damals so Imponiergehabe. Ich habe sie eigentlich nicht gekannt – sie hat mir nichts getan. Ich wusste, dass sie dort draußen wohnt und sie den Weg geht. Ich wollte sie eigentlich nicht umbringen. Sie hat mit dem Schirm auf mich eingeschlagen – und geschrien. Ich hatte viel getrunken an diesem Tag. Wo mich dann die Kripo geholt hat, war ich nahe dran, es zu sagen. Die haben meine Fingerabdrücke genommen und Schuhe aus dem Regal. Das waren aber die falschen. Ich konnte dann wieder gehen. Ich habe hinterher geheult. Ich bin so dreckig, wie ich

war, ins Bett gegangen und habe geheult. Ich war ja eigentlich schon zu Hause – ich bin bloß wieder fort, weil ich kein Geld mehr hatte. Mein Gott! Ich habe das die ganzen Jahre verdrängt. Es war ganz schlimm. Mit den Jahren habe ich dann immer weniger daran gedacht – aber so was vergisst man nie! In der ersten Vernehmung bei der Polizei war ich nahe dran, alles zu sagen. Aber das ging bloß eine halbe Stunde, und dann konnte ich wieder gehen.

Frage:
Unter welchen konkreten Umständen entschieden Sie sich zur genannten Straftat?

Antwort:
Das war damals im Februar 1977. Ich war Betriebs- und Verkehrseisenbahner-Lehrling und lernte auf dem Hauptbahnhof in Karl-Marx-Stadt. Mit meiner Mutter und meinem Vater war ich zerstritten. Die hatten mich rausgeworfen, und ich wohnte in Altmittweida auf der (…) im Dachgeschoss in einer Mansarde. Von meinen Eltern bekam ich nichts mehr – nur meine Großmutter unterstützte mich ab und zu mit etwas zum Essen. Ich bummelte die Lehre und trieb mich oft in Kneipen rum. Darum hatte ich auch kein Geld. An dem bewussten Tag – es müsste ein Wochentag so um die Mitte Februar 1977 gewesen sein – hatte ich wieder nicht die Lehre besucht, sondern mich tagsüber in Karl-Marx-Stadt in verschiedenen Kneipen aufgehalten und getrunken. Dann bin ich ab Karl-Marx-Stadt/Hauptbahnhof mit ei-

nem Zug gegen 18.30 Uhr nach Altmittweida gefahren. Beim Aussteigen auf dem Bahnhof in Altmittweida sah ich sie dann. Ich kannte ihren Namen nicht. Ich wusste bloß, dass sie im Bereich der Parteischule wohnt – das gehört schon zu Mittweida. Ich hatte es zunächst sehr eilig, nach Hause zu kommen, weil ich mal ganz dringend zur Toilette musste. Ich musste unbedingt mal groß. Ich bin teilweise im schnellen Schritt – teilweise aber auch im Laufschritt – über die Straße des 8. Mai bis zum Bauerngut (…) geeilt. Von dort aus lief ich über die Wiese und das Feld zu unserem Haus. Ich ging dort sofort auf das Klo und verrichtete meine Notdurft. Dann ging ich in mein Mansardenzimmer. Von dort aus kann man auf die Neusorger Straße sehen. Ich sah aus dem Fenster und bemerkte, dass die genannte Person auf der Neusorger Straße den sogenannten Käseberg hoch in Richtung Parteischule läuft. In dem Augenblick habe ich mir gedacht: Der nimmst du das Geld weg. Ich hatte zu der Zeit bloß noch zwei oder drei Mark. Ich beschloss, dieser Person zu folgen. Ich vermutete, dass sie in ihrer großen Tasche – welche sie bei sich hatte – ein Portemonnaie oder eine Brieftasche hat. Die wollte ich haben. Ich zog mich gar nicht erst aus, sondern lief sofort wieder runter auf die Neusorger Straße. Dort folgte ich der genannten Person in Richtung Käseberg/Parteischule. Erst nach der Kuppe des Käseberges hatte ich die junge Frau dann eingeholt.

Frage:
Beschreiben Sie die genannte weibliche Person, welche

Sie im Februar 1977 unter den genannten Umständen verfolgten!

Antwort:
Ich erinnere mich heute – nach fast zwölf Jahren – nicht mehr an alle Einzelheiten. In Erinnerung ist mir noch, dass es sich um eine jüngere Frau handelte, die ich so auf fünfundzwanzig bis dreißig Jahre schätzte. Sie hatte blondes, halblanges Haar und war kleiner – höchstens gleichgroß – als ich damals. Ich war damals schon um 174 Zentimeter groß. Sie hatte eine normale Figur, war also weder auffallend dick oder dünn. Diese junge Frau hatte einen blauen Anorak oder eine blaue Jacke an. Interessant für mich war damals der ziemlich große Beutel, es könnte auch eine Reisetasche gewesen sein. Das Ding hatte – wenn ich nicht irre – zwei Henkel und war circa 100 mal 50 mal 30 Zentimeter groß. Der Beutel oder die Reisetasche war prall gefüllt und – wie ich dann merkte – auch ziemlich schwer. Die junge Frau hatte einen Schirm – eine Art Mini-Knirps – bei sich. Der Schirm lag erst auf dem Beutel beziehungsweise der Tasche, bevor die junge Frau das Ding in die Hand nahm und sich damit gegen mich wehrte.

Frage:
Mit welcher Zielstellung waren Sie unter den genannten Umständen der beschriebenen weiblichen Person gefolgt?

Antwort:
Ich wollte der Frau die Tasche wegnehmen – ich wollte ihre Tasche haben. Ich vermutete in der Tasche eine Brieftasche oder ein Portemonnaie mit Geld. Darauf war ich aus.

Frage:
Auf welche Weise wollten Sie in den Besitz der Tasche der genannten weiblichen Person gelangen?

Antwort:
Ich wollte der Frau die Tasche entreißen. Ich wollte die Frau von hinten überraschen, ihr die Tasche entreißen und wegrennen. So einfach hatte ich mir das damals gedacht. Ich war damals sehr impulsiv, unüberlegt. Was mir in den Sinn kam, habe ich ohne großes Überlegen gemacht. Ich hatte die junge Frau mit dem Beutel beziehungsweise der Reisetasche zwar schon auf dem Bahnhof in Altmittweida bemerkt, aber die Idee, dieser Frau die Tasche zu entreißen, kam mir ganz plötzlich zu Hause, als ich aus meinem Fenster sah und feststellte, dass diese Frau auf der Neusorger Straße über den Käseberg in Richtung Parteischule läuft.

Frage:
Welche Bekleidung trugen Sie selbst, als Sie im Februar 1977 die genannte weibliche Person verfolgten?

Antwort:
Soweit ich mich noch erinnern kann, trug ich damals

eine lange, dunkle Hose. Die war kariert beziehungsweise hatte weiße Streifen. Weiterhin trug ich einen weißen Rollkragenpullover mit langen Ärmeln. Das war ein Strickpullover. Über dem Pullover trug ich einen braunen Nylon-Anorak, der mir bis zur Hüfte reichte. Ich hatte vermutlich schwarze Halbschuhe mit Absatz an. Damals hatte ich etwa die Schuhgröße 40.

Frage:
Welche Gegenstände trugen Sie bei der genannten Gelegenheit im Februar 1977 bei sich?

Antwort:
Wie ich bereits sagte, hatte ich damals immer ein Messer bei mir. Das trug ich in einer Lederscheide, befestigt an meinem Gürtel, bei mir. Vermutlich hatte ich meine Brieftasche und meinen Kamm einstecken. Es kann auch sein, dass ich ein Taschentuch bei mir hatte. Möglicherweise hatte ich auch Zigaretten und mein Feuerzeug bei mir.

Frage:
Wie näherten Sie sich in der geschilderten Situation der genannten jungen Frau, welche auf der Neusorger Straße über den sogenannten »Käseberg« in Richtung Parteischule lief?

Antwort:
Die junge Frau lief auf der Straße an der rechten Fahrbahnseite – in Laufrichtung gesehen. Ich ging mit

schnellen Schritten hinterher und holte sie circa 200 bis 250 Meter von unserem Haus entfernt ein. Als ich mich von hinten näherte, hörte mich die Frau natürlich kommen. Sie drehte sich um, ging dabei aber weiter und wechselte den Beutel beziehungsweise die Reisetasche – welche sie ursprünglich in der rechten Hand trug – in die linke Hand. Sie nahm dabei vom Beutel oder von der Tasche den schon genannten Schirm. Während sie das tat, kam die Frau etwas von der rechten Straßenseite zur Straßenmitte hin ab. Ich hatte mich dann auf etwa 15 Meter genähert, als die junge Frau plötzlich losrannte. Sie hat vermutlich geahnt, dass ich sie angreifen will. Ich rannte auch sofort los, war aber schneller und holte die Frau so nach wenigen Metern ein. Als die Frau merkte, dass ich sie einhole, blieb sie stehen, drehte sich zu mir um und sah mich an. Sie sagte sinngemäß, ich solle sie in Ruhe lassen. In dieser Situation griff ich die Frau an, um ihr die genannte Tasche beziehungsweise den Beutel zu entreißen.

Frage:
Wie erfolgte der genannte Angriff konkret?

Antwort:
Die junge Frau stand vor mir und hielt den Beutel oder die Tasche in der linken Hand. In der rechten Hand hatte die Frau den Schirm. Ich trat hinzu, packte den Henkel des Beutels beziehungsweise der Tasche zunächst mit einer, dann mit beiden Händen. Ich zerrte, aber die Frau ließ nicht los. Ich konnte das Ding nicht so einfach

wegreißen, wie ich gehofft hatte. Die Frau schlug mit dem Regenschirm auf meine Hände, dann in Richtung meiner Schultern und schließlich auch in Richtung meines Kopfes. Ich musste eine Hand vom Henkel nehmen, um damit den Schirm beziehungsweise den rechten Arm der Frau festzuhalten. Ich zerrte indessen mit der anderen Hand weiter am Henkel, aber die Frau ließ nicht los – und sie schrie. Es waren keine Worte, aber sie schrie laut und immer wieder. Ich sagte, sie solle ruhig sein, aber das half nichts. Ich wollte der Frau den Mund zuhalten, aber das gelang mir auch nicht. Durch die Zerrerei gelangten wir in den Straßengraben, in Richtung Parteischule gesehen rechts der Straße. Die Frau schrie wieder – und da habe ich zugestochen.

Frage:
Womit haben Sie zugestochen?

Antwort:
Ich habe mit meinem Messer zugestochen, welches ich in der Messerscheide am Gürtel bei mir hatte. Das ist ein einschneidiges Messer, mehr ein Dolch beziehungsweise Fahrtenmesser. Das Messer ist circa 15 bis 20 Zentimeter lang. Die Klinge ist circa 7 bis 8 Zentimeter lang, an der breitesten Stelle circa 3 Zentimeter breit und läuft vorn spitz zu. Der Messerrücken ist circa 2 oder 3 Millimeter breit. Das Messer hat einen rotbraunen Plastegriff mit Rillen beziehungsweise Erhebungen. Es ist ein Messer mit feststehender Klinge. Zum Messer gehörte eine helle Lederscheide mit Schlaufe. Das Ding

trug ich damals immer vorn am Gürtel, konkret an der linken vorderen Körperseite bei mir. Darüber hatte ich den Pullover getragen.

Frage:
Unter welchen konkreten Umständen haben Sie auf die genannte weibliche Person eingestochen?

Antwort:
Wir standen im Straßengraben, und die Frau schrie immer noch. Da wollte ich dann schon gar nicht mehr die Tasche beziehungsweise das Geld. Da wollte ich bloß noch, dass die Frau endlich ruhig ist. Ich habe die Tasche beziehungsweise den Beutel losgelassen und mit der rechten Hand das Messer gegriffen. Es ging dann alles so schnell. Ich weiß nicht mehr genau, wie ich das Messer gehalten habe. Ich hatte es am Griff gepackt und vermutlich mit der Spitze nach vorn – in Verlängerung meines rechten Unterarmes – in Richtung der Frau gehalten. Die Frau stand schätzungsweise einen Meter von mir weg. Sie schrie immer noch und fuchtelte mit dem Schirm. Mit der linken Hand hielt ich den Schirm oder den rechten Arm der Frau fest. Mit der rechten Hand – in welcher ich mein Messer hielt – habe ich dann zugestochen. Ich hatte solche Wut! Weil sie ja laufend geschrien hatte! Aber dann war sie still. Dann ist sie umgefallen.

Frage:
In welche Richtung haben Sie mit dem Messer gestochen?

Antwort:
Das weiß ich nicht mehr. Ich habe so lange zugestochen, bis die Frau ruhig war und umfiel. Auf alle Fälle habe ich mehr als nur einmal zugestochen. Es war aber auch nicht zehnmal oder noch öfter. Ich kann wirklich nicht mehr sagen, wie oft ich zugestochen habe. Das ging alles so schnell. Die Frau fiel dann hin und war still.

Frage:
Auf welche Körperregionen der Frau haben Sie eingestochen?

Antwort:
Diese Frage kann ich nicht mit Gewissheit beantworten. Ich habe – zumindest am Anfang – in Richtung des Unterkörpers beziehungsweise Bauches der Frau gestochen. Dann habe ich bloß noch blindlings irgendwohin gestochen.

Frage:
Wie reagierte die genannte weibliche Person in der Phase, als Sie mit dem Messer auf sie einstachen?

Antwort:
Das kann ich auch nicht umfassend beantworten. Ich hatte den rechten Arm beziehungsweise den Schirm der Frau zu fassen bekommen. Ob sie wegrennen wollte, ob sie sich abwandte – das weiß ich nicht mehr. Das war ja auch bloß eine Sache von Sekunden. Ich stach so

lange zu, wie die Frau schrie. Erst als sie umfiel – das heißt, in den Straßengraben fiel – , war ja Ruhe.

Frage:
Wohin zielten Sie beim Zustechen?

Antwort:
Ich zielte immer auf den Körper der Frau. Ich habe den Körper auch getroffen.

Frage:
Was umfasst Ihre Aussage konkret, wonach Sie auf den »Körper« der Frau einstachen?

Antwort:
Mit »Körper« meine ich den Rumpf. Ich wollte – zumindest zuerst – in die Bauchgegend stechen. Mit »Körper« meine ich nicht die Arme, Beine und den Kopf.

Frage:
Wo und wie oft haben Sie die weibliche Person beim Zustechen mit dem Messer getroffen?

Antwort:
Ich weiß nicht, wo und wie oft ich die Frau getroffen habe. Das war ja alles eins, das Zustechen. Ich habe dann blindlings auf den Körper der Frau eingestochen. Die Frau hat sich ja auch bewegt. Die Frau lag dann irgendwann am Boden. Man konnte ja auch bei der Finsternis nicht viel sehen.

Frage:
Wie waren konkret die Licht- und Sichtverhältnisse im Ereignisortbereich der Neusorger Straße zum Zeitpunkt der Straftat?

Antwort:
Ich schätze, dass es so gegen 19.05/19.10 Uhr war, als ich die Frau verfolgte, angriff und schließlich stach. Diese Zeit leite ich aus der Ankunft des Zuges in Altmittweida gegen 18.55 Uhr, der üblichen Zeitdauer meines Heimweges und meiner Schätzung der Dauer der Handlungsabläufe ab. Konkret müsste ich an dem Tag so gegen 19 Uhr zu Hause gewesen sein. Die verrichtete Notdurft dauerte höchstens fünf Minuten. Dann hatte ich ja auch schon die Frau vom Fenster aus gesehen und mich auf die Verfolgung gemacht. Gegen 19.05/19.10 Uhr ist es im Februar draußen gewöhnlich finster. Im Bereich der Neusorger Straße – zumindest im Bereich der Kuppe des Käseberges – ist keine Lampe. Es war also finster dort. Trotzdem konnte man aber auf kurze Distanz – so wie ich sie zu der Frau hatte – Einzelheiten, Gesichter, Gegenstände und so weiter gut erkennen. Es war also nicht so, dass ich blind ins Dunkel reingestochen hätte. Die Frau, deren Körper und Körperteile habe ich deutlich wahrgenommen.

Frage:
Welche Zielstellung verfolgten Sie mit den genannten Stichen in den Körper der Frau?

Antwort:
Ich habe zugestochen, damit sie aufhört, zu schreien.

Frage:
Erklären Sie genauer, wie Sie das Zustechen mit der von Ihnen genannten Zielstellung meinen!

Antwort:
Die Frau hat ununterbrochen geschrien. Die sollte ruhig sein, damit keine Leute kommen.

Frage:
Warum haben Sie gerade auf die Frau eingestochen, um sie zum Schweigen zu bringen?

Antwort:
Da habe ich nicht groß überlegt. Ich hatte plötzlich das Messer in der Hand – habe einfach zugestochen – mehrfach – blindlings. Ich wollte ihr ja den Mund zuhalten – aber das ging nicht. Sie schrie immer weiter.

Frage:
Was wussten Sie zum Tatzeitpunkt – also im Februar 1977 – darüber, wie Messerstiche auf den menschlichen Körper wirken?

Antwort:
Ich wusste damals schon, dass man mit Messerstichen einen Menschen verletzen und sogar töten kann. Die Wirkung ist abhängig davon, ob man durch die Stiche

lebenswichtige Organe trifft. Das ist Allgemeinwissen und war mir zumindest aus dem Schulunterricht, konkret dem Fach Biologie, bekannt.

Frage:
Was sind Ihres Wissens lebenswichtige Organe des Menschen?

Antwort:
Das sind zunächst das Herz, der Kopf und die Arterien des Menschen. Eigentlich ist aber alles lebenswichtig, wie zum Beispiel auch die Leber, die Lunge, der Magen und anderes. Das wusste ich damals auch schon.

Frage:
War Ihnen – als Sie auf den Körper der Frau einstachen – bewusst, dass Sie lebenswichtige Regionen beziehungsweise Körperorgane treffen können?

Antwort:
Ich wusste, dass gerade im Rumpf viele lebenswichtige Organe sind. Trotzdem habe ich dorthin gestochen. Ob ich damals bewusst darüber nachgedacht habe, weiß ich nicht mehr.

Frage:
War Ihnen bei der Tatausführung bewusst, dass Sie durch das mehrfache Zustechen mit dem genannten Messer den Tod der Frau herbeiführen können?

Antwort:
Ich habe damals gewusst, dass ich lebenswichtige Organe der Frau treffen könnte. Ich wusste, dass ich mit dem Messer jemanden töten kann. Aber es ging doch alles so schnell – sie hat immer bloß geschrien.

Frage:
Wie wirkten die genannten, von Ihnen gegen die weibliche Person geführten Messerstiche?

Antwort:
Die Frau lag plötzlich da. Ob das ein bestimmter Stich bewirkt hatte – wie das konkret kam, weiß ich nicht mehr. Ich hatte mehrfach auf den Rumpf der Frau eingestochen – habe aber in keinem Fall richtig wahrgenommen, wo und wie ich treffe. Ich stach zu, bis die Frau umfiel und ruhig war.

Frage:
Inwieweit haben Sie auch noch auf die am Boden liegende Frau eingestochen?

Antwort:
Ich stand noch, als die Frau umfiel. Ich habe dann nicht mehr auf die Frau eingestochen, als sie am Boden lag. Ich wollte dann bloß noch weg. Ich habe nicht mehr auf die Tasche geachtet und auch nicht mehr ans Geld gedacht. Ich wollte fort, fort, fort!

Frage:
Beschreiben Sie die Lage und den Zustand der Frau, als diese zu Boden gefallen war!

Antwort:
Die Frau lag im Straßengraben, konkret an der zur Straße liegenden Böschung des Straßengrabens auf der rechten Körperseite. Der Kopf lag in Richtung Straße, die Beine in Richtung Straßengrabensohle. Ich kann heute nicht mehr sagen, wo der Beutel beziehungsweise die Tasche oder der Schirm lagen. Ich weiß auch nicht mehr, ob die Bekleidung der Frau verrutscht war. Ebenso weiß ich nicht, ob sich die Frau, nachdem sie umgefallen war, noch bewegt hat. Mir sind auch keine Lautäußerungen der Frau erinnerlich. Ich weiß nicht einmal, ob Blut zu sehen war. Ich habe auf all das nicht geachtet, sondern bin, unmittelbar nachdem die Frau umgefallen war und nicht mehr schrie, weggelaufen. Ich habe sofort die Flucht ergriffen.

Frage:
Aus welchen Gründen haben Sie – wie Sie aussagen – sofort die Flucht ergriffen, nachdem die Frau im Straßengraben zu Boden gefallen war?

Antwort:
Ich wollte weg, damit mich dort keiner findet. Mir war schon klar, was ich da gemacht hatte. Ich wusste, dass ich etwas ganz Schlimmes gemacht hatte. Ob ich damals schon dachte, dass ich diese Frau getötet oder nur

verletzt habe, weiß ich nicht mehr. Ich wusste aber, jetzt musst du weg, du hast etwas ganz Schlimmes angestellt. Darum bin ich fluchtartig dort weg.

Frage:
Gab es andere Gründe dafür, dass Sie den Ereignisort sofort und fluchtartig verlassen haben?

Antwort:
Nein, es gab dafür keine anderen als die genannten Gründe. Ich wurde nicht durch hinzukommende Personen oder durch irgendwelche Fahrzeugbewegung oder durch Geräusche gestört.

Frage:
Sagen Sie umfassend dazu aus, auf welche Weise Sie nach der genannten Tatausführung den Ereignisort an der Neusorger Straße verlassen haben!

Antwort:
Ich bin vom Straßengraben weg rechts auf das Feld gelaufen und weggerannt. Dabei rannte ich zuerst geradeaus auf dem Acker lang. Ich stolperte dann, noch bevor ich einen auf dem Feld in meine Fluchtrichtung stehenden Hochspannungsleitungsmast erreicht hatte. Ich fiel hin und blieb eine Weile liegen. Im Liegen musste ich mich dann erbrechen. Ich merkte dann, dass ich – offensichtlich durch das Gerangel im Straßengraben – mit dem linken Ellenbogen aus dem Anorak rausgefahren war. Das brachte ich in Ordnung. Ich weiß

nicht mehr, wie lange ich auf dem Feld liegen blieb. Schließlich hörte ich dann aus Richtung der Neusorger Straße ein Motorengeräusch. Ich sah, wie sich die Lichtkegel eines Autos der Stelle näherten, wo ich zuvor die Frau niedergestochen hatte. Wenn ich mich nicht irre, war das Auto aus Richtung Parteischule/Zschöppichen gekommen, weil die Lichtkegel in Richtung Altmittweida schienen. Das Auto blieb dort stehen, wo ich vorher die Frau zurückgelassen hatte. Ich lief dann weiter auf dem Acker, schlug einen Rechtsbogen und gelangte vom Feld aus an die Rückseite unseres Hausgrundstücks (…). Ich stieg über den Zaun, ging ins Haus und gelangte – wie ich denke, unbemerkt – in meine Mansarde. Ich zog mir dort nur die Schuhe und den Anorak aus und legte mich ins Bett, wo ich lange geheult habe.

Frage:
Sagen Sie über den Verbleib der Bekleidungsstücke und Dinge aus, die Sie bei Ihrer Straftat im Februar 1977 trugen beziehungsweise bei sich hatten.

Antwort:
Das Messer, mit welchem ich auf die Frau eingestochen hatte, habe ich bei der Flucht über den Acker verloren oder weggeworfen. Das müsste noch vor meinem Sturz gewesen sein. Die Messerscheide habe ich am nächsten Tag in Karl-Marx-Stadt am Südbahnhof in einen Müllcontainer geworfen. Meine schwarzen Halbschuhe habe ich mit einem Lappen abgewischt. Diese Schuhe trug ich dann noch eine Weile. Sie waren dann aber

irgendwann mal kaputt und wurden von mir weggeworfen. Den Anorak, die Hose und den Pullover habe ich nach der Tat auch noch eine Weile getragen, dann auf der Arbeit abgetragen und schließlich irgendwann mal weggeschmissen. Die anderen Sachen, die ich an dem bewussten Tag bei mir hatte oder möglicherweise bei mir hatte, existieren sicher auch nicht mehr.

Frage:
Sie haben ausgesagt, dass Sie am Tattag im Februar 1977 Alkohol zu sich genommen hatten. Erklären Sie sich dazu genauer!

Antwort:
Ich war am Tattag etwa ab Mittag bis gegen 18 Uhr in Karl-Marx-Stadt und habe in der *Mitropa*-Gaststätte Südbahnhof, in der Gaststätte *Bräustübel* und schließlich in der *Mitropa*-Gaststätte Hauptbahnhof insgesamt circa zehn bis zwölf kleine Glas Bier getrunken. Das ist eine Menge, die ich vertrage und auch schon damals vertragen habe.

Frage:
Welche Speisen hatten Sie am genannten Tattag vor Ihrer Straftat zu sich genommen?

Antwort:
Wenn ich mich richtig entsinne, habe ich in der *Mitropa* am Südbahnhof zum Mittag etwas Billiges und Schnelles, möglicherweise einen Eintopf oder Ähnliches, ge-

gessen. Mir ist nicht erinnerlich, ob ich dann danach noch mal was gegessen habe, bevor ich die Sache auf dem Käseberg gemacht habe.

Frage:
In welcher körperlichen und geistigen Verfassung befanden Sie sich im Februar 1977 am Tage Ihrer Straftat?

Antwort:
Ich war damals siebzehn Jahre alt und wurde erst nach der Tat im April 1977 volljährig. Ich war am konkreten Tattag trotz des Alkohols nicht betrunken. Ich vertrug eine Menge, zumal ich damals mehr in den Kneipen war als sonst wo. Ich war nicht krank oder in schlechter Stimmung. Es war – von meinem Befinden her – ein Tag wie jeder andere. Erst nach der Tat war ich nervlich und körperlich fertig und fühlte mich miserabel.

Frage:
Was erfuhren Sie nach der Tatausführung über die Auswirkungen Ihrer Handlung, über das Opfer beziehungsweise über die Spuren, welche Sie als Täter hinterlassen hatten?

Antwort:
Es war wenige Tage nach der Sache Ortsgespräch, dass man auf dem Käseberg ein Mädchen niedergestochen hat, dass dieses Mädchen auf dem Weg ins Krankenhaus verstorben war. Es war auch die Rede davon, dass man das Tatmesser gefunden hatte. Den Namen des

Mädchens habe ich mal bei meiner ersten Vernehmung als Zeuge bei der Kriminalpolizei gehört. Ich habe den Namen wieder vergessen. Erinnerlich ist mir aber, dass mir der Name damals nicht bekannt vorkam, mir also nichts sagte. Die Kriminalpolizei muss mich schon damals 1977 irgendwie verdächtigt haben, denn meine Fingerabdrücke wurden genommen, und man interessierte sich für den Dreck an meinen Fußballschuhen. Ich schlussfolgerte daraus, dass die Kriminalpolizei auf dem Tatmesser eine Fingerspur gefunden hatte und – was für mich auch erklärlich war – meine Schuhspur über das Feld gesichert hatte.

Frage:
Wie verhielten Sie sich, als Sie im Jahre 1977 durch die Abteilung Kriminalpolizei vernommen beziehungsweise als Tatverdächtiger überprüft worden sind?

Antwort:
Ich habe damals wahrheitsgemäß alles zu Protokoll gegeben, was sich bis zu meinem Eintreffen zu Hause gegen 19 Uhr ereignet hatte. Allerdings habe ich dann bewusst verschwiegen, dass ich noch mal das Haus verlassen, die Frau verfolgt und diese schließlich niedergestochen hatte.

Frage:
Was unternahmen Sie bewusst, um mögliche Spuren Ihrer Straftat zu verwischen oder von sich als Täter abzulenken?

Antwort:

Wie ich schon sagte, habe ich nach der Tat die Scheide des Messers weggeworfen. Meine Freunde wussten damals alle, dass ich ein Messer habe. Ich wollte nicht, dass bei mir die leere Messerscheide auffällt und mal einer nach dem dazugehörigen Messer fragt. Erinnerlich ist mir auch noch, dass ich nach der Tat auf meinem weißen Rollkragenpullover – konkret im Brustbereich – ein paar ganz kleine Blutflecke feststellte. Darum ließ ich diesen Pullover von meiner Großmutter (…) waschen, bevor ich ihn wieder anzog. Meiner Großmutter waren die Blutflecke offensichtlich gar nicht aufgefallen. Jedenfalls hat sie keine diesbezügliche Bemerkung gemacht.

Frage:

Beschreiben Sie den genannten weißen Rollkragenpullover – welchen Sie bei der Tatausführung trugen – noch genauer!

Antwort:

Es war ein weißer Rollkragenpullover mit langen Ärmeln. Den Pullover hat mir – wenn ich mich nicht irre – mal meine Großmutter gekauft. Er war, soweit ich das einschätzen kann, maschinengestrickt. Der Pullover war glatt gestrickt und hatte nur im Brustbereich, vermutlich auch an den Ärmeln, ein Muster. Das waren so Zick-Zack- oder Rauten-Motive. Ich kenne mich da nicht aus und kann das nicht näher beschreiben.

Noch am ersten Vernehmungstag erarbeitete die BV Karl-Marx-Stadt eine Information an die bezirkliche Parteispitze der SED sowie an das MfS Berlin zur Aufklärung des Tötungsverbrechens. Zwei Tage später schaltete sich sogar Minister Erich Mielke in den Vorgang ein.

Der Minister

Berlin, den 15. 12. 1988

Hauptabteilung IX
Leiter

Den Genossen, die den Mordvorgang aufgeklärt haben, ist Anerkennung und Dank auszusprechen. Der Leiter der Bezirksverwaltung Karl-Marx-Stadt ist entsprechend zu informieren.

So gut die Tatsache der Aufklärung auch ist, macht es sich notwendig, entsprechende Lehren aus der Bearbeitung zu ziehen. Wenn auch die Schwächen in erster Linie bei der Kriminalpolizei liegen, so hätte doch bei einer guten Aufsicht und Mitarbeit der Spezialisten des MfS der Vorgang unmittelbar nach der Tat aufgeklärt werden können.

Die Lehren sind also nicht nur für Karl-Marx-Stadt zu ziehen, sondern für alle Leiter der Linie IX, damit solche Fehler in Zukunft vermieden werden.
Der Fehler ist nicht nur eine fachliche Angelegenheit, sondern eine politische Angelegenheit ersten Ranges, da es das Vertrauensverhältnis zur Bevölkerung und die Stimmung in der Bevölkerung berührt.

Falls notwendig, kann mir auch ein entsprechendes Auswertungsschreiben vorgelegt werden, damit dies an alle Leiter der Bezirksverwaltungen und alle verantwortlichen Leiter der Diensteinheiten gegeben werden kann, ohne auf Namen und Ort des Vorganges Bezug zu nehmen.

Mielke
Armeegeneral

Ein Schreiben von Minister Erich Mielke,
in dem er Bezug auf die späte Aufklärung des Falles nimmt.

Die Aufklärung des Tötungsverbrechens an Petra Ludwig durch MfS-Kriminalisten sorgte bei den Angehörigen der Karl-Marx-Städter MUK verständlicherweise für erhebliche Irritationen. Sie kritisierten, »dass sie die Letzten gewesen wären, die davon Kenntnis erhielten«. Nach der Aufklärung eines Tötungsverbrechens in Plauen Anfang Dezember 1988 waren Angehörige der MUK zum Chef der BDVP bestellt worden, der ihnen Dank und Anerkennung aussprach. Gegen Ende der Zusammenkunft erwähnte der BDVP-Chef beiläufig, dass der Mord in Mittweida aufgeklärt sei – ohne weitere Erläuterungen zu geben.

Den Namen des Täters konnten sie schließlich in Erfahrung bringen. Einzelne MUK-Kriminalisten wunderten sich über den Namen Holger Frey, da die Sachverständigen ihn anhand der Fingerspur als Täter ausgeschlossen hatten. Diese MUK-Angehörigen waren der Auffassung, dass in der Kriminalpolizei die Tatspur das höchste Kriterium eines Beweises sei und sie sich zur damaligen Zeit ausschließlich auf diese Spur konzentriert hätten. Da bis zu fünftausend Personen daktyloskopiert wurden, habe man keine Zeit gehabt, sich so intensiv um jeden Tatverdächtigen zu kümmern, wenn er aufgrund der Fingerspur als Täter ausgeschlossen worden war.

Unter den Angehörigen der MUK war dann bekannt, dass eine Diensteinheit des MfS den Mord von Mittweida aufgeklärt hatte, die sich nicht auf die Tatspur, sondern auf die Klärung von Widersprüchen von befragten Personen gestützt hatte und so letztlich auf Holger Frey kam. Die Kriminalisten der MUK warteten nun darauf, dass seitens des Untersuchungsorgans der BV Karl-Marx-Stadt zeitnah eine offizielle Information erfolgt.

Diese Besprechung mit den Angehörigen der Kriminalpolizei, leitenden Kadern der Bezirksstaatsanwaltschaft, dem Leiter der Karl-Marx-Städter Gerichtsmedizin sowie Kriminalisten der Abteilung IX der BV Karl-Marx-Stadt wurde durch das Untersuchungsorgan gut vorbereitet.

Die Tätigkeit des MfS bei der Untersuchung des Tötungsverbrechens an Petra Ludwig ergab sich aus der politischen Relevanz, da sich in Tatortnähe die Bezirksparteischule befand. Die Geschädigte und ihre Eltern waren Anwohner der BPS und die Eltern sogar in der Schule tätig. Dazu konnte ein Tatverdacht gegenüber dem Lehrkörper beziehungsweise sonstigem Personal und Schülern nicht ausgeschlossen werden. Des Weiteren löste das Verbrechen erhebliche Unruhe innerhalb der Bevölkerung aus, vor allem in Mittweida und den umliegenden Orten. Da Tausende Personen überprüft wurden und der Täter zunächst nicht ermittelt werden konnte, war es nicht möglich, diese Unruhe abzubauen. Daher sollten bei der Informationsveranstaltung vor allem drei Fragen geklärt werden:

- Warum konnte Frey zwölf Jahre unerkannt bleiben?
- Worin liegen dafür die Ursachen, und wie sind sie zu erklären?
- Welche Schlussfolgerungen sind zu ziehen?

Es ging also um Abläufe, Logistik, Hinweise und Beweise. Die Fakten, die zur Festnahme von Holger Frey führten, brachte man in einer aufschlussreichen Konzeption auf den Punkt.

Petra Ludwig war demnach am 21. Februar 1977 nach Teilnahme an einer Parteiversammlung mit dem Zug von Karl-Marx-Stadt nach Altmittweida gefahren. Dieser Personenzug kam um 18.51 Uhr in Altmittweida an. Zusammen mit weiteren vierzehn Personen, darunter auch der Täter, war das spätere Opfer ausgestiegen und trat den Heimweg an. Sie lief entlang der Hauptstraße und bog in die Neusorger Straße ein, um über den sogenannten Käseberg nach Hause zu gelangen. Gegen 19.15 Uhr war sie circa zweihundert Meter nach dem Ortsausgangsschild Altmittweida auf der Neusorger Straße durch einen Kraftfahrer aufgefunden worden. Durch die Auffindungszeugen war angenommen worden, dass Petra Ludwig Opfer eines Verkehrsunfalls geworden war. Auf dem Transport ins Krankenhaus verstarb sie. Erst im Krankenhaus wurde festgestellt, dass sie aufgrund von Stichverletzungen einem Verbrechen erlegen war.

Im Ergebnis der Ereignisortuntersuchung wurden Schuheindruckspuren festgestellt, die vom Auffindungsort der Geschädigten über das angrenzende Feld bis zum sogenannten Leichenweg führten, der zwischen den Hausgrundstücken 10 und 12 auf die Neusorger Straße einmündet. Im Bereich dieses Spurenverlaufs, der auch durch den Einsatz des Fährtenhunds bestätigt wurde, wurden außerdem verschiedene Spuren gesichert, die dem Täter zugeordnet werden mussten. Die Suche und Sicherung der Spuren, insbesondere der daktyloskopischen Eindruckspur im Lehm des Erdreichs durch die Kriminalpolizei, stellte eine ausgezeichnete kriminalistische Arbeit mit Seltenheitswert dar.

Unter den überprüften Personen befand sich auch Holger Frey. Dieser wurde am 23. Februar 1977 daktyloskopiert sowie als Zeuge im Ermittlungsverfahren befragt. Er wurde daraufhin als Täter ausgeschlossen.

Das war ein verhängnisvoller Fehler. Mit dieser Verfahrensweise wurde die daktyloskopische Spur unberechtigterweise zum Alleinkriterium der Bewertung für eine Täterschaft gemacht. Auf diese Art und Weise wurde Holger Frey als Täter ausgeschlossen. Vor den Augen der Untersucher erfolgte durch die Kriminaltechniker/Daktyloskopen unzählige Male der daktyloskopische Vergleich der Spur mit dem linken und rechten Daumenballen, obwohl durch die daktyloskopischen Experten selbst nicht solche eindeutigen Ausgangsdaten gesetzt worden sind, die ein solches eingegrenztes Vorgehen begründet hätten. Die Spur wurde im Protokoll über daktyloskopische Spuren (KP 4) als Teilabdruck der Handinnenfläche bewertet, der wahrscheinlich von der linken Hand verursacht wurde. Eine weitere Bestimmung dieses Teilabdrucks, so war der KP 4 zu deuten, war nicht möglich, wahrscheinlich stammte er aber vom Daumenballenbereich. In einem Bericht der Kriminaltechniker war lediglich die Rede von einem Teilhandabdruck der Handinnenfläche.

Bei der erneuten Begutachtung wurde festgestellt,

dass es sich bei dem im Erdreich (im Lehm) gesicherten Teilflächenabdruck um den Mittelfingerbereich der rechten Hand handelte und dieser zwölf übereinstimmende individuelle Merkmale mit dem Mittelfingerbereich von Holger Frey aufwies.

Ein weiterer verhängnisvoller Fehler war, dass auf die im Tätigkeitsbuch des VP-Reviers Mittweida gemachten Einträge keine Reaktion erfolgte. Sie waren demzufolge nicht Gegenstand polizeilicher Ermittlungen. Insbesondere wurde auch kein Zusammenhang zum Tötungsverbrechen an Petra Ludwig hergestellt. Damit wurde es auch unterlassen, sich mit der Person Frey und damit seiner möglichen Täterschaft zu beschäftigen. Das MfS schätzte ein, dass insbesondere die letzten beiden Sachverhalte, unabhängig davon, dass sie weder untersucht noch strafrechtlich gewertet wurden, den Verdacht auf eine mögliche Täterschaft verstärkten, zumal sie sich in unmittelbarer Nähe des Tatorts von 1977 ereigneten.

Auch grobe taktische Fehler wurden gemacht. Der vom Täter getragene und blutbefleckte Pullover mit dem entsprechenden Strickmuster befand sich in seinem Zimmer, als Holger Frey von zwei Kriminalisten am 23. Februar 1977 zwei Stunden lang vernommen wurde. Er erklärte später in seinen Vernehmungen, dass er an diesem Tag kurz davor stand, ein Geständnis abzulegen. Aus der Art und Weise der Verständigung zwischen den beiden Kriminalisten, die sich durch Kopfschütteln Zeichen gaben, wurde ihm klar, dass die Spuren nicht zu ihm führten. Wirklich keine Meisterleistung!

Am 16. Februar 1989 erstattete das Bezirksinstitut für Gerichtliche Medizin Karl-Marx-Stadt ein Gutachten zum Untersuchungsauftrag der Abteilung IX der BV Karl-Marx-Stadt. Untersuchungsmaterial war das übersandte Taschentuch mit Resten von Erbrochenem, Vergleichsmaterial waren Blut- und Speichelproben von Holger Frey. Zusammenfassend stellte die Gerichtsmedizin fest, dass an den am Taschentuch festgestellten gelblichen Substanzanhaftungen als auch an den gelblichen Stoffverfärbungen das Enzym Alpha-Amylase nachgewiesen werden konnte. An den sekret- beziehungsweise substanzbehafteten Taschentuchabschnitten waren A- und H-Blutgruppensubstanzen. Da Holger Frey Träger der Blutgruppe A1B und Ausscheider von A- und H-Blutgruppensubstanzen in Körpersekreten war, kam er als Verursacher der am Taschentuch festgestellten Spurenanhaftungen beziehungsweise -durchtränkungen in Frage.

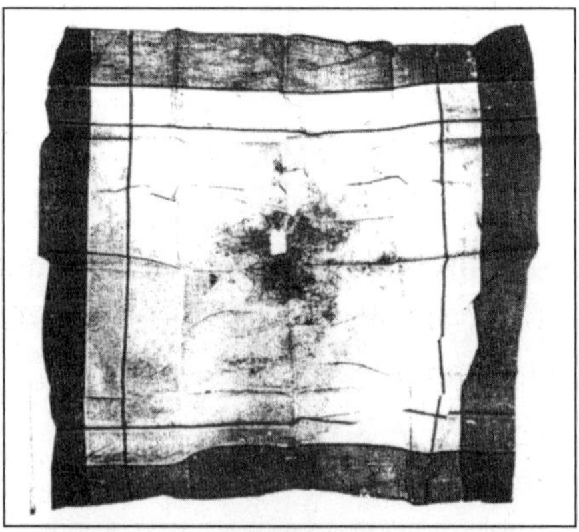

Taschentuch mit Resten von Erbrochenem

Im Juni 1989 fertigte die Staatsanwaltschaft Karl-Marx-Stadt die Anklageschrift gegen den Rangierleiter Holger Frey. Er wurde angeklagt, als schuldfähiger Jugendlicher bedingt vorsätzlich handelnd bei verminderter Zurechnungsfähigkeit einen Menschen getötet zu haben. Die wesentlichen Ermittlungsergebnisse, die die Leser*innen des Buches bereits kennen, wurden durch Staatsanwalt Böhm aufgeführt.

Es wurde festgestellt, dass Frey zur Tatzeit nicht oder allenfalls unerheblich bis leicht unter Einfluss von Alkohol stand. In einem Gutachten des Bezirksinstituts für Gerichtliche Medizin Karl-Marx-Stadt ist ausgeführt, dass insoweit die Entscheidungs- und Handlungsfähigkeit von Holger Frey in keiner Weise beeinträchtigt war.

Der Beschuldigte war zur Tatzeit Jugendlicher im Sinne des Paragraphen 65 Absatz 2 StGB. In einem forensisch-psychologischen Gutachten der Humboldt-Universität zu Berlin, Sektion Kriminalistik, und der forensisch-psychiatrischen Begutachtungsstelle des Ministerrats der DDR wurde die Schuldfähigkeit von Frey gemäß Paragraph 66 StGB grundsätzlich bejaht. Es wurde darauf hingewiesen, dass beim Beschuldigten in Folge einer leichten neurotischen sowie stärkeren sozialen Fehlentwicklung zum Tatzeitpunkt Besonderheiten vorlagen, die als »… weniger konstruktive Planung der Zukunft, der größere Augenblicksbezug im Denken und Handeln, die vorrangige Orientierung auf die eigenen Bedürfnisse und die Interessen und die weniger ausgeprägte Erfassung der emotionalen Befindlichkeiten Dritter sowie die ungenügende soziale

Integration in Familie und Lehrkollektiv« beschrieben wurden. Von daher wurde im Gutachten von einer Einschränkung der subjektiven Möglichkeiten des Täters zur normgerechten Entscheidung ausgegangen und auf entwicklungsbedingte Besonderheiten im Sinne des Paragraphen 65 Absatz 3 StGB hingewiesen. Im Gutachten stellte man andererseits fest, dass sich bei Holger Frey für die Tatzeit und darüber hinaus nicht die geringsten Anzeichen für eine Zurechnungsunfähigkeit im Sinne des Paragraphen 15 Absatz 1 StGB diagnostizieren ließen. Die Gutachter ergänzten – bezugnehmend auf die bereits genannte leichte neurotische und die erhebliche soziale Fehlentwicklung des Beschuldigten –, dass der Beschuldigte hinsichtlich der Entschlussfassung zum zwischenzeitlich verjährten Raubverbrechen strafrechtlich uneingeschränkt verantwortlich gewesen wäre. Der sich entgegen seinen Erwartungen entwickelnde Handlungsablauf versetzte ihn, disponiert durch die genannten allgemeinen psychiatrischen Besonderheiten, in einen Erregungszustand, der als partielle Bewusstseinsstörung qualifiziert wurde. Die Sachverständigen stellten fest, dass bei Frey von Beginn der Tötungshandlung an ein Affekt zweiten Grades nach Ochernal vorlag, der über eine hochgradige Erregung mit Bewusstseinseinengung deutlich hinausging und eine verminderte strafrechtliche Verantwortlichkeit für das Tötungsverbrechen gemäß Paragraph 16 Absatz 1 StGB begründete.

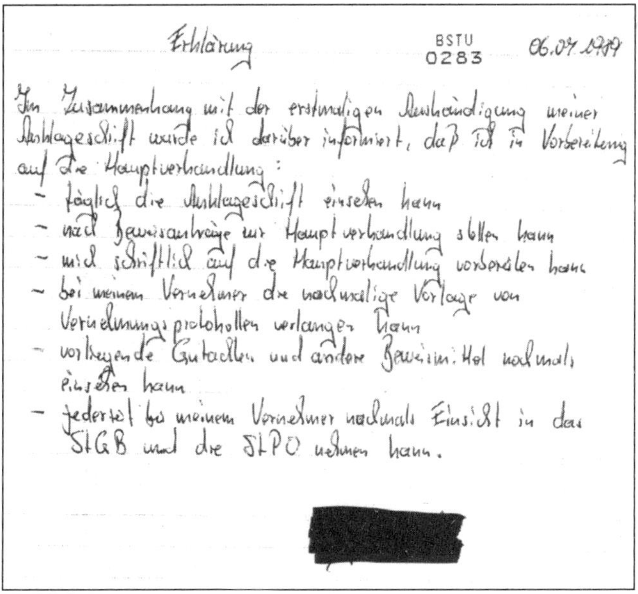

Erklärung

BSTU
0283

06.07.1989

Im Zusammenhang mit der erstmaligen Aushändigung meiner Anklageschrift wurde ich darüber informiert, daß ich in Vorbereitung auf die Hauptverhandlung:

- täglich die Anklageschrift einsehen kann
- noch Beweisanträge zur Hauptverhandlung stellen kann
- mich schriftlich auf die Hauptverhandlung vorbereiten kann
- bei meinem Vernehmer die nochmalige Vorlage von Vernehmungsprotokollen verlangen kann
- vorliegende Gutachten und andere Beweismittel nochmals einsehen kann
- jederzeit bei meinem Vernehmer nochmals Einsicht in das StGB und die StPO nehmen kann.

Handschriftliche Erklärung des Beschuldigten

Die Hauptverhandlung gegen Holger Frey fand fast am Ende der DDR, am 18., 19. und 24. Juli 1989, vor dem 1. Strafsenat des Bezirksgerichts Karl-Marx-Stadt statt, er wurde zu dreizehn Jahren und sechs Monaten Freiheitsentzug verurteilt.

Der der Anklageschrift zugrunde liegende Sachverhalt hatte sich in objektiver und subjektiver Hinsicht bestätigt. Lediglich zum eigentlichen Tötungsvorgang (Folge der Messerstiche, Bewegungsablauf Opfer/Täter) stellte der sachverständige Gerichtsmediziner von den Darstellungen des Angeklagten abweichende Versionen auf. Er konnte aber die Einlassungen des Angeklagten zum Tathergang letztlich nicht widerlegen und verwies auf die »Mutmaßlichkeit« seiner Thesen. Der Sachverständige für forensische Psychiatrie begründete sein Gutachten ausführlich sowie seinen Vorschlag, von der Annahme der verminderten Zurechnungsfähigkeit auszugehen. Er schilderte Holger Frey als absolut glaubwürdigen Menschen, der nichts verschweige und nichts vortäusche. Die augenscheinliche »sozialpsychiatrische Krisensituation« um die Tatzeit herum trage eindeutig »neurotische Züge«. Die »egozentrischen« Betrachtungsweisen des Angeklagten, sein »Gemütsdefizit« und seine »Pseudoarroganz« hätten zu seiner generellen Affektdisposition geführt, für die Frey nicht allein verantwortlich gemacht werden könne. Er habe in dieser Zeit nicht nur »nicht gewollt«, sondern auch »nicht gekonnt«. Die wesentlich von der Mutter ausgelöste schwerwiegende »Persönlichkeitsdeformation« erreichte zwar noch keinen Krankheitswert, aber einen »angestauten personifizierten Affekt«. Auf dieser Basis sei die Tatsituation zu bewerten. Die unerwartete Reaktion des Opfers, insbesondere ihre lautstarke Gegenwehr (Schreie), habe zu einem »hochgradigen Erregungszustand« im »qualifizierten Sinne« mit einer »zeitweiligen Störung der Geistestätigkeit« geführt. Es liege ein »tatbezogener pathologischer Affekt« mit erheblich beeinträchtigter Handlungs- und Steuerungsfähigkeit vor.

Der Verteidiger knüpfte an diese Bemerkungen an und bezweifelte die Schuldfähigkeit seines Mandanten. Der Entschluss zur Tötung mit bedingtem Vorsatz und die bereits vor den Messerstichen vom Gutachter konstatierte Bewusstseinsstörung ließen nach Ansicht des Verteidigers Zweifel an der Schuld zu. Der Angeklagte habe einen »Blackout« gehabt, und seine Entscheidung zur Tat sei zumindest erheblich beeinträchtigt gewesen. Der Rechtsanwalt plädierte für die Mindeststrafe von zehn Jahren.

An der öffentlichen Hauptverhandlung nahmen natürlich Zuhörer teil, unter anderem auch Angehörige von Petra Ludwig. Nach Auffassung des Staatsanwalts waren sie mit den Proportionen der Beweisaufnahme, bezogen auf die Auseinandersetzung zur Täterpersönlichkeit, und der objektiven Tatseite nicht einverstanden.

Der Rechtsanwalt legte gegen das Urteil am 26. Juli 1989 Berufung ein:

»I. Hinsichtlich der Verteidigung sind aus strafprozessualer Sicht zu beanstanden, dass der Senat die Vorstrafenakten des Angeklagten zum Gegenstand der Beweisaufnahme gemacht hat, obwohl andererseits Gleiches mit dem Strafregisterauszug geschah und dieser auswies, dass der Angeklagte nicht vorbestraft ist.

Die Verteidigung geht davon aus, dass dies einen Widerspruch in sich darstellt und es zu einer fehlerhaften Einschätzung der Person des Angeklagten gemäß § 61 StGB führt.

Darüber hinaus geht das Urteil in seiner Begründung davon aus, dass der Angeklagte im Zustand der verminderten Zurechnungsfähigkeit gemäß § 16 Abs. 1 StGB gehandelt hat, und bezieht sich dabei auf das psychologisch-psychiatrisch-forensische Gutachten, ohne diesen Umstand zu tenorieren.

II. Unabhängig von den vorstehend genannten prozessualen Einschränkungen ist nach Auffassung der Verteidigung die ausgeworfene Freiheitsstrafe deshalb übersetzt, weil das Vordergericht ungenügend die in der Person des Angeklagten – seiner abnormen Entwicklung und der daraus resultierenden Konsequenzen des § 16 Abs. 1 StGB – liegenden Umstände berücksichtigt hat. Nach Auffassung der Verteidigung ist die dem Angeklagten zur Seite gestellte Regelung des § 16 Abs. 1 StGB unmittelbar korrespondierend mit der Einschätzung des § 6 Abs. 2 StGB. Der bedingte Tötungsvorsatz erfordert vom Angeklagten, dass er sich bewusst mit den Folgen des strafbaren Tuns abfindet.

Hier sind aus Sicht der Verteidigung Einschränkungen dergestalt zu machen, dass der Angeklagte – in Übereinstimmung mit den Aussagen des psychiatrischen Sachverständigen Dr. Böttger –, beginnend bei der Handlung des Entreißens der Tasche der Geschädigten bis hin zum Überqueren des Feldes, dem Übergeben und dem ›Verkriechen‹ im Bett, im Zustand einer vorliegenden Bewusstseinsstörung gehandelt hat.

Der Sachverständige begründet dies damit, dass die vom Angeklagten nicht erwartete Gegenwehr der Geschädigten und das Schreien der später Getöteten diese Bewusstseinsstörung ausgelöst hat.

Dabei verkennt die Verteidigung nicht, dass der Angeklagte sich in diesen Zustand der Bewusstseinsstörung selbst gesetzt hat.

Allerdings – so die Auffassung der Verteidigung – hat dies bei der Strafzumessung Berücksichtigung zu finden, da diese unmittelbare Bewusstseinsstörung die Möglichkeit des Erkennens seines Handelns und damit die Einordnung möglicher Folgen einschränkte.

Im Zusammenhang mit den hinzukommenden entwicklungsbedingten Besonderheiten entsprechend der Aussage des psychologischen Gutachters, Herrn Dipl.-Psych. Gust, ist nach der Auffassung der Verteidigung zu konstatieren, dass die bewusste Entscheidung beim Angeklagten durch die Bewusstseinsstörung nur bedingt möglich war.

Nicht zuletzt, so meint die Verteidigung, ist die zweifelsfrei völlig atypisch verlaufende Erziehung des Angeklagten wesentliche mitwirkende Bedingung für das Verhalten des Angeklagten am Tattag.

Damit ›… steht zweifelsfrei fest, dass der Beschuldigte unter schwerwiegend ungünstigen, in die Persönlichkeit eingreifenden Erziehungsbedingungen aufgewachsen ist. Der fachlich repräsentative Ausdruck einer sogenannten Pendelerziehung vermag das psychologisch-psychiatrisch Wesentliche dieses Sachverhaltes kaum auszudrücken‹ (forensisch-psychiatrisches Gutachten).

In richtiger Konsequenz führen deshalb die psychologisch-psychiatrischen Gutachter aus, dass hier die Wurzeln dafür begründet worden sind, dass mit dem Schreien der Geschädigten beim Angeklagten ›… aus dem Unterbewusstsein etwas hervorgespült …‹ wurde.

Insofern kommen die Gutachter zu dem Schluss, dass die Bewusstseinsstörung vor der Tat bereits eingetreten war und diese Bewusstseinsstörung als pathologischer Affekt zu werten ist.

Damit vertritt die Verteidigung die Auffassung, dass das Stechen des Angeklagten darauf zielte, das ›Schreien zu beenden‹. Sie befindet sich damit in Übereinstimmung mit den Feststellungen der Gutachter.

Dies lässt jedoch die juristische Fragestellung zu, ob der Angeklagte resultierend aus dieser psychischen Situation heraus (dieses Hervorspülen von in der Kindheit Erlebtem) noch subjektiv in der Lage war, die Verhaltensanforderungen des § 6 Abs. 2 StGB zu erfüllen.

Das Oberste Gericht hat in seinem Urteil vom 21. September 1988 (Az.: 5 OSB 54/88) den Rechtsgrundsatz aufgestellt, dass die Frage nach dem eigenen Verschulden hinsichtlich des Affektzustandes wesentliches Kriterium der Einschätzung des Grades der Schuld und damit der Strafzumessung ist. Im Gegensatz zu der in vorgenannter Entscheidung dargelegten Sachlage hat der Angeklagte sich vor der Straftat zu keiner Zeit mit derartigen Folgen beschäftigt. Er musste auch zu keiner Zeit psychologisch bedingte Schranken bzw. Hemmungen abbauen, um zu töten.

Dieserhalb (Affekt 2. Grades) war er auch nicht in der situativen Lage, beherrscht auf die Reaktionen seines Opfers (Schreien) zu reagieren.

III. Aus den genannten Gründen ist die Verteidigung der Auffassung, dass vom Rechtsmittel der Berufung Gebrauch zu machen war, und es wird eine wesentlich niedrigere, als die vom Senat ausgeworfene, Freiheitsstrafe angestrebt.«

Der 5. Strafsenat des Obersten Gerichts der DDR kam aufgrund der Berufung des Verteidigers zu folgendem Beschluss: »In der Strafsache gegen den Rangierleiter Holger Frey wird die Berufung des Angeklagten gegen das Urteil des Bezirksgerichts Karl-Marx-Stadt vom 24. Juli 1989 – 1 BS 9/89 – als offensichtlich unbegründet verworfen. Die im Rechtsmittelverfahren entstandenen Auslagen werden dem Angeklagten auferlegt.«

Als Gründe sind unter anderem aufgeführt worden, dass bei der Strafzumessung das Bezirksgericht zutreffend davon ausgegangen ist, dass dem Tötungsverbrechen eine erhebliche Schwere innewohnt. Insbesondere war zu beachten, dass der Angeklagte mit der Tötung der Geschädigten einen überfallartigen Raubversuch verdecken wollte. Das Vorgehen des Angeklagten ist von Brutalität und Menschenverachtung charakterisiert und offenbart einen intensiven Täterwillen. Der Umstand, dass sich der Angeklagte nach nervenfachärztlicher Ansicht zum Zeitpunkt der Tötungshandlung in einem hochgradigen Erregungszustand – Affekt zweiten Grades – befunden hat und somit infolge einer Bewusstseinsstörung vermindert zurechnungsfähig im Sinne des Paragraphen 16 Absatz 1 StGB gewesen ist, wurde entgegen dem Berufungsvorbringen ausreichend bei der Strafzumessung durch Unterschreitung der gesetzlichen Höchststrafe für Jugendliche gewürdigt. Hierbei fanden auch alle Aspekte gebührende Beachtung, die im Zusammenhang mit dem Affekt zu sehen sind. Die hohe Schädlichkeit des Tötungsverbrechens gestattet keine weitere Strafmilderung.

Zutreffend wurde mit der Berufung darauf hingewiesen, dass der Angeklagte nicht vorbestraft war, wovon auch das Bezirksgericht ausging. Es hat bei der Strafzumessung keine diesem Umstand entgegenstehende Entscheidung zuungunsten des Angeklagten getroffen.

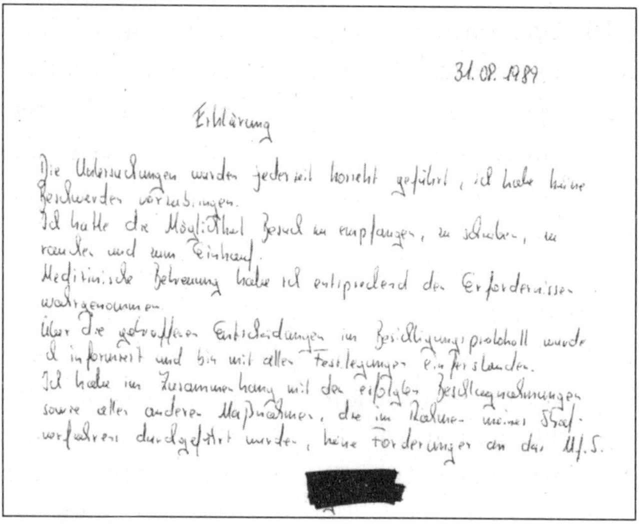

31.08.1989

Erklärung

Die Untersuchungen wurden jederzeit korrekt geführt, ich habe keine Beschwerden vorzubringen.
Ich hatte die Möglichkeit Besuch zu empfangen, zu schreiben, zu rauchen und zum Einkauf.
Medizinische Betreuung habe ich entsprechend den Erfordernissen wahrgenommen.
Über die getroffenen Entscheidungen im Besichtigungsprotokoll wurde ich informiert und bin mit allen Festlegungen einverstanden.
Ich habe im Zusammenhang mit den erfolgten Beschlagnahmungen sowie allen anderen Maßnahmen, die im Rahmen meines Strafverfahrens durchgeführt wurden, keine Forderungen an das MfS.

Handschriftliche Erklärung des Verurteilten Holger Frey

Es bleiben auch zu diesem Fall viele Fragen. Was ist aus Holger Frey geworden? Wie hat er die Zeit nach dem Urteil und der Haftentlassung erlebt? Hat er es noch oft gewagt, diesen denkwürdigen Tag, diesen Montag, diesen 21. Februar 1977, zu beschreiben, ihn sich ins Gedächtnis zu rufen, diesen Tag, an dem er sich so viel Schuld aufgeladen hatte? Hat er mit der Zeit alle verborgenen Muster aufgespürt, verändert und seine Zukunft gemeistert? Hat er seine schreckliche Tat als großes Geheimnis bewahrt, wie schon zuvor zwölf Jahre lang bis zu seinem Geständnis? War sein Leben weiterhin Verschleiern, Masken tragen und Rollen spielen? Und Alkohol? All das wissen wir nicht, aber wir hoffen, dass er seinen Weg gefunden hat und die Geister der Vergangenheit zähmen konnte.

Die Untersuchung des Falles Petra Ludwig durch die Morduntersuchungskommission Karl-Marx-Stadt hat richtigerweise gezeigt, dass der Weg das Ziel ist, aber nur, wenn man die richtigen Spuren findet (was geschehen war) und sie sachkundig und mit Akribie verfolgt (was ausblieb).

Auch hier rufen wir den berühmten Oxforder Inspector Morse als Zeugen auf, der in dem schon zitierten Buch von Colin Dexter *Der letzte Bus nach Woodstock* bedrückt war, weil er seinen Fall Kaye nicht gelöst hatte. Er dachte nach. »Glich er nicht einem Quizteilnehmer, der einen Teil der Antworten halb richtig gewusst, den anderen Teil richtig gewusst hatte, aber im entscheidenden Moment nicht darauf gekommen war und so am Ende mit leeren Händen dastand? Wenn er doch noch einmal von vorn anfangen könnte …«

Von vorn angefangen hatten dann die Kriminalisten der Untersuchungsabteilung des MfS, die die verworrenen und schier unlösbaren Knoten des Falles schließlich entwirrten. Das war bestimmt bitter für die Kriminalisten der Morduntersuchungskommission Karl-Marx-Stadt, aber die perfide Logik des Abgründigen zu entschlüsseln – das ist eben die wahre Kunst der Kriminalistik.

Quellen

Akten BStU

Finger im Rachen: E-SKS 42830, Der Staatsanwalt des Bezirkes Halle Bde. I–III.

Es war Mord: MfS-HA IX Nr. 18745, Allg. P. Rostock 1370/82.

Später Erfolg: MfS BV Karl-Marx-Stadt XIV 1206/86 Bd. I, XIV/1206/86 »Michael Weis« Bd. I, XIV 2025/85 und XIV 2551/88 Bde. I–VI; MfS-HA IX 1690, 2056 und 11545; BDVP Karl-Marx-Stadt KAGI-3 Reg.-Nr. 7/091/87.

Literatur

Dexter, Colin: *Der letzte Bus nach Woodstock. Ein Fall für Inspector Morse,* Bd. 1. Zürich 2018.

Doyle, Arthur Conan: »Der Teufelsfuß«. In: Ders.: *Der letzte Streich von Sherlock Holmes. Sämtliche Sherlock-Holmes-Erzählungen,* Bd. IV. Leipzig und Weimar 1983.

Ders.: *Sherlock Holmes. Eine Studie in Scharlachrot.* Frankfurt am Main 2016.

Eggert, Klaus: »Fragen der Beweisführung bei den als Suizid oder Unfall verschleierten Tötungsdelikten, dargestellt anhand der Erfahrungen praktischer Untersuchungstätigkeit«. Diplomarbeit. Humboldt-Universität zu Berlin, Sektion Kriminalistik. Rostock 1978.

Friedrich, Ines: »Zur Aufklärung von Tötungsverbrechen multipler Täter – eine retrospektive Fallanalyse«. Diplomarbeit. Humboldt-Universität zu Berlin, Sektion Kriminalistik (i. A.). Berlin 1994.

Geserick, Gunther / Vendura, Klaus / Wirth, Ingo: *Zeitzeuge Tod. Spektakuläre Fälle der Berliner Gerichtsmedizin.* Leipzig 2001.

Haferland, Wilhelm: »Pflicht oder Aufgabe? Ein Beitrag zur Definition des Begriffes ›Ärztliche Pflichtverletzung‹«. In: *Kriminalistik und forensische Wissenschaften* 55 / 56 / 1984, S. 121–125.

Høeg, Peter: *Fräulein Smillas Gespür für Schnee.* Reinbek bei Hamburg 1996.

Kroll, Remo / Schurich, Frank-Rainer: *Serienmorde in der DDR I. Spezielle Motivlagen in der Kriminalpraxis.* Berlin 2018 *(Schriftenreihe Polizei. Historische Kriminalistik,* Bd. 3).

Dies.: *Serienmorde in der DDR II. Spezielle Motivlagen in der Kriminalpraxis.* Berlin 2019 *(Schriftenreihe Polizei. Historische Kriminalistik,* Bd. 4).

Maaßen, Helga / Welzel, Lothar: »Erscheinungsbild, Ursachen- und Vorbeugungsaspekte der Tötungsverbrechen in der DDR«. Dissertation zur Erlangung des Doktorgrades an der Juristischen Fakultät der Karl-Marx-Universität Leipzig. Leipzig 1968 (Tag der Promotion: 7. März 1969).

Römer, Axel: »Die Vernehmung«. In: Ehrenfried Stelzer (Hrsg.): *Sozialistische Kriminalistik. Band 3/2. Kriminaltaktik. Planung, Vernehmung, weitere Untersuchung.* Berlin (DDR) 1984.

Schwarz, Siegfried (unter Mitarbeit von Antje Penk): *Der Makronenmord und sechs weitere authentische Kriminalfälle aus der DDR*. Berlin 2015.

Wirth, Ingo / Kroll, Remo: Morduntersuchung in der DDR. Berlin 2014 (*Schriftenreihe Polizei. Studien zur Geschichte der Verbrechensbekämpfung*, Bd. 3).

Abkürzungen

Abb.	Abbildung
Abs.	Absatz
Abt.	Abteilung
ABV	Abschnittsbevollmächtigter (der DVP)
AG	Arbeitsgruppe(n)
Bd. / Bde.	Band / Bände
BDVP	Bezirksbehörde der Deutschen Volkspolizei
BPS	Bezirksparteischule (der SED)
BRD	Bundesrepublik Deutschland
BStU	Der / Die Bundesbeauftragte für die Unterlagen des Staatssicherheitsdienstes der ehemaligen Deutschen Demokratischen Republik
BV	Bezirksverwaltung (des MfS)
BVfS	Bezirksverwaltung für Staatssicherheit
BZ-A	*Berliner Zeitung am Abend*
DDR	Deutsche Demokratische Republik
Dipl.-Krim.	Diplomkriminalist*in
DVP	Deutsche Volkspolizei
EEG	Elektroenzephalogramm (grafische

	Aufzeichnung der Aktionsströme des Gehirns)
eigentl.	eigentlich
EV	Ermittlungsverfahren
GBl.	Gesetzblatt
gem.	gemäß
Gen.	Genosse, Genossen
gg.	gegen
GMI	Gerichtsmedizinisches Institut
HA	Hauptabteilung
HA/K	Hauptabteilung Kriminalpolizei
HKH	Haftkrankenhaus
HO	Handelsorganisation
Hwm. der VP	Hauptwachtmeister der Volkspolizei
i. A.	in Abwicklung
IGM	Institut für Gerichtliche Medizin
i. V.	in Vertretung
K	Kriminalpolizei
K-Dienst	Kriminaldienst
KD	Kreisdienststelle (des MfS)
Kfz	Kraftfahrzeug
KI	Kriminalistisches Institut (der Deutschen Volkspolizei)
KMU	Karl-Marx-Universität (Leipzig)
KP	(Vordruck der) Kriminalpolizei
KT	Kriminaltechnik
LSD	Lysergsäurediethylamid (Droge in der Klasse der Halluzinogene)
MdI	Ministerium des Innern
MfS	Ministerium für Staatssicherheit

MR	Medizinalrat
Mstr. der VP	Meister der Volkspolizei
MUK	Morduntersuchungskommission
NBI	*Neue Berliner Illustrierte*
ODH	Operativer Diensthabender
OMR	Obermedizinalrat
OTS	Operativ-Technischer Sektor (im MfS)
OV	Operativer Vorgang
PdVP	Präsidium der Volkspolizei (in Berlin)
Pkw	Personenkraftwagen
RKSt	Revierkriminalstelle
SED	Sozialistische Einheitspartei Deutschlands
SK	Spezialkommission(en)
StGB	Strafgesetzbuch
StPO	Strafprozessordnung
Strafverf.	Strafverfahren
StVE	Strafvollzugseinrichtung(en)
SV	Strafvollzug
SVK	Sozialversicherung Kreisgeschäftsstelle (der DDR)
Tgb.-Nr.	Tagebuchnummer
UHA	Untersuchungshaftanstalt
Ultn.	Unterleutnant
VEB	Volkseigener Betrieb
VP	Volkspolizei
VPI	Volkspolizeiinspektion
VPKA	Volkspolizeikreisamt
VPKÄ	Volkspolizeikreisämter
VPR	Volkspolizeirevier